KB118453

버티는 삶에 관하여

버티는 삶에 관하여

허지웅 지음

문학동네

마음속에

오래도록 지키고 싶은 문장을

한 가지씩 준비해놓고

끝까지 버팁시다

.
.
.

　• 제가 좋아하는 이야기가 있습
니다. 사람의 인중에 관련된 이야기입니다. 세상으로 나가기 전,
천국에서 대기를 타고 있던 아기들은 사실 세계의 비밀과 원리
에 대해 모든 걸 알고 있었습니다. 그래서 구름 아래 인간군상들
을 바라보며 까르르까르르 많이도 웃습니다. 그러나 마침내 어
머니의 자궁을 통해 세상 빛을 보게 될 첫걸음의 순간, 천사가 다
가와 그간 천국에서 보고 듣고 익혔던 모든 것들을 잊어버리라
며 아기의 입술에 손을 가져다 댑니다. 입단속을 시키는 거지요.
쉿. 그 손자국이 남아 사람의 인중이 되었다는 겁니다.

　그 비밀이 무엇이었을까, 저는 종종 상상해봅니다. 뭐가 그

리 대단한 비밀이었을까요. 저는 그 비밀이야말로 '우리가 다음 세대에게 물려줄 가장 좋은 것은 무엇일까'라는 고민과 닿아 있을 거라고 생각합니다. 사람마다 계기는 다르겠지만 누구나 그런 질문의 순간 앞에 선다고 믿습니다. 먼 훗날 시간과 노력을 기울여 그것을 고민할 수 있도록 천사가 기억을 지워버린 건지도 모르겠습니다.

『88만 원 세대』는 20대 문제에 관한 공공의 관심을 불러일으킨 바 있습니다. 그로 인해 촉발된 세대론 논쟁이 얼마 지나지 않아 결국 '아프니까 청춘이다'식의 자기계발 마케팅으로 수렴되는 과정을 지켜보며, 저는 무척 속이 상했습니다. 그것은 세대론 자체의 필연적인 한계로부터 빚어진 것이었습니다. 지금과 같이 부의 편차와 이해관계가 심화된 사회에서 단지 세대 경험의 공유만으로 많은 것을 퉁쳐버리는 논리는 한계를 드러낼 수밖에 없는 것입니다. 물론 『88만 원 세대』는 세대론을 전면에 내세우되, 사실상 모든 건 계급의 문제로 환원될 수밖에 없음을 강조했던 책이었습니다. 그러나 늘 기억되는 건 책의 제목과 한줌의 마케팅 문구뿐이지요. '아프니까 청춘이다'도 그렇고요.

다음 세대에게 물려줄 수 있는 가장 좋은 것은 무엇일까. 다른 훌륭한 분들과는 달리 제게는 성공의 해법이나 어른이 되는 빠른 길에 관하여 달리 뾰족한 수가 없습니다. 다만 이것 하나는 확실히 이야기할 수 있습니다. 버티어내는 삶의 자세가 세대와 계급을 초월해 모두에게 얼마나 소중한 것인지, 참 별거 아닌 인간이라는 존재가 아주 가끔 숭고해질 수 있는 기회가 바로 그 버티어내는 자세로부터 나온다는 이야기 말입니다.

버티는 삶이란 웅크리고 침묵하는 삶이 아닙니다. 웅크리고 침묵해서는 어차피 오래 버티지도 못합니다. 오래 버티기 위해서는 지금 처해 있는 현실과 나 자신에 대해 냉정하게 판단할 수 있는 훈련이 필요합니다. 그래야 얻어맞고 비난받아 찢어져 다 포기하고 싶을 때마저 오기가 아닌 판단에 근거해 버틸 수 있습니다. 요컨대, 버틸 수 있는 몸을 만들자, 는 것입니다.

우리는 버텨야 합니다. 버티는 것 말고는 답이 없습니다. 어느 누가 손가락질하고 비웃더라도, 우리는 버티고 버티어 끝내 버티어야만 합니다. 그래서 끝까지 남아야만 합니다. 저는 모든 종류의 당위를 좋아하지 않습니다. 그러나 그 주제가 버티는 것이라면 당위가 되어도 좋습니다. 제 인생이 닳고 닳아 한줌의 비웃음밖에 사지 않더라도 끝내 그거 하나만은 챙기고 싶습니다. 그래도 쟤 꽤 오래 버텼다, 라는 말 말입니다.

이 책은 버티는 것만이 유일하게 선택 가능한 처세라 믿어왔고, 앞으로도 그 외에는 딱히 별 방도가 없다 여기는 자의 인생사 중간 갈무리입니다. 첫번째 에세이 이후 5년 만입니다. 그사이에 한국의 60~80년대 공포영화사를 다룬 책과 소설 한 권을 썼습니다. 이제 다시 두번째 에세이를 펴냅니다. 지금은 절판된 첫번째 에세이의 글이 몇 개 남아 있고, 대개 그간 신문과 잡지에 연재했던 칼럼과 개인적인 글들입니다.

타인의 순수함과 절박함이 나보다 덜할 것이라 생각하지 말고, 절대악과 절대선이 존재하는 세상을 상정하며 어느 한 편에만 서면 명쾌해질 것이라 착각하지 말되, 마음속에는 오래도록 지키고 싶은 문장을 한 가지씩 준비해놓고 끝까지 버팁시다. 우리의 지상 과제는 성공이나 이기는 것이 아닌 끝까지 버텨내는 것이 되어야 합니다. 버티고 버텨서 다음 세대에게 후하고 창피하지 않은 우리가 됩시다. 버티고 버텨서 앞선 세대에게 손을 내밀고 관용할 수 있는 우리가 됩시다. 마지막 순간까지 버티고 버텨 남 보기에 엉망진창이 되더라도 나 자신에게는 창피한 사람이 되지 맙시다. 저는 와 저 자식 아직도 쓰고 있네? 라는 말을 들을 때까지 버티고 버티며 징그럽게 계속 쓰겠습니다. 여러분의 화두는 무엇입니까.

2014년 9월
허지웅

4부 카메라가 지켜본다

1부

나는 별일 없이 잘 산다

나는

별일 없이

잘

산다

•
•
•

• 야간자율학습을 마치고 집에
돌아왔다. 추운 겨울밤이었다. 집에는 아무도 없었다. 가방을 내
려놓자마자 컴퓨터를 켜고 PC통신에 접속했다. 새 글을 살펴보
다가 가스레인지에 물을 올려놓고 TV를 켰다. 지금 라면을 끓이
면 〈엑스파일〉 시작하는 시간에 맞출 수 있을 것이다. 익숙하고
좋은 밤이었다. 전화가 오기 전까지는 그랬다.

전화벨이 울렸다. 라면 수프를 털다 말고 전화를 받았다. 격
양된 목소리가 흘러나왔다. 누구랑 전화를 그렇게 오래 하냐! 아
니 그게 아니라 PC통신 하고 있었는데…… 엄마였다. 내 말의
끝자락을 잘라먹고 엄마가 비명을 지르듯 말했다. 여기 작은외

삼촌 집이다. 택시 타고 얼른 와서 데려가라.

아무래도 목소리가 심상치 않아 나는 라면 먹기를 포기하고 집을 나섰다. 군데군데 얼어붙은 길을 총총걸음으로 건너 택시를 잡아탔다. 중흥동 가주세요. 택시를 타고 가는 내내 나는 무슨 일일까 궁금했다. 아마 외삼촌과 싸운 모양이었다.

지난 수년간 나와 내 동생은 엄마와 살았다. 부부가 갈라서면서 엄마 가족이 있는 광주로 이사를 왔다. 외가는 광주의 꽤 알려진 부잣집이었다. 외삼촌들은 사업을 하거나 정치를 했다. 어렸을 때는 방학에 이곳을 찾아 외가의 사촌형들과 노는 것이 사는 낙이었다. 일 년 내내 가장 기다리는 만남이었다. 아무튼 그건 우리 어린아이들의 사정이었고, 어른들의 사정은 또 달랐던 모양이다. 유산이 남자형제들에게게만 돌아가는 바람에 얼마 전부터 전화로 고성이 오가는 일이 잦았다.

외삼촌 집들이 모여 있는 아파트촌에 도착했다. 원래 외할아버지 집은 여기서 몇백 미터 떨어져 있지 않은 큰 양옥집이었다. 할아버지 할머니가 돌아가신 뒤 재산을 정리하면서 삼촌들은 여기 아파트를 마련했다. 추억이 많은 외할아버지의 양옥집은 지금 고깃집으로 바뀌어 있었다. 계단을 걸어올라가 작은외삼촌 집에 도착했다. 초인종을 눌렀고, 문이 열렸다.

현관문을 열고 들어갔다. 어떤 광경이 펼쳐지고 있었다. 외삼촌이 우리 엄마의 뺨을 사정없이 내려치고 있었다. 그 옆에는 외숙모가 팔짱을 끼고 서 있었다. 그냥 그대로 세상이 멈춘 것 같았다. 머리가 띵하고 땀이 났다. 내가 온 것을 눈치채고 외삼촌

은 손을 거두었다. 나는 그 큰 평수의 아파트 거실을 천천히 가로
질러 엄마 앞에 섰다. 엄마는 울고 있었다. 저쪽의 방에선 나와
동갑인 사촌 여자애가 큰 소리로 비명을 질러대고 있었다. 저 여
자 좀 우리집에 오지 말라고 해!

나는 엄마 손을 잡아 일으켰다. 그리고 신발장으로 끌고 갔
다. 온몸에 힘이 하나도 없는 엄마에게 신을 신기고 나도 일어났
다. 그리고 말했다. 작은외삼촌 안녕히 계세요.

내가 왜 그랬을까 지금도 종종 생각해본다. 외삼촌을 패대
기치고 집안을 쑥대밭으로 만들 수도 있었을 것이다. 공부해야
하는데 시끄러우니까 저 여자 좀 우리집에 오지 말라고 해, 라고
외치는 저 철없는 사촌의 머리카락을 움켜쥐고 온 동네를 질질
끌고 다닐 수도 있었을 거다. 그러나 나는 그저 비굴한 웃음을 흘
리면서 말했던 것이다. 작은외삼촌 안녕히 계세요.

구청장이라는 외삼촌의 직업 때문이었을까. 우리집과는 비
교도 되지 않는 그 으리으리한 아파트에 압도되었기 때문이었
을까. 아니면 엄마가 창피해서였을까. 이 시간에 돈 받으러 와서
외삼촌에게 얻어맞고 있는 엄마가, 창피해서였을까.

맞다. 나는 엄마가 창피했다. 이후로도 그랬다. 뭘 해보겠다
며 식당에 나가서 설거지를 하다가 손목과 무릎이 상해 며칠을
드러누워 있을 때도 그랬다. 우리에게 말도 안 하고 리어카에 양
말을 가득 싣고 나갔다가 며칠 만에 포기하고 다시 드러누웠을
때도 그랬다. 꼭 받아야 되는 돈이라며 남편도 없이 홀로 친지 가

족들 사이에서 고립되어가는 모습을 볼 때마다 그랬다. 등록금
과 집세를 벌기 위해 아르바이트를 하루에 세 개씩 하고 고시원
옆방 아저씨가 먹고 내어다둔 짜장면 그릇에다 몰래 밥을 비벼
먹을 때, 우리 아버지는 교수고 어머니는 부잣집 딸인데 어쩌다
가 내가 이렇게 되었냐며 어리고 치졸한 마음에 한 평짜리 방안
에서 술을 마시고 벽을 걷어찰 때마다, 나는 부모로서의 엄마가
여자로서의 엄마가 어른으로서의 엄마가 창피했다.

  그래서 또한 동시에, 나는 그녀에 대해 늘 근심하고 연민을
느꼈다. 안타깝고 슬펐다. 나는 지금도 엄마의 전화를 잘 받지
않는다. 챙겨주려는 말들이 귀찮게 생각되기 때문이기도 하지만
무엇보다 그녀와 나 사이에 얽혀 있는 감정들이 새삼 밀려오기
때문이다. 그러면 자꾸 내가 엄마를 다그치고 거꾸로 훈계조가
되는데, 이건 서로를 위해 별로 좋은 일이 아니다. 나는 이미 오
래전 가족의 신화에 대해 모든 신뢰를 잃었다. 그보다 우리는 서
로를 가족이 아닌 하나의 인간으로 대하는 방법을 더디게 배워
왔다.
  그날 밤, 돌아오는 택시 안에서 엄마는 내게 말했다. 엄마가
맞고 있는데 욕은 못해줄망정 인사를 하고 나오냐 너는? 그때 내
가 무어라고 대답했는지는 기억에 남아 있지 않다. 다만 한 가지
는 확실하다. 나는 그날 이후 영영 달라졌다. 힘들 때마다 내 비
굴한 웃음을 기계적으로 떠올리며, 그날의 나를 해명하기 위해
살아왔다. 그 웃음을 떠올리면 아무리 나쁜 것도 마냥 나쁘게만

은 보이지 않고, 제아무리 아름답다는 것도 마냥 아름답게는 보이지 않게 되었다. 자신이 받은 알량한 상처의 총량을 빌미로, 타인에게 가하는 상처를 아무것도 아닌 양 무마해버리는 비겁함을 쉽게 감지할 수 있게 되었다.

우리는 모두 상처받으며 살아왔고 앞으로도 그럴 것이다. 인생이 영화나 연속극이라도 되는 양 타인과 자신의 삶을 극화하는 데 익숙한 사람들은 그 상처를 계기로 더 나은 삶을 살 수 있다거나, 최소한 보상받으리라 상상한다. 내 상처가 이만큼 크기 때문에 나는 착한 사람이고 오해받고 있고 너희들이 내게 하는 지적은 모두 그르다, 는 생각을 하는 이들도 있다. 그러나 그런 착각은 결국 응답받지 못한다. 상처는 상처고 인생은 인생이다. 상처를 과시할 필요도, 자기변명을 위한 핑곗거리로 삼을 이유도 없다. 다만 짊어질 뿐이다. 짊어지고 껴안고 공생하는 방법을 조금씩 터득할 뿐이다. 살아가는 내내 말이다.

그러고 보면 사람은 연민만 아니라면, 자기혐오로도 충분히 살 수 있다. 물론 사랑으로도 살 수 있겠지만 그건 여건이 되는 사람에게 허락되는 거다. 행복한 사람들이 모두 행복하세요 사랑하세요, 같은 말을 떠벌리며 거만할 수 있는 건 대개 그런 이유에서다. 나는 별일 없이 잘 산다.   2013.1

자신이 받은 알량한 상처의 총량을 빌미로,

타인에게 가하는 상처를 아무것도 아닌 양

무마해버리는 비겁함.

우리는 모두 상처받으며 살아왔고 앞으로도 그럴 것이다.

상처는 상처고 인생은 인생이다.

상처를 과시할 필요도,

자기변명을 위한 핑곗거리로 삼을 이유도 없다.

다만 짊어질 뿐이다.

짊어지고 껴안고 공생하는 방법을 조금씩 터득할 뿐이다.

살아가는 내내 말이다.

우리는

모두

별로다

.

.

.

　　　　　• 얼마 전 방송 녹화중에 "우리
는 모두 별로다"라는 말을 했다. 우리는 대개 별로다, 여러분도
별로다, 물론 내가 그중에서 제일 별로다, 스스로 자신이 마냥
옳고 선량하다 믿는 사람들에 의해 이 세계는 막무가내로 파괴
되고 있다, 는 이야기였다. 방청객들에게 투표를 의뢰해보았더
니 거의 대다수가 자신은 별로가 아니고 좋은 사람이라 생각한
다는 결과가 나왔다. 훌륭한 분들과 함께 방송을 할 수 있어서 행
복합니다, 라고 대충 눙쳤지만 썩 개운하지는 않았다.

　뉴스를 보다보면 세상의 속살이 드러나 그 추잡함과 헐거

움, 촌스러움에 치를 떨게 될 때가 있다. 나는 그게 근본적으로 서로 앞다투어 멋지고 잘났고 괜찮고 근사하고 옳다고 믿는 사람들투성이라 초래된 세상이라고 본다. 그것이 체계 안의 인간이기 때문이든, 태생적 한계이든 간에 관계없이, 모든 인간은 모순적이고 흠결투성이라고 생각한다. 아니 확신한다. 자신의 흠결을 들여다보고 객관적으로 파악하지 못하는 사람은 외부 세계의 그 어떤 분야에 대해서도 고쳐나가야 할 필요성을 느끼지 못한다. 나아가 남의 흠결을 공격하는 데에만 혈안이 된다. 그래서 나는 내가 제일 별로라고 말하고 다닌다. 너도 사실 별로라고 말하려고.

요컨대 지금 시대가 보여주고 있는 불관용의 모습은 스스로의 됨됨이에 관해 지나치게 긍정하는 데서 출발한다는 것이다. 완전무결하지 못한 타인을 과하게 탓하고 자신의 악행은 선량한 자의 어쩔 수 없는 선택으로 여기는 이중성이 팽배해 있다. 스스로 정말 그렇게 믿거나, 혹은 그런 사람으로 보이게끔 가장하고 있는 것일 테다.

실제 타인에게 더 많이 사랑받을 수 있는 나로 화장하기 위해 오랜 시간과 노력을 기울이는 사람들을 자주 발견하게 된다. 그래봤자 세상에서 가장 많이 사랑받는 시체가 될 뿐이다. 사람은 누구도 완전할 수 없다. 책임감이 동반되는 관계를 많이 가지고 있을수록 그렇다. 나이를 먹고 경험을 쌓는다는 건 타인의 세계와 나의 세계가 그만큼 더 겹쳐졌다는 의미다. 수많은 인과율과 책임관계 안에서 사람은 나약하고 겉과 속이 다른 모순 덩어리가 될 수밖에 없다. 후배의 소신을 지켜주기 위해 나의 소신을 감추고 모순 덩어리 악역을 자처하는 어른들이, 화석처럼, 아주 드물게 남아 있다.

내가 별로라는 걸 인지하는 사람은 더 나은 사람이 되기 위해 무엇을 해야 하는지 고민할 수 있다. 무엇보다 개인의 선량함이나 역량에 의존하는 방식보다 제대로 굴러갈 수 있는 체계가, 시스템이 중요하다는 사실에 더 빨리 가닿을 수 있다. 그건 비관이 아니다. 비전이다.　　　　　　　　　　　　　　　　2014.9

글쓰는

허지웅입니다

•
•
•

• 언젠가부터 글쓰는 허지웅입
니다, 라고 말하게 되었다. 어느 방송에서나, 어느 자리에서나,
나를 소개할 때는 늘 그렇게 말한다.

처음에 방송인이라 불릴 때 기겁을 했다. 연예인으로 호명
될 때는 기함을 했다. 나는 그런 사람들이 가진 빼어난 매력과 능
력을 지니고 있지 않기 때문이다. 단지 내가 공감할 수 있는 비전
을 가진 제작진과, 내가 잘할 수 있는 이야기라는 조건이 맞았을
때, 더불어 나의 무수히 많은 인간적 결함들조차 걸림돌이 되지
않을 수 있는 좀 괴상한 형식일 때에만 방송에 얼굴을 들이밀 뿐

이었다.

　문제는 내가 "나 연예인 아닌데"라고 반박할 때 생겼다. 되돌아보면 그런 말 안에 '나는 연예인 따위 아닌데'와 같은 어감이 포함되어 있다고 오해받을 수 있었다는 걸 인정한다. 그런 생각이 스친 이후에는 작가라 부르든 기자라 부르든 평론가라 부르든 방송인이라 부르든 하물며 연예인이라 부르든 쑥스러워하지 않는다. 어찌됐든 전에도 지금도 나중에도 나는 그냥 글쓰는 동네형일 뿐이다.

　사회부 인턴 기자로 시작해 영화지 기자가 되고, 패션지 기자로 일하다가 회사를 나와 10년 기자 생활을 청산한 뒤 칼럼과 책을 써온 지도 또다시 수년이 되었다. 그나마 내가 잘하고 좋아할 수 있는 일을 빨리 업으로 삼을 수 있었다. 내 글을 찾아주는 사람이 많았다. 운이 좋았다. 방송은 전에도 꾸준히 했다. 라디오를 오래했다. 영화 프로에 게스트로 나가거나 진행을 하기도 했다.

　그러다가 비평 프로그램과 토크 예능에 출연하면서 원인 모를 유명세를 얻게 되었다. 전에도 좁은 시장 안에서 악명이든 위명이든 이름을 내고 글을 팔았다. 그런데 이제는 유명세의 단위 자체가 달라졌다. 좀 치사하다는 생각이 들었다. 글쓰는 게 품은 훨씬 더 많이 드는데, 대체 방송이란 게 뭘까. 혼자 투덜거린 날도 많았다. 평소와 똑같이 신문 연재글을 블로그에 링크했더니 "이런 위험한 이야기 좀 쓰지 마세요. 허지웅씨 때문에 〈마녀사냥〉 없어지면 책임지실 건가요?"라는 반응이 왔다. 그때는 정

말 뭔가 잘못되어가고 있구나 싶어 방송을 그만두려고 했다. 공
감과 회유의 소요 끝에 결국 붙잡혔다. 이게 사람도 좀 우스워진
다. 야 이분들은 날 좋아하네 나는 내가 참 별로던데, 아닌 척 내
심 기뻐하다가도 이유 없이 싫다는 사람들을 보면 악플을 달고
싶다.

하지만 예능도 과한 유명세도 서른여섯 살에 새로 경험해보
기에는 흔하지 않은 것이다. 특히 나처럼 남 웃기는 걸 기뻐하고
내 이야기 하는 것보다 남 이야기 듣는 걸 좋아하는 사람에게는
손사래 칠 이유가 없는 일이다. 좋다. 무엇보다 좋은 형과 친구
들을 많이 만날 수 있었다.

그렇게 밥벌이의 영역이 넓어지면서 미처 생각지 못했던 상
황들도 종종 맞게 된다. 황당한 일도 많고 억울해도 억울하다 말
못할 조리돌림도 있으며 수치스러운 상황도 있고 도무지 얄다
얄다못해 습자지 같은 사람의 낯짝과 거짓말을 카메라 앞이라
꾹 참고 인내해야 하는 경우도 있다. 부러 소속사를 두지 않다보
니 연예인들과 똑같은 환경 안에 있으면서 정작 보호와 관리는
받지 못하는 불안함, 현장에서 겪게 되는 서운함, 때로는 차별도
있다.

그럴 때마다 글쓰는 허지웅입니다, 라는 말을 입으로 소리
내어 발음해본다. 저 말은 내게 전보다 더 절실한 의미가 되었
다. 나는 전에도 글을 쓰지 않고서는 살 수 없었다. 글쓰기로 여

태 먹고살아왔다. 나는 나의 이 별것 아닌 재주가 고맙고 사랑스럽다. 이제 와 나는 글을 쓰지 않으면 그냥 방송 건달일 뿐이다. 쓸 수 있는 시간도 줄어들었고 몸이 가장 많이 상했다. 그래도 컴퓨터 앞에 매일 시간을 정해놓고 앉아 있는 습관은 버리지 않았다. 엉덩이는 나를 배신하지 않는다.   2014. 9

글쓰는 허지웅입니다, 라는 말을 입으로 소리내어 발음해본다.

저 말은 내게 전보다 더 절실한 의미가 되었다.

나는 전에도 글을 쓰지 않고서는 살 수 없었다.

글쓰기로 여태 먹고살아왔다.

나는 나의 이 별것 아닌 재주가 고맙고 사랑스럽다.

엉덩이는 나를 배신하지 않는다.

나는
당신의
후배가
아니다

.
.
.

• 얼마 전 지인의 술자리에 초대
받았다. 가서 알게 된 사실이었지만 지인의 생일이었고 사람이
너무 많았다. 예상하지 못한 광경이라 좀 당황했다. 다행히 그
자리에 있던 사람들 대부분이 내가 평소 좋아했던 연예인들이기
에 기분이 좋아졌다. 서서 "글쓰는 허지웅입니다"라고 인사를
했다. 나중에 한번 더 앉은 채로 주최자에 의해 소개되었다.

구석에 앉아 있던 40대의 모 배우가 문제였다. 당시에도 어
딘가 불편한 기색이었는데 나중에 들어보니 다음날 현장에서 내
욕을 그리 했다고 한다. 자기에게 와서 인사를 하지 않았다는 것
이다. 거기에 부풀려 여러 가지 무례한 버전의 나를 제멋대로 재

단해 떠벌린 모양이었다. 그때로 돌아간다고 해도 숱한 사람들이 모인 예상치 못한 자리에서 전혀 그럴 분위기가 아닌데 혼자 굳이 돌아다니며 한 사람씩 술을 따르고 인사를 하고 웃음을 짓고 싶은 마음이 없다. 아니 상황에 따라 그럴 수도 있겠다. 너한테는 없다.

내가 이런 이야기를 토로했더니 어떤 친구는 내가 TV에 나오니까 그가 나를 후배로 인식했을 거라는 의견을 들려주었다. 전파를 타는 순간 불가항력적으로 그 사람의 후배가 될 수밖에 없는 것이 정말 세상의 원리라면, 나는 방송을 그만두겠다. 당신은 배우다. 나는 배우가 아니다. 나는 당신의 후배가 아니다. 설사 후배라 치더라도 자기한테 와서 인사하지 않았다는 이유로 처음 본 사람의 험담을 늘어놓는 한심한 치를 선배로 취급해주고 싶은 마음 따위는 눈곱만큼도 없다. 극중에서나 주인공이지 처음 보는 사람에게 주인공 취급을 받지 못했다고 심술을 부리는 건 아무래도 곤란하다. 얼마나 대단하신 분인지 40대에도 그리 인사받고 대우받고 싶어 견딜 수가 없는데 50대 되면 금칠해서 동상이라도 세워줘야 안 되겠다.

그러고 보면 영화 잡지의 기자들 사이에도 이상한 습관이 있다. 이를테면 배우 안성기씨에게 안성기 선배라고 부르는 것이다. 아무래도 그가 영화계의 굵고 너른 나무 같은 존재이기 때문일 것이다. 그렇다면 그것은 그 나름대로 설명이 가능하다. 존경과 권위는 스스로 선배라고 선언하여 얻을 수 있는 것이 아니다. 그의 행동과 품위, 아껴 보고 배울 점들로부터 자연스레 얻어지는 것이다.

그러나 그런 경우는 드물다. 여타 대개의 한국산 선후배 문화에는 장점만큼이나 나를 질식하게 만드는 냄새와 결이 있다. 선배와 후배라는 이름으로 날줄과 씨줄을 자처하지 않고서는 좀체 안도할 수 없는 병이 보인다. 나는 좀 빼주었으면 좋겠다. 한국에는 깍두기라는 훌륭한 전통이 있다.　　　　　　　2014.9

존경과 권위는

스스로 선배라고 선언하여 얻을 수 있는 것이 아니다.

그의 행동과 품위,

아껴 보고 배울 점들로부터

자연스레 얻어지는 것이다.

평범한

어른이

되는

법

.

.

.

　• 인간은 과거를 생각할 때마다
조금씩 죽는다. 시간이 흐를수록 사로잡힐 과거는 늘어간다. 후
회를 남기지 않는 죽음 따위는 근사한 문장 안에서나 찾을 수 있
는 것이다. 그리하여 마침내 마지막 순간, 인간은 자신이 감당
할 수 있는 한계를 멀찌감치 초과해버린 과거의 무게에 눌려 버
둥거리며 죽음을 맞이하게 되는 것이다. 그것은 우스꽝스럽지도
비장하지도 않은 그냥 인류, 라고 부를 만한 광경이다.

　나이를 먹고 어른이 된다는 건 자기 주변을 책임질 일이 늘
어간다는 것이다. 당신도 알다시피 책임을 진다는 건 말처럼 그

리 고상한 일이 아니다. 더럽고 치사한 일이다. 내 소신이 아니라 남의 소신을 지켜주어야 하는 일이다.

나이 오십에 누군가는 백 가지를 책임져야 할 것이고 다른 누군가는 열 가지를 책임지고 있을 테다. 그러나 그것은 각자 짊어질 깜냥이 되는 과거의 무게 차이일 뿐 절대량으로 우위를 따질 일은 아니다. 아름답게 나이 먹을 수 있는 방법 같은 건 없다. 결국 매 순간 과거를 떠올리며 조금씩 죽어가는 길을 피해 가기란 요원한 노릇이다. 피할 길을 찾을 수 없다면 짊어지는 수밖에 없다.

문제는 책임지지도 짊어지지도 않겠다며 뭐랄까 인류, 라는 단어를 내팽개쳐버리는 사람들이다. 현대사회라는 것이 운명공동체이다보니 평범한 어른이 된다는 건 꽤 어려운 일이 되고 말았다. 그나마 나잇값만이라도 해주었으면 하는 사람들이 "나이는 숫자에 불과할 뿐이지" 같은 말을 떠벌리는 걸 지켜보는 일은 곤욕스럽다.

후루야 미노루의 작품세계는 늘 이와 같은 화두를 관통해왔다. 그의 초기작이자 출세작인 『이나중 탁구부』는 막무가내의 화장실 개그물로 치부되는 경향이 있다. 그러나 그조차 정수는 어른들의 세계를 향한 막연한 동경과 현실과의 괴리, 그리고 소년들의 왁자지껄한 난장 이후에 찾아오는 덧없음에 있었다.

초창기 후루야 미노루 작품의 주인공들은 대개 무책임한 어른들의 영향 아래 놓여 있으되 자기 힘으로 삶을 일구어내고자 하는 의지를 드러내곤 했다. 나아가 좋은 어른이 되고 싶어하고,

그렇다면 좋은 어른이란 무엇인가를 고민하는 모습이 종종 포착되었다. 『크레이지 군단』은 『이나중 탁구부』에서 『그린힐』에 이르는 초기 3부작 가운데 그러한 메시지를 가장 집약적으로 드러낸 역작이었다. 주인공 형제가 아저씨에게 두들겨맞고 실컷 눈물을 쏟은 다음 얼른 아무렇지 않다는 듯 다음 발걸음을 재촉하는 『크레이지 군단』의 마지막 한 컷은 영화 〈그래비티〉에서 지구 위를 두 다리로 버티고 일어선 샌드라 불럭의 마지막 장면과 비견될 만한 것이었다.

'어두워졌다'고 평가되는 중기 이후의 작품들에서 이와 같은 화두는 더욱 본격화된다. 『두더지』에서 『시가테라』 『심해어』 『낮비』에 이르기까지, 후루야 미노루의 주인공들은 더 나은 인간, 공동체에 필요한 사람, 최소한 평범한 어른, 아니 평범한 어른이라는 이상향을 향해 골몰한다. 혹자들은 후루야 미노루의 근작들이 믿을 수 없을 만큼 초라한 남자가 믿을 수 없을 만큼 멋진 여자에게 구제되는 이야기의 동어반복이라고 비판한다. 확실히 그런 혐의가 있다. 다만 후루야 미노루가 방점을 찍는 건 그녀에게 구제되는 그, 가 아니다. 이것은 주변 세계와 관계를 맺고 책임지는 행동의 필요성을 깨달으면서 스스로를 구제하는 나, 의 이야기다.

소노 시온의 〈두더지〉는 후루야 미노루의 원작을 영화화한 작품이다. 원작의 주인공은 평범한 어른이 되고 싶어하는 소년이다. 그러나 이미 그럴 수 없을 것이라, 실패한 인생이라 생각하고 공동체에 해악을 끼치는 인간을 찾아 함께 죽고자 여정을 떠난다. 여정은 실패로 돌아가고 소년은 돌아온다. 그리고 비극적인 결말을 맞는다.

소노 시온이 『두더지』를 영화화한다고 했을 때, 도대체 얼마나 어두운 영화가 나올지 지레 겁부터 먹었다. 소노 시온은 후루야 미노루와 닮은 구석이 많은 당대의 작가다. 후루야 미노루에게서 웃음기를 아예 제거해버리고 피와 배설물을 한 바가지 끼얹으면 소노 시온이 될 것이다. 소노 시온은 〈자살 클럽〉부터 〈기묘한 서커스〉〈노리코의 식탁〉에 이르는 초기작에서 '당신은 당신과 얼마나 관계 맺고 있습니까'라는 질문을 반복하며 가정의 붕괴와 책임의식의 부재에 관해 지속적으로 다루어왔다. 그에게 〈두더지〉는 너무 어울려서 어쩌면 서로 어울리지 말았어야 할 선택이었을지 모른다.

그런데 2011년 3월 11일, 대지진이 일어났다. 소노 시온은 이미 써두었던 〈두더지〉의 영화 시나리오를 폐기했다. 그리고 대지진 이후의 폐허를 배경으로 원작 『두더지』의 비전을 새롭게 펼쳐냈다. 원작과 영화의 결정적인 차이는 결말에서 드러난다. 소노 시온은 주인공에게 절룩대고 비틀거리더라도 살아남아 버틸 것을 요구한다. 그것은 대지진의 여파로 상처받은 자국민을 향한 메시지였다.

놀랍게도 원작 『두더지』의 컨텍스트는 영화 〈두더지〉의 방향 전환에 의해 더욱 강력한 설득력을 갖게 되었다. 〈두더지〉의 주인공은 평범한 어른이 되고 싶어한다. 평범한 어른으로 공동체에 도움이 되는 일원이 되고 싶어한다. 그러나 그러기에는 자신이 너무 치명적인 과오를 저질렀다고 생각해 괴로워한다. 그럴 자격이 없다고 생각한다. 그래서 비극을 향해 달려간다.

그러나 그가 이상향으로 생각하는 평범한 어른이란, 바로 그런 과오들을 짊어지고 살아가는 사람들이다. 그것이 책임이다. 그것을 짊어지지 않고 도망가려는 자들 때문에 상처받았던 주인공이다. 그렇다면 자신은 다른 선택을 했어야 했다. 그 선택이 영화 〈두더지〉에서 평행우주처럼 갈라져 재생된다.

서두를 반복하자면, 인간은 그러니까 어차피 과거를 생각할 때마다 조금씩 죽는 것이다. 그 과거의 크기에 두려워하지도 슬퍼하지도 좌절하지도 말고, 바로 지금 이 순간 짊어질 수 있는 꼭 그만큼씩을 가지고 살아나가면, 그것이 평범한 어른이다.

후루야 미노루의 작품 속에 반복적으로 등장하는 장면이 있다. 인생을 리셋할 수 있는 버튼 이야기다. 그런 게 있다면 누를 거냐는 질문이다. 그는 우리 삶에 인생을 리셋하는 버튼 따위는 존재하지 않는다는 걸 역설한다.

아무튼 산다는 건 액정보호필름을 붙이는 일과 비슷한 것이다. 떼어내어 다시 붙이려다가는 못 쓰게 된다. 먼지가 들어갔으면 들어간 대로, 기포가 남았으면 남은 대로 결과물을 인내하고 상기할 수밖에 없다. 2013.11

평범한 어른이란, 과오들을 짊어지고 살아가는 사람들이다.

그것이 책임이다.

인간은 그러니까 어차피 과거를 생각할 때마다 조금씩 죽는 것이다.

그 과거의 크기에 두려워하지도 슬퍼하지도 좌절하지도 말고,

바로 지금 이 순간

짊어질 수 있는 꼭 그만큼씩을 가지고 살아나가면, 그것이 평범한 어른이다.

나이를 먹고 어른이 된다는 건

자기 주변을 책임질 일이 늘어간다는 것이다.

당신도 알다시피 책임을 진다는 건

말처럼 그리 고상한 일이 아니다.

더럽고 치사한 일이다.

내 소신이 아니라 남의 소신을 지켜주어야 하는 일이다.

아무튼 산다는 건

액정보호필름을 붙이는 일과 비슷한 것이다.

떼어내어 다시 붙이려다가는 못 쓰게 된다.

먼지가 들어갔으면 들어간 대로,

기포가 남았으면 남은 대로

결과물을 인내하고 상기할 수밖에 없다.

고시원으로부터

온

편지

• • •

• 참 더운 날이었다. 버스에서
내리는데 도중에 문이 닫혀 머리가 끼일 뻔했다. 애써 차분하게
땅을 밟아 디뎠다. 양손에 지구만한 보따리를 들고 눈앞의 건물
을 올려다봤다. 주머니 속에 꼬깃하게 구겨져 있던 전단지를 꺼
내들고 다시 한번 확인했다. 겹쳐져 하얗게 닳은 모서리 위로 고
소영의 얼굴 절반이 보인다.

"월 최저가 15만 원 실현"이라는 문구 밑으로 깨알같이 새
겨진 주소. 여기가 맞다. A고시원.

월세 15만 원의 저렴한 꿈을 품고 고시원의 가파른 층계를

올라갔다. 원장실은 2층에 있었다. 러닝셔츠 차림의 지긋한 노인이 나를 맞았다.

"전화했던 학생입니다."

"따라 올라와요. 콜록콜록."

"위층도 고시원인가봐요?"

"콜록콜록."

"여름감기 드셨나봐요."

"콜록콜록."

계단을 오르는 원장의 기침 소리가 콜록, 너무 심해서 콜록, 이건 흡사 에볼라 바이러스 아닐까 싶어 최대한 숨을 참아 뒤를 쫓았다. 과묵한 원장이 신발을 벗고 쫓아 들어오라는 손짓을 했다. 신발장을 지나자 폭 50센티미터의 좁은 복도가 나왔다. 복도를 가운데 두고 잿빛의 나무문들이 빼곡하게 박혀 있다. 요만한 넓이에 이렇게나 많은 방을 만들 수 있다는 데서 인간의 위대함을 느낀다. 복도 맨 끝에는 이 땅에 계절 가전기기의 역사가 시작됨과 동시에 전격 개발됐음직한 몰골의 낡은 에어컨이 무심히 서 있었다.

"여기요."

에어컨 코앞까지 다가간 원장이 문 하나를 가리켰다.

문을 열었다. 닫았다. 내가 지금 뭘 본 거지? 고시원 방이 좁은 건 새삼 놀랄 일이 아니다. 한두 평 남짓의 작은 골방에 책상과 의자가 있고, 바닥에 누우려면 의자를 책상 위로 올려야 다리를 온전히 다 뻗을 수 있다는 것쯤, 이미 알고 있었다. 하지만 방한가운데 거대한 나무뿌리처럼 기둥 하나가 서 있을 거야, 라는 말 따윈 들어본 적이 없다. 여러모로 믿을 수 없는 광경이다. 루크 스카이워커에게 "내가 니 에미다"라고 말해놓고 아차, 싶은 다스 베이더의 심정이다.

여기서 자려면 복부에 구멍을 만들든지, 천장에 거꾸로 매달려 기둥을 안고 자든지 해야겠다. 직립보행을 포기한 짐승의 눈빛으로 원장을 향해 고개를 거칠게 돌렸다. 원장이 거의 비슷한 속도로 고개를 돌려 시선을 회피했다. 그는 에어컨을 바라보며 말했다.

"이게 15만 원짜리 방이고. 다른 방은 20만 원부터 시작이야."

아무튼, 그렇게 A고시원 생활이 시작됐다. 콘크리트 기둥이 콩나무처럼 무럭무럭 자라고 있는 방 대신 창문이 없는 방을 골랐다. 덥고 답답했지만 배에 구멍을 뚫는 것보다는 나았다. 방문을 열어두면 노쇠한 에어컨의 입김이 원장의 기침 소리마냥 툴툴거리며 새어들어왔다.

첫날밤 깨달은 건 벽이 무척 얇다는 것이었다. 옆방에서 등을 긁으면 손톱으로 긁었는지 손가락으로 긁었는지 알 수 있을 만큼, 그냥 벽 따윈 없다고 해도 무방할 만한 수준이었다. 새벽 늦게까지 몸을 뒤척이다가 옆방 사람 귓바퀴 안에 들어 있는 이어폰의 "잠시 후 두시를 알려드리겠습니다"라는 곱고 또렷한 음

내가 지금 뭘 본 거지?

고시원 방이 좁은 건 새삼 놀랄 일이 아니다.

하지만 방 한가운데 거대한 나무뿌리처럼 기둥 하나가 서 있을 거야,

라는 말 따윈 들어본 적이 없다.

여러모로 믿을 수 없는 광경이다.

루크 스카이워커에게 "내가 니 에미다"라고 말해놓고

아차, 싶은 다스 베이더의 심정이다.

색을 들으며 겨우 잠이 들었다.

둘째 날 밤 깨달은 건 이 고시원에 학생이란 존재가 오로지 나 하나뿐이라는 사실이었다. 이곳뿐만 아니라 대부분의 오래된 고시원들이 저렴한 장기투숙 여관쯤으로 사용되고 있었다. 원생의 대부분이 일용직 아저씨들과 어느 서글픈 사연을 가진 노인들, 그리고 주침야활晝寢夜活의 '성'스러운 생활 패턴을 가진 누나들이었다. 밤이면 밤마다 누나들은 방문을 두드려 열고 부드러운 손으로 내 얼굴을 쓰다듬으며 "누나들이랑 놀까?"라고 속삭였. 면 정말 좋았겠지만 난 이 고시원에서 그저 십이지장충 비슷하게 이질적인 무언가에 지나지 않았다. 외로웠다.

일주일 정도 지나자 어느 정도 적응이 됐다. 화장실에 가기 위해 좁고 긴 복도를 걸어가다가 우연히 판다와 마주쳐도 꾸벅 인사를 하고 한쪽으로 비켜 지나갈 정도로 매사에 담담해졌다. 안녕하세요. 안녕하십니다. 익숙해지고 보니 고시원만큼 편한 곳도 없다는 생각마저 들기 시작했다. 아닌 게 아니라 사실이다. 특히 집에서 떨어져나와 홀로서기를 처음 시도하는 사람들에게, 고시원은 (원룸이나 단칸방으로는 상상할 수 없는) 꽤 특성화된 개인주거공간을 제공한다. 공동으로 쓰는(고시원에선 뭐든지 공용이다!) 부엌에 가면 언제나 밥이 있다. 조리기구도 갖춰져 있는 편이니 라면이나 찌개 정도는 얼마든지 끓여 먹을 수 있다.

냉난방 걱정도 없다. 덥고 추운 거 해결 못해주면 원생들이 다른 고시원으로 미련 없이 옮긴다는 거, 원장들이 더 잘 안다.

방이 좁은 것도 생각을 조금만 바꿔보면 오히려 장점이 된다. 결벽증이 심해 바닥에 떨어진 머리카락 보기를 송충이 보듯 하는 나 같은 사람에겐 더욱 좋다. 청소해야 할 공간이 좁다보니 조금만 신경쓰면 늘 청결한 수준을 유지할 수 있기 때문이다. 수납의 묘를 체득하기에도 이만한 곳이 없다. '의자를 책상 위에 올리지 않고선 잠을 잘 수 없는' 방에 살면서 수납의 천재가 되지 않기란 불가능하다. 그저 물건을 쌓아올려놓고 자다가 두어 번 깔리고 나면 사고가 입체적으로 전환된다. 인테리어의 문제가 아니라 생존의 문제인 것이다.

고시원에 들어오고 처음 맞는 새해 첫날, 원생 중 한 분과 사소한 시비가 붙었다. 공사현장에 날마다 출근하다가 잠시 다리를 다쳐 쉬고 있는 아저씨였다. 내가 화장실을 너무 오래 사용했다는 이유였다. 문을 열었더니, 아저씨가 궁시렁. 나도 불끈해서 궁시렁. 뭐 이 자식아. 뭐 이 양반아. 내 발차기를 받아라. 급기야 주먹다짐으로까지 번져 사달이 났다. 몸이 뒤엉켰다가 하늘로 붕 떠올랐다. 잠시 생각해보았다. 이것 참, 내가 지금 여기서 뭐 하고 있는 거지. 우당탕.

그날 밤 아저씨와 술자리를 함께하게 됐다. 주뼛주뼛 고개를 가로저으며 방문을 열었다. 이미 술판이 벌어져 있었다. 내 방보다 넓네. 조금 둘러보다 자리에 앉았다. 아저씨가 먼저 술잔을 내밀었다.

"괜찮아, 괜찮아. 내가 미안해."

괜히 코끝이 짠해졌다. 아저씨는 이미 많이 취해 있었다. 벽돌을 지고 4층을 오르내리는 일의 피로감과 삶의 황폐함, 등지고 산 지 오래됐다는, 아들이 아쉽고 밉다는 그의 이야기가 오랫동안 이어졌다. 마지막으로 건배를 권하면서 누군가 쥐어짜듯 말했다.

"올해는 꼭 여기를 벗어나자고! 그게 우리들의 새해 희망이지!"

잔을 부딪쳤다. 아저씨는 그해 가을쯤 소리소문 없이 고시원을 떠났다.

언젠가부터 고시원은 일상적인 삶의 궤도로부터 잠시 발을 헛디딘 사람들에게 물리적, 심리적 도피처 역할을 자처하고 있었던 것 같다. 신용자본주의 사회의 줄타기에서 미끄러진 사람부터 가부장의 억압을 참지 못한 소년 소녀들, 자식으로부터 버림받은 노인들에 이르기까지 모두가 고시원을 찾아 모여들었다.

사람들은 고시원을 최후의, 그러나 일시적인 보루로 여기는 듯했다. 지금 잠시 머물고 있지만 언젠간 반드시 벗어나야 마땅한 곳. 좁고 불편한 가난의 상징으로 말이다.

하지만 아저씨가 "벗어나자!"고 외쳤을 때, 속으로는 동의할 수 없었다. 고시원에서의 생활이 충분히 행복했기 때문이다. 어쨌거나 세상의 표면 위를 더듬거리고 선 벌거숭이 어린아이에게, 저 혼자 힘으로 벌어 지내는 게 가능한 거주지가 있다는 건 여러모로 든든한 일이다. 그것은 온전히 제어할 수 있는 공간이었고, 분수에 맞는 삶이었다.

주변에서 고시원을 "거기 잠깐 살아봤는데"라며 웃음거리 소재로 삼거나 대단한 고난과 육체적 고통의 기억으로 환기시키면, 그래서 조금 불편하다. 내게 고시원은 그때 그 시절의 뜨거움이 아니다. 그것은 약간의 살냄새가 더해진 삶의 풍경이자, 지금 딛고 서 있는 현실의 연장선이다.

고시원에서 원생으로 2년을 살고 총무로 2년을 더 산 뒤 주변에 반지하 전세방을 얻어 나왔다. 벌써 3년째인데 퇴근해서 현관문을 열 때마다 매번 어색하다. 고시원으로 부러 돌아가고 싶은 마음은 없다. 하지만 그때만큼 살고 있는 공간의 모든 걸 이해하고 있는 것 같지는 않다. 어른이 된다는 건, 어쩌면 주변 세계를 향한 애정을 조금씩 잃어가는 과정일지도 모르겠다.　　2007. 9

어른이 된다는 건,

어쩌면 주변 세계를 향한 애정을

조금씩 잃어가는 과정일지도 모르겠다.

고시원

야간총무

•
•
•

• 고시원 야간총무 일을 하게 된
건 그야말로 필연이었다. 내게 그보다 더 좋은 일자리는 없었다.
학비에 집세에 연애질에, 내야 할 돈은 많고 가진 돈은 없었다. 이
미 오전에 편의점, 오후에 카페 서빙, 주말에 텔레마케팅을 하고
있었다. 그러거나 말거나 아르바이트를 하나라도 더 해야 했다.
누가 고시원 총무 일을 해보면 어떠냐 말했을 때 뒤통수를 얻어
맞은 것 같았다. 총무를 하면 방이 공짜다. 심지어 한 달에 20만
원에서 30만 원 가까운 수입이 생긴다. 이미 나는 고시원 생활만
2년째인 경력자가 아니었던가. 내 주위에 이런 고부가가치 산업
이 존재해왔다는 사실을 도무지 믿을 수 없었다.

수소문한 지 이틀 만에 자리를 구했다. 문짝에 붙어 있던 구인 종이를 북 뜯어 손에 들고 원장실을 찾았다. 2층에 있었다. 단숨에 문을 열어젖히고 박력 있게 말했다.

"진짜 잘할 수 있습니다. 저는 고시원 총무를 하기 위해 태어난 사람인 것 같습니다."

고액연봉을 위해서라면 발가락이라도 핥겠다는 심정이었다.

그렇게 일을 시작했다. 고시원을 옮겨 이사했다. 일은 쉬웠다. 오후 8시 30분 청소를 시작해 9시부터 자리를 잡는다. 방 보러 오는 학생들을 안내하고 월세를 받고 전화를 지키면서 새벽 4시까지만 버티면 그만이었다. 그 시간 동안 대개 책을 읽고 리포트를 쓰고 영화를 봤다. 나중에 잔뼈가 굵고 나선 3시가 되기 전에 그냥 잤다. 7시까지만 일어나 청소를 하면, 그걸로 야간총무 업무의 모든 것이 마무리되는 것이다. 그것 참 세상 되게 쉽고 편하다, 는 생각이었다.

그러나 조만간 쉽지 않게 되었다. 누군가 원장에게 내 근무 태도를 문제삼은 모양이었다. 문을 잠그고 나가 보조열쇠를 받으러 총무실에 내려갔더니 자리를 비우고 있더라, 는 내용이었다. 원장에게 한 시간 가까운 정신교육을 받고 군기가 조금 들었다.

그뒤로는 원장이 총무실에 전화를 걸어오는 일이 부쩍 늘었다. 아침저녁 청소 상태 검사에도 날이 섰다. 이놈의 인생이란 뭔가 할 만하면 피곤해지는구나. 누군가 밤새 건물 대문 앞에 싸놓은 한 무더기의 똥을 치우며, 아니 이것은 흡사 말이 싼 똥이 아닌가 싶어 갸웃거리며, 나는 신세를 원망했다.

자정을 한 시간 남긴 때였다. 총무실에 앉아 후루야 미노루의 만화를 보고 있었다. 한참 키득거리며 재미 보고 있는데 어디선가 이상한 소리가 들려왔다. 처음에는 바람 소리인 줄 알았다. 다음에는 TV 소리인 줄 알았다. 그런데 천장이 쿵쿵, 진동까지 느껴지는 바람에 저 위층에서 실시간으로 무언가 거대한 일이 진행중이라는 걸 깨달았다. 이거 올라가봐야 하는 거 아닌가 싶은데 그 와중에도 소리는 점점 커졌다. 남녀의 교성이 뒤섞여 흡사 무슨 동물의 울음소리마냥 벽을 타고 내려왔다. 짐승들. 아주 끝장을 보는구나. 대충 무슨 일인지 짐작이 되니, 올라가기가 쉽지 않았다. 가서 뭐라고 해야 되나. 하지 마세요, 그래야 하나.

별안간 총무실 앞 201호의 문이 열렸다. 음침해도 사람은 온화한 대학원생이었다. 나는 201호 문이 열리는 걸 싫어했는데, 그건 그 방안이 온통 곰팡이로 뒤덮여 있었기 때문이다. 생각해보면 정말 놀라운 광경이었다. 온갖 복잡한 문양을 새겨가며 곰팡이가 벽 구석구석을 가로지르고 있었다. 저것은 흡사 외계인의 흔적이 아닌가, 싶어 관련 서적을 뒤적여보게 만들 만큼 대단한 것이었다. 더불어 냄새가 아주 끔찍했다. 그런 데서 어찌 사는지 도무지 모를 일이었다. 원장의 설명에 따르면, 원래 멀쩡한 방이었는데 그 원생이 들어오면서부터 그렇게 됐단다. 청소를 해주겠다고 해도 한사코 거부했다. 혹시 손이나 항문에서 곰팡이가 뿜어져나오는 슈퍼히어로가 아닐까 생각해보았는데, 그 걸 초능력이라 부를 수 있는 건지 확신할 수 없어 입 밖에 꺼내지 는 않았다.

어쨌든 좀체 말이 없는 201호 원생이 총무실 창문 바로 앞 까지 다가와 나를 바라보고 섰다. 우리 눈이 마주쳤다. 원생이 오른손 집게손가락으로 위층을 가리켰다. 그리고 표정을 있는 힘껏 잔뜩 찌푸렸다. 이제껏 그가 그렇게까지 감정을 드러내는 광경을 본 적이 없었기 때문에, 나는 무척이나 놀랐다. 조금만 더 지체했다간 곰팡이 포자를 발사할지 모른다는 생각에 벌떡 일어났다. 얼른 위층으로 뛰어올라갔다.

306호였다. 내가 알기로는 어느 무역회사를 다니는 30대 초 반의 여성이 기거하는 방이다. 302호에 사는 여대생이 문틈으로 얼굴을 빠끔히 내밀고 있다가 나와 눈이 마주치자 안으로 쏙 사 라져버렸다. 306호 문 앞까지 가 섰다. 아이고 이걸 뭐라고 해야 하나. 이미 방 전체가 박살이라도 날 듯 진동하고 있었다.

대개의 고시원이 그렇듯, 이 고시원의 방과 방 사이 벽이란 있으나 마나 위장에 가까울 정도로 위태로운 것이었다. 합판보 다 아주 조금 두꺼운 수준이라고 해야 하나. 숨을 죽이고 일을 치 러도 옆방에서 알아챌 텐데 이건 뭐 새해 첫날 보신각 종 치듯 온 누리에 사랑을 알리고 있으니. 나는 나도 모르는 사이에 감탄하 고야 말았다.

대단한 일이다. 인간의 교미가 이렇게까지 과감할 수 있단

말인가. 이들은 지금쯤 우주와 만나고 있는 게 아닐까. 자기야 저기 코스모가 보여. 코스모! 코스모! 이 정도라면 과연 숭고하다는 표현이 어울리겠다. 나는 인간 욕망의 위대함을 다시 한번 실감하며 내심 숙연해진 채로 그냥 그렇게 가만히 서 있었다. 누가 뭐래도, 내게 코스모를 방해할 권한 따위는 없는 것이다.

그러다 나도 모르게 문을 두드리고 말았다. 똑똑. 아차 싶었다. 들었을까. 용케도 알아챘는지 소리와 진동이 순식간에 멈추었다. 층 전체가 정적에 휩싸였다. 코스모는 사라졌다. 경외감도 사라졌다. 아니 이렇게 조용한 세상인데 말이야. 아, 저 총무인데요, 그, 조금만 조용히 해주시면 안 될까요. 다른 분들이 불평을 하셔서요.

그 이상 할말이 없었다. 많이 좋니? 그렇게 좋아? 훌륭하십니다. 물어볼 수도 없고 칭찬할 수도 없고. 침묵이 이어졌다. 별소리가 들리지 않아 나는 조금 기다리다 그냥 발길을 돌렸다. 어쨌든 조용해졌으니 곰팡이 형도 만족할 것이라 생각했다.

곰팡이 형은 이미 자기 방으로 사라지고 없었다. 총무실로 들어와 가만히 자리에 앉았다. 만화책을 집어들었다가 그냥 다시 내려두었다. 이유를 알 수 없는 미안한 감정에 휩싸여 아무것도 할 수 없었다. 그렇게 한참을 있는데 뭔가 계단 쪽에서 인기척이 느껴졌다. 직감이 고개를 들었다. 문제의 코스모 남자가 집에 가려는 걸까. 계단을 쳐다보았다. 아무도 없다. 한참을 봐도 아무도 내려오지 않는다.

그러다 순식간에 소름이 확 돋았다. 너무 놀라서 앉은자리에서 혼절할 뻔했다. 내 생전 그렇게 무서운 순간이 얼마나 있었던가 싶다. 계단과 계단 사이 꺾이는 구간에 웬 사람 머리 하나가 이쪽을 바라보고 있는 것이다. 아마도 눈이 마주쳤지 싶었다. 이쪽을 바라보던 머리가 쏙 들어가 사라졌다. 그제야 상황을 알 만했다. 남자가 집에 가려는데 나랑 마주치기 미안했던지 무서웠던지 무안했던지 그런 모양이다. 아니 나는 당신을 존경한다고. 왜 쓸데없는 걱정을 하는 거야.

이윽고 남자가 모습을 드러냈다. 되게 참하게 생긴, 군인이었다. 아, 군인이었구나. 왠지 듬직하다는 기분. 우리의 국방력. 우리의 코스모. 그런 내 마음을 아는지 모르는지 군인은 서두르고 있었다. 군화가 간신히 보이지 않을 정도의, 그것 참 대단히 미묘한 빠르기다. 도망가듯 도망가지 않는, 놀랍도록 애매한 속도였다. 곧 건물 대문이 열리고 닫히는 소리가 들려왔다. 나가보았더니 계단에 검은색 가죽장갑 하나가 나뒹굴고 있었다. 내게도 익숙한, 군에서 보급되는 가죽장갑이다. 아이고 선생님 이걸 흘리고 가면 어떻게 합니까. 얼른 집어서 따라 내려갔다. 대문을 나섰다. 저 왼쪽 방향으로 군인이 걸어가고 있었다. 그가 무슨 이유였는지 내 쪽을 돌아보았다. 나와 눈이 마주쳤다. 장갑을 들어 가져가라는 몸짓을 해 보였다. 그런데 웬걸, 군인이 뛰기 시작했다. 아까와는 달리 너무나 빨랐다. 순식간에 시야에서 사라졌다. 나는 장갑 한 짝을 들고 거기 그냥 멍하니 섰다. 뭐랄까, 신화가 깨진 느낌이었다. 임춘애가 라면만 먹고 뛴 게 아니라 실은 계란도 풀어 먹었다더라, 는 제보를 들은 심정이었다.

　쓸쓸히 걸음을 옮겨 내 자리로 돌아갔다. 306호 여자는 내 눈을 이상하리만치 피해다니다가 그 주를 넘기지 못하고 방을 비웠다. 가죽장갑 한 짝은 끝내 고시원에 남았다. 총무 일을 그만두고 고시원을 나갈 때 장갑을 서랍에 넣어두고 나왔다. 아직도 거기 있으려나 모르겠다. 2009.1

고시원

아저씨들

•
•
•

• 당대의 시대정신은 그러니까 아마도 최저가, 였던 걸로 기억한다. 15만 원짜리 내 방은 작고 창문도 없었다. 벽은, 변기에서 항문을 향해 따뜻한 물을 쏴주는 최첨단 문명의 시대에 우리가 과연 이걸 벽이라고 불러도 되는 건가 싶을 정도로 두드리면 휘청거리며 퉁퉁 울리는, 얇은 북과 같은 것이었다. 그러나 나는 대개 만족했다. 방이 작아서 청소하기 편했고 글쓰는 데 집중하기도 좋았다. 공용으로 쓰는 부엌에는 언제나 따뜻한 밥이 있었다. 무엇보다 이제 막 세상 밖으로 기어나온 내가 나 혼자의 능력으로 벌어먹으며 건사해낼 수 있는 공간이었다. 분수에 맞았고 마음이 편했다.

최저가의 고시원에 고시생은 없다. 대부분 일용직 노동자였다. 그 가운데 세 사람이 기억에 선명하다. 내 옆방에 살았던 맥가이버 아저씨는 말이 거의 없었다. 얼굴이 까만 맥가이버 아저씨는 종종 길거리에서 못 쓰는 물건들을 주워왔다. 아저씨가 좁은 복도를 다 차지하고 앉아 뭔가 뚝딱거리다보면 선풍기가 되고 편지함이 되었다. 가끔 웃는 얼굴을 볼 때마다 이가 굉장히 하얗다고 생각했다.

말상 아저씨는 키가 크고 꽤 잘생겼는데 늘 인상을 쓰고 다녔다. 그래도 수입은 가장 좋아 보였다. 고시원에 머무르는 시간보다 밖에 있는 시간이 더 길었고, 돌아올 때면 늘 비닐봉지 가득 과자며 소주를 잔뜩 사들고 와 잔치를 벌였다.

안경 아저씨는 키가 작고 왜소했는데 친화력이 좋았다. 먼저 말을 걸고 걱정해주는 타입이었다. 가끔 말끔한 감청색 정장을 갖춰입고 나가는 일이 있었다. 안경 아저씨 방이 우리 층에서 가장 넓었기 때문에 말상 아저씨가 먹을 것을 사오면 주로 그 방에 사람들이 몰려가 시끄럽게 놀았다. 그 외 다른 아저씨들은 바람처럼 들어왔다가 바람처럼 사라지기 일쑤였지만, 이 세 사람은 꽤 오래 살았다. 정작 나는 이 고시원에서 가장 오래 살았음에도 불구하고 아저씨들 가운데 누구와도 친하게 지내지 않았다. 그래도 어차피 복도나 벽을 통해 소리가 다 들려왔기에 누가 오늘 술을 마셨구나, 누가 기분이 안 좋구나, 아저씨가 뭘 또 만들었구나, 정도는 파악할 수 있었다.

고시원에서 처음 맞는 새해 아침 화장실 문을 잠가두고 쪼그려 앉아 샤워를 하는데 누군가 거칠게 문을 두드렸다. 왜 문을 잠그고 사용하냐며 고함을 질렀다. 어차피 1인용 화장실이다. 짜증이 나서 문을 세게 쾅하고 열었다. 얼마 전 공사장에서 다리를 다치고 방안에 틀어박혀 있던 말상 아저씨가 씩씩대고 서 있었다. 아저씨가 느닷없이 주먹을 날렸다. 금세 둘이 엉켜서 난리가 났다. 말상 아저씨는 평소 내게 불만이 많았던 모양이다. 너이 새끼 여자애들 데려와서 밤중에 뭐하는 거야, 라는 말에 화가 나서 또 한바탕 뒹굴었다.

그날 밤 누군가 내 방문을 두드렸다. 안경 아저씨였다. 지금 내 방에서 술 마시는데 같이 한잔하시죠. 당황했다. 망설였지만 곧 아저씨를 따라갔다. 고시원 살면서 남의 방에 들어가본 건 처음이었다. 갖은 과자 더미와 소주 몇 병이 널려 있고 주위로 말상 아저씨와 맥가이버 아저씨가 앉아 있었다. 안경 아저씨가 등을 툭툭 두드린다. 자 우리 어차피 이웃사촌인데 풉시다 풀어. 불편하게 잔을 받고 불편하게 마셨다. 말상 아저씨가 입을 열었다. 내가 자네만한 아들이 있는데, 그러고는 말끝을 흐린다. 대뜸 술잔을 내민다. 술잔을 부딪치고 입안에 털어넣었다.

나도 술이 오르고 아저씨들도 취하면서 참 시끄러운 자리가 되었다. 말상 아저씨는 자꾸 아들 이야기를 했다. 아들이 보고 싶은데 자기를 싫어한다고 했다. 아들이 어렸을 때 구멍가게 앞에 마중나왔던 일을 세 번 정도 반복해서 말했다. 주변 눈치를 보니 원래 자주 하는 이야기인 것 같았다. 안경 아저씨는 틈만 나면 자연의 이치나 국가 정세에 대한 말을 늘어놓았다. 맥가이버 아저씨는 별말 없이 자주 웃었다. 시간이 좀 흘렀다. 꾸벅꾸벅 졸고 있는 말상 아저씨를 깨우더니 안경 아저씨가 마지막으로 건배를 하자고 말했다. 우리의 목표는 다음 명절에 여기 없는 거다, 올해는 반드시 여기를 벗어나자! 그게 우리 새해 희망이다!

이후로 아저씨들과 딱히 더 친하게 지내지는 않았다. 안경 아저씨와 말상 아저씨는 그해 가을쯤 소리소문 없이 고시원을 떠났다. 맥가이버 아저씨는 남았다. 나는 그 고시원에서 1년을 더 살고 다른 고시원으로 옮겼다. 벌써 10년 전 일이다. 나와 달리 아저씨들은 고시원을 싫어했던 것 같다. 거기까지 내몰린 자신이 싫었던 것일지도 모르겠다. 종종 아저씨들을 생각한다. 책상 앞에 앉아 키보드를 두드리다보면 벽을 통해 들려오던 안경 아저씨 설교 소리나 말상 아저씨 흥얼대는 노랫소리, 맥가이버 아저씨가 뭔가를 만들어내 작동시킬 때 주위에서 박수를 치고 좋아하던 아저씨들 소리가 떠오른다. 그러면 기분이 이상해진다. 고립되기 십상인 고시원이라는 공간에서 아저씨들과 달리 내가 만족하고 살 수 있었던 건, 어쩌면 거꾸로 아저씨들 덕분이었는지 모른다는 생각이 자꾸 드는 것이다. 굳이 과장해서 꼭 한번 다시 보고 싶다고 말하지는 않겠다. 다만 그때처럼 누군가와 함께였으면 좋겠다. 꼭 그랬으면 좋겠다. 2012.10

책상 앞에 앉아 키보드를 두드리다보면

벽을 통해 들려오던 안경 아저씨 설교 소리나

말상 아저씨 흥얼대는 노랫소리,

맥가이버 아저씨가 뭔가를 만들어내 작동시킬 때

주위에서 박수를 치고 좋아하던 아저씨들 소리가 떠오른다.

굳이 과장해서 꼭 한 번 다시 보고 싶다고 말하지는 않겠다.

다만 그때처럼 누군가와 함께였으면 좋겠다.

꼭 그랬으면 좋겠다.

사랑해요,

현주씨

·
·
·

· 어저께 참 좋은 동생들을 만났
다. 인정받는 일러스트레이터다. 나 보려고 지방에서 올라왔다.
고마운 노릇이다. 그 가운데 하나는 엄마를 한 명의 여자로 생각
하고 대하는 친구였다. 많은 것을 느꼈다. 반성을 했다. 나는 그
렇지 못하기 때문이다. 적어도 우리 엄마는 내게 한 명의 여자로
서 대우받을 만큼 충분한, 매력적이고 헌신적이고 사랑스러운,
그런 사람이다.

한때는 아버지에 대한 증오로 숨을 쉬고 버텼다. 나는 아버
지를 증오했다. 아버지는 우리 가족을 파괴했다. 반원초등학교

를 경원중학교를 서울고등학교를 다니다가 가족이 깡판 나는 바람에 전라도 광주로 이사 갔다. 험한 친구들뿐이었다. 삭발하고 눈에 힘주고 다녔다. 많이 맞고 많이 때렸다. 그러나 좋은 친구들이었다.

나는 당시의 내 형편에 대해 그다지 심각한 피해의식을 느끼지 못한다. 행복했기 때문이다. 그러나 대학교 진학을 위해 서울로 오면서, 나는 주체할 수 없는 증오에 함몰됐다. 아버지가 교수다. 딱히 그 학교에 진학하지 않아도 새끼들 학비지원금이 나온다. 그러나 나는 아버지에게 단 한푼의 지원도 받지 못했다.

나는 하루 세 개의 아르바이트를 해야 했다. 새벽부터 오전까지 일하고 수업을 듣고 저녁 일을 하고 새벽에는 고시원 총무를 보아야 했다. 그래야 살아남을 수 있었다. 끔찍했다. 아침에 졸린 눈을 피 흘리듯 어거지로 치켜떠야 할 때마다 아버지가 미웠다.

끝까지 나를 책임지고 챙긴 건 엄마였다. 몇 푼 안 되는 돈이라도 지원해주기 위해 엄마는 친가 식구라는 사람들에게 뺨을 맞아야 했고 리어카를 끌어야 했다. 그렇게, 우리 엄마는 나를 만들어냈다. 우리 엄마는 내게 충분히 존중받아야만 한다.

아버지가 미웠다. 어디 가서든 아버지가 없다고 말했다. 실제 그랬다. 나의 20대란 온전히 아버지에 대한 증오감으로 버티어낸 것이었다. 지금은 그냥 무덤덤하다. 내 밥벌이 내가 잘 하고 있고 아버지에게도 나름의 주관적 합리가 있었을 것이라 생각한다. 그도 피곤하고 짜증스럽고 힘들었을 것이다. 이 땅의 아버지로서, 그 어떤 아비가 자식에게 인정받고 싶고 좋은 가정을 꾸리고 싶고 친구 같은 새끼를 만들고 싶지 않겠느냐는 말이다. 연민을 느낀다.

그래서 요즘은, 아버지를 인터뷰하고 싶다는 생각을 한다. 인터뷰를 하면 자연스레 객관화가 된다. 취재원이 된다. 그렇게 되면 나는 그를 이해할 수 있지 않을까 싶다. 그가 장손을 그다지도 방기했던 속사정에 대해 마음으로 다가갈 수 있을 거라 생각한다.

그러나 그보다 우선은 우리 엄마에 대한 배려와 관심이다. 우리 엄마는 최선을 다했다. 노력했다. 힘든 일이다. 나 같으면 그런 상황에서 새끼들 안 챙겼다. 절대 그럴 수 없다. 나는 세상에서 나 자신이 가장 소중하고 중요하기 때문이다. 우리 엄마는 자기 인생을 포기하고 우리 형제를 길러냈다. 이것은 흡사 슈퍼히어로가 아닌가. 나는 그녀의 크립톤 운석이었다. 나는 그런 지위를 누리기만 했다. 그만한 책임과 의무는 외면했다.

그녀는 우리가 하늘이 내려준 새끼들이라고 이야기한다. 나는 그녀가 하늘이 내려준 엄마라고 생각한다. 나는 엄마를 한 명의 여자로서 존중하고 아낄 수 있어야 한다.

그래서, 앞으로는 엄마가 아니라 현주씨라고 불러야겠다 결심했다. 내일 당장 만나야겠다. 그렇게 내 마음을 조금씩 드러내야겠다. 우리 엄마, 아니 현주씨는 그럴 자격이 충분하다. 좋은 사람이다. 그녀가 행복해졌으면 좋겠다. 그럼 나도 행복할 것 같다.

　　나는 가족 이야기를 쉽게 하지 않는다. 글로 아버지 이야기를 풀어내는 건 처음이다. 새삼 왜 이럴까. 오늘밤 아주 좋은 형과 가족 이야기를 나누고 같이 슬퍼하고 같이 웃다보니, 어떻게 그리됐네.

2008.12

끝까지 나를 책임지고 챙긴 건 엄마였다.

몇 푼 안 되는 돈이라도 지원해주기 위해

엄마는 친가 식구라는 사람들에게 뺨을 맞아야 했고

리어카를 끌어야 했다.

그렇게, 우리 엄마는 나를 만들어냈다.

우리 엄마는 자기 인생을 포기하고 우리 형제를 길러냈다.

이것은 흡사 슈퍼히어로가 아닌가.

나는 그녀의 크립톤 운석이었다.

그녀는 우리가 하늘이 내려준 새끼들이라고 이야기한다.

나는 그녀가 하늘이 내려준 엄마라고 생각한다.

나는 엄마를 한 명의 여자로서 존중하고 아낄 수 있어야 한다.

그래서, 앞으로는 엄마가 아니라 현주씨라고 불러야겠다 결심했다.

그녀가 행복해졌으면 좋겠다.

그럼 나도 행복할 것 같다.

엄마,

생일

.

.

.

　　　• 엄마에게 새 방을 보여주지 못
했다. 한번은 합정동까지 오셨다. 역에서 집까지 가는 길 내내
왜 또 반지하냐 재킷은 왜 그리 짧냐 아이고 잔소리 잔소리. 기어
이 짜증을 부렸다. 엄마가 뭘 해줬다고!
　　불쌍한 엄마는 발길을 돌렸다. 참 못난 입이고 말이다. 가
족은 가족에게 폭력적이다. 객관화해야 한다고 입으로 말했는
데 정작 내 입은 그러지 못한다. 밉다. 스스로에게 되게 실망했
다. 그 길 위에서 엄마에게 전화를 했다. 엄마는 전화를 받지 않
았다.

나는 먼저 연락하지 못했다. 일이 바쁘고 삶이 피곤하니 그래도 된다고 생각했다. 며칠 후 문자가 왔다. 한밤중이었다. 엄마였다.

"음력 10월 14일 양력 11월 11일은 지웅이 엄마의 생일……받고 싶은 생일선물: 예쁜 숄처럼 생긴 목도리. 가격 4만 원."

화장실에서 물 틀어놓고, 나는 소리내 엉엉 울었다.

비싼 걸 사주고 싶었다. 백화점에 가야겠다. 회사 후배에게 나 효도 좀 하려는데 뭘 사면 좋겠니 이것저것 물어봤다. 에르메스가 비싸고 버버리가 그나마 조금 싼데 몇십만 원 생각해야 한단다. 그것 참 되게 비싸네. 그래도 아깝다는 생각은 들지 않았다. 우리 엄마는 있으나 마나 한 아버지에게 평생 그런 선물 받아본 일이 없는 사람이다. 바보같이.

압구정역에서 엄마를 만났다. 볕이 좋은 날에 엄마는 유난히 예뻤다. 미용실에 가서 장미희 머리로 잘라달라고 했단다. 정말 장미희보다 예뻤다. 백화점에 들어갔다. 그러나 천하의 고집쟁이 엄마는 결코 내가 원하는 숍에 들어가려 하지 않았다. 엄마는 백화점 1층에서 기어이 4만 9천 원짜리 목도리를 골랐다. 나랑 내 동생이 신이 내린 자식이라고 했다. 그리고 세상에서 제일 예쁜 표정으로 웃어주었다.

엄마와 커피를 마시고 가로수길을 걷고 다시 커피를 마시고 〈아내가 결혼했다〉를 봤다. 극장을 나서 모계사회 자바국에 대한 이야기를 하다가 헤어졌다. 연애하듯 좋다.

집으로 향하는 지하철 안에서 친구의 전화를 받았다. 친구의 어머니가 쓰러지셨다. 괜찮니, 물었더니 오히려 명확해졌단다. 뼈가 삭도록 일해서 가족 먹여 살리겠단다. 전화를 끊고 한강을 바라보았다. 어둡다. 유리에 비친 내 모습이 밉살맞고 장미희보다 예쁜 엄마가 자꾸 보고 싶었다. 엄마는 나를 자꾸 울게 만든다. 그렇다면 엄마 무릎에서 울고 싶다. 하지만 나는 엄마 앞에서 울지 못한다.   2008.11

어둡다.

유리에 비친 내 모습이 밉살맞고

장미희보다 예쁜 엄마가 자꾸 보고 싶었다.

엄마는 나를 자꾸 울게 만든다.

그렇다면 엄마 무릎에서 울고 싶다.

하지만 나는 엄마 앞에서 울지 못한다.

봄이

오면

•
•
•

• 결국, 다시 여름이다. 마음이
편치 않다. 기다림이 시작됐기 때문이다. 내가 가장 좋아하는 계
절은 봄이다. 봄이면 뭐든지 즐겁다. 내게 나머지 계절은 봄으로
가기 위한 여정의 일부에 불과하다. 그 긴 시간 동안, 나는 봄을
기다리는 고집으로 하루하루를 헤아린다.

겨울이 지고 봄이 돌아왔다는 사실은 숫자나 기록으로 쉽게
드러나지 않는다. 봄 여름 가을 겨울 가운데 유독 봄만큼은 객관
적으로 인식하기가 어렵다. 오직 몸으로 정직하게 느낄 수 있다.
이를테면 뺨에 닿은 볕의 주관적인 온기를 통해서 말이다. 그러
나 이 애매한 경계는 날이 갈수록 희미해져 최근에는 겨울 다음

에 바로 여름이 온 것이 아니냐는 투정이 터져나오기도 한다. 봄의 무결성을 사랑하는 사람에게 그것은 참 잔인한 일이다. 지금 내가 그렇다. 입맛도 없고 즐거움도 드물다. 올해는 정말 봄을 알 수가 없었다. 슬프다.

　봄은 언제나 아름답다. 내가 봄을 아름답다고 느끼는 건, 그것이 공정하기 때문이다. 봄의 따스함은 더위에 약하고 강한 자나 추위에 약하고 강한 자를 가리지 않고 모두에게 공정하다. 사람의 조건과 규칙들이 하루를 멀다 하고 불온하게 허물어지는 이 세계 아래서, 공정한 모든 것은 아름답다.

　그러나 그것이 전부는 아니다. 이 짧고 알아채기 어려운 계절의 가장 눈부신 대목은, 그 공정함이 달이 찰수록 깊게 성숙해나간다는 점이다. 여름의 무더위와 겨울의 추위는 말미로 치달을수록 무디어진다. 가을은 서늘함으로 시작하지만 결국 쓸쓸하게 죽음으로 돌진하는 계절이다. 그러나 봄의 따스함이란 사그라질수록 빛을 발하는 것이다. 끝으로 갈수록 더욱 따스하게 풍성해지는 것이다. 공정하게 가꾸어지는 것이다. 생각할수록 신기한 일이다. 그렇게 가장 아름답고 충만해졌을 때, 봄은 갑자기 자취를 감춘다. 흡사 절정에서 멎어버린 위대한 음악처럼 순식간에 증발해버리고 만다. 그래서, 가장 아름다운 봄은 언제나 가장 늦은 봄이다.

　가장 아름다운 봄을 만나는 건 쉽지 않다. 자취를 감추기 직전의 가장 늦은 봄을 직감하고 그 한나절을 천천히 즐길 수 있는 기회를 맞는 건 정말 드물고 어려운 일이다. 아까도 말한 것처럼, 이건 순전히 내 몸뚱이로 알아챌 수밖에 없는 어느 한순간이기 때문이다. 인생을 통틀어 과연 몇 번이나 그런 행운을 만날 수 있을까. 어쩌면 나는 그 하루를 발견하기 위해 한 해를 꼬박 준비하고 기다리는지 모른다.

2년 전이다. 내가 마지막으로 가장 아름다운 봄을 알아챘던 그 순간은 덥지도 춥지도 않은 5월의 어느 날이었다. 지하철역까지 이르는 좁은 길의 한켠에 우연히 눈길이 닿았다. 그곳에 장미가 피어 있었다. 누가 심어둔 것도 아닌데 그냥 혼자 피어 있었다. 나는 풍광에 민감한 사람이 아니다. 오히려 냉소적인 쪽에 가깝다. 그럼에도 그날따라 이상하게 발길이 떨어지지 않았다. 나는 장미에 대해 잘 알지 못한다. 하지만 그게 완벽에 가까운 장미라는 걸 알아내는 데 세상의 지식이 필요하지는 않았다. 카메라를 꺼내 사진을 찍었다.

나는 그때까지 정말 몰랐다. 가장 늦은 봄에는 가장 아름다운 장미가 보인다는 사실을 말이다. 누구보다 가장 먼저 봉오리를 피운, 5월의 장미다. 이 사진은 내게 가장 소중한 것들 가운데 하나다. 불행한 일이 일어나 아무것도 기약할 수 없게 되더라도 이 한 장의 사진만은 챙길 것이다. 이 사진은 내 인생의 가장 아름다운 봄을 기록하고 있기 때문이다. 봄이 오면, 다시 장미를 보러 나갈 거다.   2010. 6

이 사진은 내게 가장 소중한 것들 가운데 하나다.

불행한 일이 일어나 아무것도 기약할 수 없게 되더라도

이 한 장의 사진만은 챙길 것이다.

이 사진은 내 인생의 가장 아름다운 봄을 기록하고 있기 때문이다.

봄이 오면, 다시 장미를 보러 나갈 거다.

포경수술의

음모

·

·

·

· 나는 포경수술에 대해 할말이
참 많은 사람이다. 중학교 때 했는데 다년간의 자위행위와 포르
노 교육을 통해 알 만한 건 거의 다 섭렵하고 있을 시점이었다.
그러나 어쨌든 포경수술은 사내가 반드시 해야만 하는 인생의
과정이자 통과의례라 여기고 있었다. 이를테면 포경수술 – 대학
입학 – 군복무 – 취업 – 대출 – 자가용 구입 – 결혼 – 대출 – 내 집
장만 – 아버지 되기 – 부채 탕감 – 바람피우기 – 외로운 죽음, 이
라는 저 삶의 위대한 관성 가운데서도 가장 중요하다 할 만한 출
발점이랄까.

더불어 포경수술을 해야만 포르노 속 흑인의 미끈한 돌고래

가 될 수 있다고 믿었다. 누구 하나 바로잡아주는 이가 없었다. 사실 내 주위 대부분의 아이들이 포경수술에 대해 아는 게 변변 치 않았다. 심지어 고추 끝을 늘어뜨려 나무 밑동에 올려놓고 도끼로 내리찍어 잘라낸다는 둥, 군대 갈 때까지 수술 안 하면 단체로 세워놓고 가위 한 개로 한꺼번에 자른다는 둥, 그때 아프다고 엄살 부리면 영창을 보낸다는 둥, 별 해괴한 이야기들이 정설처럼 떠돌았다.

결국 날을 잡아 비뇨기과를 찾았다. 비뇨기과 의사는 변태기가 다분했다. 여자 간호사들 있는 데서 이놈 고추가 어쩌고저쩌고 희롱을 일삼았다. 그러나 저 변태는 곧 내 고추에 칼질을 할 사람이다. 나는 비굴하게 웃었다. 시술이 시작됐다. 내 고추에 바늘이 들어간 게 먼저인지 여자 간호사가 내 고추를 잡고 막주무르더니 조금 틀이 잡혔을 때 느닷없이 포피를 까뒤집어버린게 먼저인지 잘 기억이 나지 않지만 피와 살점이 난무하는 인생최악의 경험이었던 건 확실하다.

수술이 끝나 드레싱까지 마치자 의사는 페트병 반 토막을 고추 위에 씌워주었다. 그러면서 원래 꼬마들은 종이컵을 주는데 넌 중학생이라 맞는 게 없구나, 라는 설명을 앉을 데가 없을 만큼 사람이 많되 병원이 늘 그렇듯 적막하기 그지없는 대기실한가운데서 친절하게 늘어놓았다.

병원을 나섰다. 엄마한테 나 힘들었으니까 책 한 권 사주라,

졸랐다가 씨알이 안 먹혀 택시도 마다하고 혼자 삐쳐 집까지 걸어갔다. 자고로 엄마 말씀을 잘 들어야 건강하다. 그 길에 마취가 풀렸다. 평소 이십 분도 안 걸리는 거리를 한 시간 반 동안 타르코프스키적인 속도로 걷고 기고 헤매어 집에 도착할 즈음에는 라이언 일병 고추 구하기의 주인공이 되어 있었다.

고난은 거기서 멈추지 않았다. 다음날 의상 파일 지워놓은 걸 까맣게 잊고 〈프린세스 메이커2〉를 실행했다. 한 달 내내 가슴 커지는 약만 먹여놓은 과년한 딸년과 눈이 마주치는 순간 수술 부위에서 심각한 고통을 느낀 나는 재빨리 거실로 뛰쳐나갔다. 그리고 창문을 열어 바지를 내리고 고추를 꺼내 애국가를 불렀다. 간신히 위기를 모면했지만 내게 운이란 떨어져나간 고추 포피와 비슷한 것이라 파국은 어떻게든 찾아올 기세였다.

다음날 밤 끝내 일이 터졌다. 주말의 명화를 보다가 흥분해버렸다. 웨슬리 스나입스 주연의 〈패신저 57〉이었다. 다시 한번 창문을 열고 바지를 내려 애국가를 불러보았으나 기어이 그날 새벽 실밥이 터지고 말았다. 총알을 후벼파는 람보의 인내력으로 참고 참았다. 이러다 흑인 돌고래는커녕 고추가 떨어져나가지는 않을까 걱정이 돼 잠이 오지 않았다.

피가 자꾸 나와 휴지로 칭칭 감은 채 이튿날 몰래 비뇨기과를 찾았다. 내 입에서 "저, 실밥이 터졌는데요"라는 문장이 빠져나오자마자 거의 0.1초의 반응속도로 의사의 표정이 환희로 일그러졌다. 변태의사는 김병조처럼 웃어대더니 마침 진료실에 들어오는 간호사에게 "이것 봐 얘가 말이야, 글쎄 실밥이 터졌대"라며 배를 잡고 즐거워했다. 그 앞에서 곧 바지를 까내리고 고추를 맡겨야 하는 상황이 아니었다면 나는 정말 맹세코 그 의사를 죽여버렸을 거다.

이제 와 생각해보면 죄다 원통한 일이다. 어차피 두면 절로 뒤집힐 고추다. 매끈하게 위로 솟은 흑인 돌고래가 될 줄 알았던 고추는 애매한 수술 자국을 남긴 채 그냥 좌파가 되었다. 그러니까 그 흑인은 포경수술 안 했던 거라고.

이쯤 되면 화가 난다. 그 시절의 포경수술은 분명 사실상의 국책사업이었다. 무조건 해야 하는 줄 알았다. 2000년 기준으로 전체 남자 인구대비 60퍼센트가 포경수술을 받았다지만 그걸 40대 밑으로 한정지으면 기하급수적으로 올라갈 게 뻔하다. 학교에서 단체로 수술받는 경우도 드물지 않았다. 가스실을 향하는 아우슈비츠의 유대인마냥 잔뜩 긴장한 코흘리개들이 양호실 앞에 한 줄로 서 있는 광경과 휴지통 한가득 쌓여 있는 고추 껍데기를 떠올려보면 없던 전립선염도 생길 지경이다.

그러다가 친구의 제보로 포경수술을 할 때 상당량의 성감대가 함께 잘려나간다는 사실을 알게 됐다. 아직 확정적인 데이터를 얻지 못해 미루고 있지만 이게 사실이라면 나는 정말 청와대 앞에 가서 1인 시위라도 할 생각이다. 야 씨발 내 고추 내놔! 일부를 제외하면 대다수 국가에서 극히 미미한 비율로 필요시에만 시행되는 수술이다. 이명박 시대에 이따위 선진화되지 못한 고

추로 국위 선양이 도대체 가능하겠느냐는 말이다. 글로벌한 애
국 실용 고추의 길은 애당초 절단 나 있다.

　내가 요즘 제일 부러워하는 사람은 포경수술 안 한 친구다.
두번째로 부러워하는 사람은 포경수술을 했어도 잘라내지 않고
그냥 묶은 친구다. 그런 친구의 영지버섯 대가리 같은 고추를 보
면 부모의 속 깊은 자식 사랑에 마음이 숙연해진다.

　세상이 이리 엉망진창인 것도 그러고 보면 결국 욕구불만이
다. 국민 대다수가 강제되지 않은 강제에 의해 단체로 할례를 받
다니. 성감대가 그렇게나 잘려나갔으니 그놈의 욕정을 찾고 찾
아 채워보려 발버둥치다 끝내 비뚤어지는 거다. 농담이 아니라
정말 그렇다. 비뚤어진 성욕은 물욕으로 권력욕으로 폭력으로
폭발해 세상을 향해 빵, 사정의 기세로 터져나간다. 소위 남성문
화라는 게 그리 만들어진다. 정수에는 억눌려 악에 받친 성에너
지가 있다.

　노파심에 부언하자면, 우리가 실제 주위에서 종종 발견해낼
수 있듯, 이 남성문화라는 건 결코 생물학적 남성에게만 한정적
으로 영향을 끼치거나 소비되지 않는다. 생물학적 여성도 언제
든지 남성문화의 가해자가 된다. 그러니까 포경수술은 이미 남
자만의 문제가 아니라는 것이다.

　포경수술 시행률은 한국전쟁 이후 꾸준히 증가해왔는데 특
히 박정희정권 때 폭발적으로 증가했다. 박정희의 비리를 우연
히 알게 된 비뇨기과 의사의 이야기를 하나 구상해봤는데 주위

에서 〈효자동 이발사〉 같다고 해서 관뒀다. 혹시 포경수술과 성
감대 사이 상관관계에 대해 정확한 데이터를 가지고 계신 분이
있으면 제보 바란다. 뉴스에서 날 보게 될 거다.　　　　2009.4

포경수술을 할 때 상당량의 성감대가 함께 잘려나간다는 사실을 알게 됐다.

이게 사실이라면 나는 정말 청와대 앞에 가서 1인 시위라도 할 생각이다.

야 씨발 내 고추 내놔!

혹시 포경수술과 성감대 사이 상관관계에 대해

정확한 데이터를 가지고 계신 분이 있으면 제보 바란다.

뉴스에서 날 보게 될 거다.

책

읽는

삶에

관하여

·
·
·

· 잠자고 밥 먹고 화장실 가는
시간 빼고는 책만 읽었던 시절이 있었다. 이제는 하루 십오 분이
라도 시간을 쪼개어 읽어야 한다. 재미있는 건 하루를 아무리 바
삐 보내보았자 결국 그 시간만이 온전히 남는 장사라는 생각을
자주 하게 된다는 거다. 책을 읽지 않으면 내가 아는 것들 사이에
연결고리를 만들어내는 능력을 잃어버린다. 하이퍼링크가 없는
웹상의 DB를 상상해보라. 그건 아무짝에도 쓸모가 없다.

TV만 보면 테이스트가 없는 사람이 되고, 인터넷만 보면 자
기가 해보지 않은 모든 것을 불편하게 여기거나 틀렸다고 말하

게 되며, 경험만 많이 쌓으면 주변 세계와 격리된 꼰대가 됩니다. 종류가 무엇이든 책을 읽으세요. 가장 오랫동안 검증된 지혜입니다. 2014. 7

잠자고 밥 먹고 화장실 가는 시간 빼고는 책만 읽었던 시절이 있었다.

이제는 하루 십오 분이라도 시간을 쪼개어 읽어야 한다.

재미있는 건 하루를 아무리 바빠 보내보았자

결국 그 시간만이 온전히 남는 장사라는 생각을 자주 하게 된다는 거다.

이것이

청소왕의

청소법이다

•

•

•

• 아침에 일어나보니 청소왕이
되어 있었다. 청소에 관련된 이야기 몇 가지를 SNS에 남겼더니
그렇게 되었다. 모 잡지에서는 내가 직접 청소를 시연하는 화보
를 진행하자며 협조를 청했다. 또 어디선가는 내가 꼽은 청소용
품 베스트 10 같은 아이템을 주문해왔다. 돌돌이 끈끈이를 만드
는 중소기업으로부터 홈쇼핑에 출연해달라는 전화가 왔다. 나중
에는 모 청소기 브랜드로부터 청소 강연을 해달라는 요청을 받
았다.

며칠 지나고 보니 내 직업이 뭔지 나도 알 수 없는 혼미한 지
경에 이르렀다. 모든 요청을 정중히 거절했다. 그리고 한동안 청

소에 관련된 이야기를 일절 언급하지 않았다. 그런데 바로 지금 이 순간, 넘기 어려운 난관을 만나고 말았다. 사실 어제까지 잡지에 원고를 넘겼어야 했는데 여태 쓸 만한 주제를 찾지 못한 것이다.

그리하여, 사채꾼에게 쫓기다가 어느 깊은 산속에 머리만 남기고 파묻히기 전까지는 쉽게 털어놓지 않으리라 다짐했던 필살의 보험용 아이템을 여기 풀게 되었다. 여러분, 이것이 청소왕의 청소법이다.

본격적인 글로 들어가기에 앞서 밝힌다. 이 글은 사용자가 최소 비용을 들여 최소 구성의 도구를 운용하며 최대의 청소 효과를 얻기 위한 설명서다. "최소 비용을 들여 최소 구성의 도구를 운용"한다는 것이 중요하다. 여기서 최소 비용이란 무조건 싼 가격대의 청소용품을 의미하지 않는다. 나름 장기간 거금을 들여 시행착오를 겪어온바, 잡다한 아이디어 청소용품을 잔뜩 사모아봤자 아무 소용 없다. 중요한 건 자기 공간에 딱 맞는 활용도의 청소도구를 가장 최소한의 구성으로 마련하여 그 쓰임새를 최적화시키는 것이다.

하나 더. 기본적인 수준의 정리가 되어 있지 않거나, 쓰레기 더미로 뒤덮여 있는 공간은 여기서 논외로 한다. 바닥에 굴러다니는 쓰레기를 주워 쓰레기통에 넣고 그것을 다시 비우는 작업을 나는 청소라고 부르지 않는다.

사채꾼에게 쫓기다가

어느 깊은 산속에 머리만 남기고 파묻히기 전까지는

쉽게 털어놓지 않으리라 다짐했던

필살의 보험용 아이템을 여기 풀게 되었다.

여러분, 이것이 청소왕의 청소법이다.

우선 큰 틀에서 바라보자. 모든 종류의 청소는 궁극적으로 두 가지 어젠다를 갖는다. 첫번째 기름때 제거, 두번째 먼지 제거다. 대개 사람들은 두번째 목표를 위해 진공청소기를 돌린다. 그리고 첫번째 목표를 위해 물걸레질을 한다.

그러나 순서가 잘못되었다. 패러다임의 전환이 필요하다. 기름때를 제거하는 것이 먼저고, 그다음에 먼지 제거를 해야 한다. 즉, 걸레질 다음에 청소기를 돌려야 한다는 말이다. 이유는 간단하다. 물걸레질의 과정은 필연적으로 흡착먼지를 남기기 때문이다. 이 흡착먼지는 말 그대로 바닥이나 사물의 표면에 고약하게 달라붙어버리거나, 물기가 증발한 이후 다시 대기를 떠다니게 된다. 물걸레질을 청소의 마지막 단계로 인식하는 태도는 걸레질이 청소의 끝판왕이며 가장 확실한 마무리라고 여기는 고정관념으로부터 비롯되었다.

본연의 목적을 상기하자. 걸레질은 기름때 제거다. 청소기는 먼지 제거다. 걸레질은 흡착먼지를 남긴다. 청소기로 먼지를 제거해놓고 그다음에 걸레질을 하는 건 일을 더 키우는 행동이다. 기분좋게 청소를 끝내놓고 앉았을 때 책상이나 마우스 표면에 먼지가 달라붙어 있는 걸 보고 싶은가.

앞서 설명한 순서를 위해 가장 중요한 건 좋은 청소기를 선택하는 일이다. 청소기를 고를 때 가장 중요한 건 다음의 세 가지. 첫번째 흡입력, 두번째 다양한 헤드, 세번째 헤파 필터다. 흡입력이 중요한 건 당연하다. 제일 중요한 게 빨힘이다 빨힘! 물걸레질 단계에서 사물의 표면에 달라붙은 흡착먼지마저 깔끔하게 빨아낼 수 있어야 하기 때문이다.

다양한 헤드 구성은 첫번째만큼이나 중요하다. 다양한 헤드를 기본 제공하거나 추가 구매할 수 있는 청소기 브랜드들이 있다. 바닥에 맞는 헤드, 카펫에 맞는 헤드, 유리에 맞는 헤드, 머리가 작아 흡입력을 극대화시킴으로써 좁고 작은 틈새를 집중적으로 공략할 수 있는 헤드 등이 있다. 해당 청소기 브랜드의 서로 다른 기종, 이를테면 구제품과 신제품 사이에 이 헤드가 서로 호환되는지 여부를 확인하는 것 또한 잊으면 안 된다. 호환이 되지 않으면 금방 단종되어 추가 헤드를 구매할 길이 사라진다.

헤드가 다양하면 청소기 하나를 가지고 바닥청소는 물론 생각보다 훨씬 다양한 활용이 가능해진다. 나는 헤드를 바꾸어 장착해가며 바닥→책장→선반→피규어→책상→컴퓨터와 TV 화면→키보드 순서로 청소기를 사용한다.

헤파 필터 역시 중요하다. 일반적인 진공청소기들은 큰 먼지를 거르는 필터와 미세먼지를 거르는 헤파 필터 두 가지를 함께 내장하고 있다. 그러나 그렇게 구성되어 있더라도 정작 청소기를 돌리다보면 집안 가득 먼지 냄새가 진동하고 공기청정기의 대기 중 먼지농도 그래프가 급격하게 상승하는 광경을 볼 수 있다. 이러면 청소기 돌리나 마나다. 단지 헤파 필터의 유무가 중요한 게 아니라 필터 자체의 성능과 청소기 설계가 중요하다. 설계가 단순할수록 필터와 청소기의 벌어진 틈으로 먼지가 유출될

패러다임의 전환이 필요하다.

기름때를 제거하는 것이 먼저고, 그다음에 먼지 제거를 해야 한다.

즉, 걸레질 다음에 청소기를 돌려야 한다는 말이다.

가장 중요한 건 좋은 청소기를 선택하는 일이다.

청소기를 고를 때 가장 중요한 건 다음의 세 가지.

첫번째 흡입력, 두번째 다양한 헤드, 세번째 헤파 필터다.

흡입력이 중요한 건 당연하다.

제일 중요한 게 빨힘이다 빨힘!

헤드가 다양하면 청소기 하나를 가지고

바닥청소는 물론 생각보다 훨씬 다양한 활용이 가능해진다.

나는 헤드를 바꾸어 장착해가며

바닥→책장→선반→피규어→책상→컴퓨터와 TV 화면→키보드 순서로

청소기를 사용한다.

일이 적다.

청소기 구매 전 사용기 등을 꼼꼼하게 점검해볼 필요가 있다. 다소 고가더라도 앞서 언급한 요건들을 충족하는 청소기를 구매하면 중저가의 엉터리 청소기 열 대를 사용하는 것보다 비용 면에서 비교할 수 없는 효율을 얻을 수 있다.

어딘가 급작스럽기는 하지만 지면의 용량 초과로 오늘은 여기까지. 다음번에 기회가 되면 왜 걸레질과 청소기 이외에 돌돌이 끈끈이가 반드시 필요한지에 관한 내용과 그 종류, 더불어 무선 핸디청소기를 추가로 운용할 때 얻을 수 있는 이점과 활용에 대해 설명하겠다. 음…… 대체 나 뭐하는 사람이지?　2013.7

음······ 대체

나 뭐하는 사람이지?

북가좌2동의

자정

•
•
•

　• 매일 이 시간쯤의 북가좌2동
273번지 일대는 어김없이 어느 40대 아주머니의 악에 받친 고함
소리로 가득 찬다. 이 무시무시한 부부싸움의 증오는 거의 두 시
간 동안 이어진다. 개새끼야, 에서 새끼야에 걸리는 악센트가 한
층 강렬해지는 건 새벽 1시 30분경이다. 사실 잠이고 뭐고 거의
자포자기한 심정이 되기 일쑤인데, 뭐랄까, 일종의 클리셰가 된
지 오래라 새삼 별스러운 일도 아니다.

　다만 매일 빠짐없이 언성을 높일 수 있는 소재가 발견된다
는 건 놀라운 일이다. 가끔은 차라리 성악을 하셨으면 좋았을 것
같다는 생각도 한다. 저런 옥타브로 장시간 말을 이어나가려면

보통 폐활량으로는 어림도 없을 테다. 그런데 사람의 목청을 키우는 데는 폐활량보다 분노의 감정이 더 유효하기 마련이다. 더불어 이런 식의 (선을 벗어난) 분노는 대개 억울함에서 비롯된다.

나는 아주머니가 분을 이기지 못하고 사람을 찢어죽이지 못해 안달이 난 상황의 맥락에 대해서 알지 못한다. 아저씨가 맞대응하는 소리는 거의 들리지 않지만 어쨌든 그가 그녀의 주체 못할 억울함을 이용하고 있을지도 모르는 일이다. 요컨대, 매번 잠을 설쳐가면서도 나는 저 지긋지긋한 아주머니의 행동에 대해 쉽게 불평을 할 수가 없다. 아주머니의 한을 이루고 있는 검붉은 낱알들, 그 표정을 일일이 들여다보지 않고서는 어떤 가치판단도 부질없다는 느낌이다. 되돌려 곱씹어보면, 이건 비단 북가좌2동의 자정 풍경에 한정된 이야기만은 아닌 셈이다.　　　**2007. 8**

개새끼야, 에서 새끼야에 걸리는 악센트가

한층 강렬해지는 건 새벽 1시 30분경.

매번 잠을 설쳐가면서도

나는 저 지긋지긋한 아주머니의 행동에 대해 쉽게 불평을 할 수가 없다.

아주머니의 한을 이루고 있는 검붉은 낱알들,

그 표정을 일일이 들여다보지 않고서는 어떤 가치판단도 부질없다는 느낌이다.

되돌려 곱씹어보면,

이건 비단 북가좌2동의 자정 풍경에 한정된 이야기만은 아닌 셈이다.

나는

냉소적인

사람이다

.
.
.

• 나도 안다. 나는 냉소적인 사
람이다. 나는 대개 만사가 짜증스럽다. 기부한다고 하면 손뼉을
치다가 기부가 필요 없는 체제를 만들자고 주장하면 빨갱이라
욕하는 알량함이 우습다. 비닐하우스에서 라면 먹고 금메달 딴
이야기가 공동체의 부끄러움이 아닌 미담이 되어, 1등이 되지 못
한 다른 모든 이들이 그저 충분히 노력하지 않은 것으로 치부되
어버리는 풍경이 꼴사납다. 진심이니 상식이니 시민의 힘이니
국민의 명령이니 그저 맹목적으로 뜨겁고 자기만 옳은 정치수사
들과, 상대를 절대악으로 규정하지 않으면 존립할 수 없는 정의
로운 자들로 가득 찬 인터넷 게시판을 폭파시키고 싶다. 이런 항

문에 팟캐스트를 처박을 놈들.

짜증이 어느 선을 넘으면 도피처가 필요하다. 그럴 때 보통 공포영화를 틀어놓는다. 네놈들을 살려두기에는 쌀이 아깝다, 이런 척추를 뽑아 뼈와 살을 발라내 대패로 젖꼭지를, 그러다가 곰인형처럼 잠이 든다.

사실 냉소는 내가 세상을 살아가는 데 가장 편리한 방법 가운데 하나다. 비관과 냉소는 대개의 경우 피폐한 자들의 가장 쉽고 편한 도피처다. 나는 냉소의 영향력 아래 있을 때가 제일 아늑하고 좋다. 글쓰는 자에게는 냉소적인 태도가 객관성을 담보해주기도 한다. 뜨겁고 충만할 때보다 냉소적일 때 했던 말과 글이 더 오랜 시간 유효하다. 그래서 나는 곧잘 타인의 진심을 무시한다. 정확히 말하자면 진정성을 주장하는 말들을 무시한다.

실제 모든 종류의 '진심'이란 아무 의미가 없는 호소다. 진심, 진정성은 주관의 영역에 있는 것이지 남에게 주장할 수 있는 것이 아니다. 나의 진심을 몰라준다고 세상을 탓할 일도 아니다. 나의 진심은 너의 진심과 다르고 그것의 공존을 중재하기 위해 법과 제도가 존재한다. 나의 진정성이 타인의 반反진정성을 증명한다고 말하는 사람들이 그래서 그리도 짜증스럽다. 그들은 386의 평균적인 멘탈리티를 SNS에 소개하는 일종의 봇과 같이 느껴진다. 그 선의와 당위, 정의와 상식, 시민의 힘이라는 단어에 매료된 멘탈이 현실을 얼마나 뜨겁고 멍청하게 기만하는지 잘 보여준다.

그런데 요즘 살짝 고민이 생겼다. 나의 진심은 너의 진심과 다르다. 맞다. 그러나 나의 진심과 너의 진심 결국 공히 '진심'인 것이다. 그 개별의 진심들을 모두 싸잡아 무시하는 게 과연 옳은 태도일까. 어려운 문제라고 생각한다. 그것을 마냥 긍정하면 바보가 된다. 그것을 마냥 부정하면, 역시 바보가 된다.

아닌 게 아니라 이런 딜레마를 만날 때마다 찾아보게 되는 영화가 있다. 페르난도 메이렐레스 감독의 〈콘스탄트 가드너〉다. 아프리카에서 인권운동을 하던 아내가 죽는다. 남편은 외교관이다. 그가 처참하게 훼손된 아내의 주검 앞에 선다. 처음에는 그녀의 부정을 의심한다. 바람을 피우다가 죽었다고 생각한다. 그러나 이내 아프리카를 둘러싼 제약회사의 야욕과 음모, 부조리, 그리고 그것을 파헤치다가 야기된 아내의 죽음과 거짓말들에 대해 깨닫는다.

남자는 아내를 믿지 못했다. 아내가 옳다고 생각하는 것들에 대해 유난스럽다고 생각했다. 그러나 결국 아내의 진심을 마주한다. 그녀는 그를 사랑했다. 세상 무엇보다 더 사랑했다. 남자는 아내의 진심에 화답해야 한다. 그래서 아내와 같은 길을 선택할 수밖에 없다. 아. 나는 이 영화를 볼 때마다 결국 목놓아 울게 된다.

너무 많은 비관과 냉소는, 때로는 막연하고 뜨거운 주관보다도 되레 진실을 더욱 보지 못하게 만드는 것일지 모른다. 이 글을 읽을 여러분은 부디 나보다 나은 미감과 연민을 가지고 세상의 진심들과 겨루어주길 바란다.

　마지막으로 〈콘스탄트 가드너〉에 관련한 일화 하나를 남기고 싶다. 영화의 오프닝이 촬영된 나이로비 최악의 난민촌 키베라를 찾아갔을 때, 수십 명의 아이들이 몰려와 제작진을 반갑게 맞았다. 그들은 저마다 "하우 아 유?"라는, 유일하게 할 줄 아는 영어를 입에 담으며 감독과 배우들에게 손을 내밀었다. 제작진은 으레 아이들이 돈이나 과자를 달라는 줄 알았다. 그래서 그들의 손에 뭐든지 쥐여줬다. 하지만 제작진은 표정이 어두워진 아이들을 바라보며 당황했다. 그리고 곧 얼굴을 붉히며 창피해할 수밖에 없었다. 키베라의 아이들은 선물을 바라는 게 아니었다. 아이들은 단지 손을 잡아주길 바랐을 뿐이다. 이들에게는 희망이 필요했다. 희망이 필요한 때다.　　　　　　　　　2012. 9

사실 냉소는 내가 세상을 살아가는'데

가장 편리한 방법 가운데 하나다.

비관과 냉소는 대개의 경우 피폐한 자들의 가장 쉽고 편한 도피처다.

나는 냉소의 영향력 아래 있을 때가 제일 아늑하고 좋다.

너무 많은 비관과 냉소는,

때로는 막연하고 뜨거운 주관보다도

되레 진실을 더욱 보지 못하게 만드는 것일지 모른다.

이 글을 읽을 여러분은 부디 나보다 나은 미감과 연민을 가지고

세상의 진심들과 겨루어주길 바란다.

키베라의 아이들은 선물을 바라는 게 아니었다.

아이들은 단지 손을 잡아주길 바랐을 뿐이다.

이들에게는 희망이 필요했다.

희망이 필요한 때다.

병아리

아줌마

·
·
·

· 영하의 바람을 마주하고 망원동 유수지에서 합정역 방향으로 걸어가다 초등학교를 지나쳤다. 아직도 초등학교 앞에서 병아리를 파네. 얘들아 이거 다 죽을 거야. 박스 가득 뿌연 색 병아리들이 비극처럼 몸을 부비었다. 아이들은 박스 주위를 둘러싸고 있었다. 오래전 급식 우유와 바꾸어 가져왔던 내 병아리는 물컵에 고개를 처박고 죽었다. 돈을 주고 사온 다른 병아리는 꽤 오래 살았다. 나중에는 너무 커 시골에 가져갔는데 그날 밤 고양이가 목만 남기고 물어갔다.

박스 안의 예정된 누런 죽음들과 아이들의 호기심을 복잡한 심정으로 바라보다 병아리 파는 사람은 어디에 갔나 고개를 들었다. 오른쪽으로 한참 떨어진 곳에 어느 아주머니와 눈이 마주쳤다. 가닥가닥 아무렇게나 삐친 머리카락을 대충 뒤로 쓸어 묶은 아주머니는, 원래는 새파랗게 두꺼웠겠으나 이제는 서리처럼 바랜 색상에 털이 듬성듬성 빠져나가 푹 꺼진 파카를 거의 뒤집어쓰다시피 걸치고 있었다. 볕이 비추는 멀찍한 곳에 구겨져 몸을 녹이고 있던 아주머니가 이쪽을 의식한 듯 느릿느릿 일어나 박스 쪽으로 걸어왔다. 왜 애초에 따뜻한 곳에 박스를 두지 않았을까. 그러고 보니 온기가 있는 곳은 대문이나 수위실과 맞닿아 있어 눈과 발이 잦았다.

죄라도 지은 듯 경계를 거두지 않고 멈칫거리던 아주머니가 드디어 박스 앞에 당도했다. 그리고 다시 눈이 마주쳤다. 병아리 눈에 흰자위가 있었는지 기억이 잘 나지 않는다. 아, 나는 최근 몇 년간 그렇게 절망적인 눈을 본 적이 없다. 아주머니의 눈은 병아리 같았다. 전염이 될까봐 눈을 내리깔았다. 아주머니가 땅으로 꺼지듯 박스 앞에 앉았다. 두 눈 촘촘히 절망을 새겨넣은 아주머니가 초등학교 앞의 얼어붙은 응달에 주저앉아 병아리를 팔고 있었고 나는 도망갔다.   2010.11

아침

애기

●
●
●

　　● 대충 씻고 청소하고 책상 앞에 앉았다가 창밖을 보니 이제 막 모습을 드러낸 아침햇살이 유난히 예쁘다. 얇은 던힐 한 개비를 입에 물고 슬리퍼를 신었다. 현관문을 열었더니 반지하로 내려오는 작은 계단 한가운데 새우깡 한 봉지를 든 애기 하나가 무심히 앉아 있다 깜짝 놀란다. 채 수정란 티를 못 벗은 것 같은데 아이고 깜짝이야, 라고 또박또박 말한다. 내가 더 깜짝 놀랐다, 말해주고 귀찮다는 듯 걸어나갔다.

　　가만 생각해보니 여긴 우리집인데 지가 왜 놀래. 애기들을 좋아하지만 애기들은 부담스럽다. 골목은 볕으로 가득하다. 지척에서 매미도 울어대기 시작했다. 연기를 마시고 내뱉으며 매미가 언제부터 울었더라 느리게 발을 떼다 문득 인기척이 들어 뒤를 돌아보았다. 방금 그 애기가 과자를 씹으며 따라붙어 있다. 모른 척하고 그냥 걷다가 반대 방향으로 바꾸어 다시 걸었다. 그림자를 염탐하니 서투른 직립보행으로 아장아장 여전히. 신경 끊기로 하고 볕을 보고 담배를 빨고 우편함도 뒤져보고, 그러는데 이것 참 아무래도 집중이 되지 않는다. 집중이 될 리가 없잖아, 벌써 다섯 바퀴째 저러고 있는데.

혹시 유괴범으로 오해당하지는 않을까 노심초사 주위를 의식하다 용기를 내 입을 떼었다. 어디서 왔냐. 쩌~기요. 집에 안 가냐. 그러나 애기는 대답 대신 조그만 손으로 새우깡을 집어먹는다. 그리고 갑자기 제집 방향으로 걸어간다. 아주 잠깐 서운했다가 아무렇지 않은 척 다시 걸음을 옮기며 담배를 빠는데 꽁초가 다 닳아 손을 데었다. 그대로 집에 들어왔다. 커피를 마시자. 주전자에 물을 담다가 부엌 창밖을 보니 다시 애기가 아장아장 어른거린다. 과자를 우물거리며 내 소유의 계단에 걸터앉는다. 태연하게 커피잔을 들고 소파에 앉아 오늘 아침은 베토벤이고 나발이고 아 신경쓰여 신경쓰여 신경쓰여. 그런데 좀 귀엽다.

2009. 7

노인,

가을

•
•
•

　　• 가을이 다 차올랐다. 노인은
죽은 듯 볕을 쬐고 있었다. 가을의 속도감이 노인의 주변에 채 미
치지 못하고 머물렀다.

　　모든 노인이 지혜로운 건 아니지만, 시간의 녹을 먹은 노인
들이야말로 가장 지혜로울 수 있는 자들임에 틀림없다. 세상이
늘 어리석고 파괴적일 수밖에 없는 이유를, 지혜로운 노인이 늘
사라져갈 수밖에 없는 원리를, 그 모든 아비규환과 부정과 폭력
과 살인과 슬픔이 끊임없이 반복될 수밖에 없는 까닭을, 노인의
주름은 알고 있는 듯했다. 그러나, 마침내 세계의 원리에 가깝게
가닿았어도 결코 그것을 감당해낼 수 없는 노인이 선택할 수 있

모든 노인이 지혜로운 건 아니지만,

시간의 녹을 먹은 노인들이야말로 가장 지혜로울 수 있는 자들임에 틀림없다.

세상이 늘 어리석고 파괴적일 수밖에 없는 이유를,

지혜로운 노인이 늘 사라져갈 수밖에 없는 원리를,

그 모든 아비규환과 부정과 폭력과 살인과 슬픔이 끊임없이 반복될 수밖에 없는 까닭을,

노인의 주름은 알고 있는 듯했다.

는 건 늘 은퇴뿐이다. 이 세계에 시간의 개념이 생기고 역사가 기록된 이래 꾸준히 되풀이돼온 노인의 비극이다. 시공간을 통틀어 그 어디에도, 노인을 위한 나라는 없는 것이다.

그렇게, 노인은 계절과 계절 사이에 비껴 앉아 볕을 쬐고 있었다. 별거 아니라는 듯 졸고 있었다.   2008.11

좋은

사람이

되고

싶다

·
·
·

· 최근의 내가, 그리고 아마도 앞으로의 내가 천착할 주제란 고민할 것도 없이 더 좋은 사람이 되고 싶다는 것이다. 더 좋은 사람이 되고 싶어요. 더 나은 사람이 되고 싶어요. 물론 내가 말하는 좋고 나은 사람과 당신이 생각하는 좋고 나은 사람은 다를 겁니다. 틀린 건 아니고 다를 거예요. 아마도.

내가 생각하는 좋은 사람이란 계산된 위악을 부리지 않고 돈 위에 더 많은 돈을 쌓으려 하기보다 내게 필요한 것과 필요하지 않은 것을 구분할 줄 알며 인간관계의 정치를 위해 신뢰를 가장하지 않고(나는 신뢰를 가장하는 데 천부적인 소질을 타고난

듯 구토가 쏠리는 인간을 삼십 명 정도 알고 있다) 미래의 무더기보다 현실의 한줌을 아끼면서 천박한 것을 천박하다고 말할 수 있는 용기를 갖되 네 편과 내 편을 종횡으로 나누어 다투고 분쟁하는 진영논리의 달콤함에 함몰되지 않길 하루하루 소망하는 자다.

나는 정말 그런 사람이 되고 싶다. 노력하고 있다. 변하지 않을 거란 자기 확신은 있다. 나는 신념과 이론이 아닌 좁은 오지랖과 얕은 참을성과 깊은 분노 때문에 이쪽을 선택했기 때문이다. 내게 앞뒤 상황을 가리지 않고 추종할 신념이나 이론이 새삼 생길 리 없고, 그래서 나는 어른스러움이라는 이름의 화장술을 배울 수 있을 리 또한 없다. 하지만 나는 여전히 필요 이상의 사람들에게 상처를 주고 그 상처에서 흐른 고름을 먹고 자존감을 핥으며 의기양양 이름을 팔고 있다. 책임을 다해야 할 일에서 버티고 분투하기보다 도망가기를 먼저 선택한다. 그래서 나는 아직 좋은 사람이 아니다.

아, 나는 정말 미치도록 좋은 사람이 되고 싶다. 언제쯤 그럴 수 있을까. 언제쯤 나는 고개를 들고 거울을 보고 내 선택을 낙관할 수 있을까. 베개맡에 누워 하루 일을 뒤돌아볼 때 '~했지만 그래도 그건 내가 잘했다'는 말을 더 많이 할 수 있을까. 언제쯤 나는, 나아질 수 있을까.   2008.7

내가 생각하는 좋은 사람이란

계산된 위악을 부리지 않고

돈 위에 더 많은 돈을 쌓으려 하기보다

내게 필요한 것과 필요하지 않은 것을 구분할 줄 알며

인간관계의 정치를 위해 신뢰를 가장하지 않고

미래의 무더기보다 현실의 한줌을 아끼면서

천박한 것을 천박하다고 말할 수 있는 용기를 갖되

네 편과 내 편을 종횡으로 나누어 다투고 분쟁하는

진영논리의 달콤함에 함몰되지 않길 하루하루 소망하는 자다.

아, 나는 정말 미치도록 좋은 사람이 되고 싶다.

언제쯤 그럴 수 있을까.

언제쯤 나는 고개를 들고 거울을 보고 내 선택을 낙관할 수 있을까.

언제쯤 나는, 나아질 수 있을까.

2부

부적응자들의 지옥

광주는
아직도
광주다

•
•
•

• 어머니는 가장 편한 순간일 때
조차 광주항쟁의 기억에 대해 언급하길 꺼리신다. 물어봐도 대
답이 없다. 일종의 채무감이 아닐까 생각한다. 80년 5월 어머니
는 젖먹이인 나를 부둥켜안고 있었고, 밖에서는 사람들이 죽어
나갔다. 어머니는 살아야 했다. 덕분에 나도 살아서 효도 따위
모르고 이렇게 경우 없이 산다.

광주항쟁이라는 역사는 내게 참 복잡한 잔상으로 남아 있
다. 광주에서 태어나 줄곧 서울에서 살다가 다시 전학을 갔던 광
주의 고등학교에서 나는 처음 그 잔상과 마주했다. 야간자율학

습 때 내가 농으로 김대중을 비아냥거려 생긴 일이었다. 한 친구가 발끈하더니 결국 주먹질이 되었다. 아이들이 뜯어말리는 가운데 그는 "네가 광주나 김대중에 대해 뭘 아냐"고 소리쳤다. 당시에는 참 뜬금없고 촌스러운 말이라 생각했다.

얼마 전 광주항쟁 관련 기록물이 유네스코 세계기록유산에 등재될지 모른다는 뉴스가 보도됐다. 정부의 기록물에서부터 취재수첩, 병원 기록들, 그리고 미국의 광주항쟁 관련 비밀해제문서에 이르기까지 방대한 자료가 제출되었다. 그런데 곧이어 희한한 소식이 들려왔다. 한미우호증진에 아무런 도움이 되지 않을 것 같은, 한미우호증진협의회 한국지부에서 "5·18의 진실은 600여 명의 북한 특수군이 광주에 와서 시민들을 칼빈으로 죽인 것"이라며 유네스코에 반대 청원을 보냈다는 것이다. 그런 와중에 대통령은 다시 한번, 광주민주화운동 31주년 기념식에 참석하지 않겠다는 뜻을 알려왔다.

시민군도, 계엄군도 북한 사람이라면 전라도는 북한 땅이었나? 사실을 있는 그대로 기억하기 위해 특정 이념들과 싸워야 한다는 건 지치는 일이다. 광주항쟁에 관련한 북한 개입설에 대해서는 이미 넘치도록 충분한 자료들에서 해명이 이루어진 상태다.

80년 5월 25일 황금동 부근에서 술집을 경영하던 스물한 살의 장계범이라는 사람이 도청 농림국장실에 허겁지겁 들이닥치면서 "독침을 맞았다!"고 외친 일이 있었다. 그로 인해 시민군이 점거중이던 도청 안의 분위기가 살벌해졌다. "광주사태는 간첩의 책동"이라는 신군부의 선전에 혼란스러워진 것이다.

　이 사건은 침투정보요원들의 도청지도부 교란 작전이었다. 이틀 후 계엄군은 도청을 접수하고 시민군과 8명의 투항자를 사살했다.『죽음을 넘어 시대의 어둠을 넘어』에는 당시 계엄군 병사가 한쪽 발을 시민군 포로의 등에 올려놓고 사격하면서 "어때, 영화 구경하는 것 같지?"라는 농담을 던지는 장면이 기록되어 있다.

　광주는 우리 모두에게 너무 익숙하지만, 결국 어느 누구도 제대로 알지 못하는 미지의 기억으로 멀어져가고 있다. 광주항쟁을 극화한 드라마, 영화 등 회고록들 가운데 상당수가 실제 일어난 일을 축소하거나 주요 사실관계에서 단지 무분별한 뜨거움만을 강조해 의도적인 포르노그래피 마케팅의 수단으로 전락시켜왔다. 후자의 경우는 소위 민주세력이라 자처하는 자들에 의해 '정의롭게' 주도되어왔다는 점에서 더 악랄했다.

　광주를 바라보는 이 서로 다른 두 가지 태도는 공히 광주를 사실이 아닌 논쟁의 영역으로 밀어넣는 데 일조했다. 결국 북한 운운하며 죽은 자들을 욕되게 하거나 그저 뜨겁기만 한 상품으로 팔아먹어 고작 삼십수 년 전의 사실을 사실이 아닌 것처럼 만들어버린, 지금의 참담한 결과를 만들어낸 건 서로를 절대악으로 상정하고 그것으로 연명하는 자들의 협업이다. 그렇게 5월의 광주는 사진 한두 장의 느슨한 인상으로, 낡은 구호로, 공동화한 기억으로 타자가 되고 말았다.

그러나 공수부대가 효덕국민학교 4학년 전재수를 조준사격하고, 화염방사기를 동원하고, 임신부와 여고생을 대검으로 학살하고, 구타를 제지하는 할머니를 다시 구타하는 등의 이야기들이, 아직까지는, 지금 이 시간 적지 않은 이들의 기억과 기록으로 남아 있다. 그리 먼 과거가 아니다. 당장 구글에서 관련 키워드를 검색해보면 당시 해외 기자들에 의해 촬영된 사진들을 쉽게 발견할 수 있다. 장담하는데 당신이 그 어느 잔혹한 영화에서도 차마 본 적 없는 장면들이다. 폭력의 강도를 확인해보라 권유하는 방식으로 지킬 수 있는 과거란 얼마나 슬픈 것인가. 그렇게라도 사실을 사실로 지켜야 하는 현실은 얼마나 초라하고 무력한 것인가.

빤히 벌어진 죽음의 초상들이 알량한 이해관계에 의해 영다른 기억으로 왜곡되고 지워지는 지금 이 시간에, 그나마 광주를 기억해보려 애쓰는 모든 이야기들이 고맙고 귀하다. 최근 80년 5월을 통과한 자연인들의 기록물인 다큐영화 〈오월愛〉가 개봉했다.

어김없이 5월이다. 신군부의 정권 장악 시나리오 안에서 일종의 소모품으로 산화해간 그들의 죽음 위에 우리가 야구도 보고 영화도 보고 그렇게 질기게 살아 있다. 외면했거나 망각했거나 가르치지 않았거나 쉽고 편하게 장삿속으로 팔아치웠던 우리 모두 광주의 죽음 앞에 새삼, 유죄다.

내게 주먹을 날렸던 친구는 아버지가 없었다. 그는 80년 5

월 시민군이었고 도청에서 군인에 의해 사살당했다. 아버지들의
명복을 빈다.   2011. 5

---

* 이 글을 쓴 이후 2011년 5월 25일 광주항쟁 기록물은 유네스코 세계기록유산에 최종 등재
  되었다.

2008년 5월 25일

새벽

청계광장

∙
∙
∙

∙ 뭔가 심상치 않다는 말을 듣고 새벽에 청계천을 향했다. 새벽 3시에 목격한 청계광장의 풍경은, 그러나 드물게 평화로웠다. 촛불을 든 젊은이들이 옹기종기 모여 앉아 자유롭게 발언하고 종종 소리도 지르며 웃음을 섞었다. 잠시 지켜보다 먼저 와 있던 정곤이 형과 청진옥에 들러 해장국에 소주를 삼켰다.

4시 30분쯤 김형에게 전화가 왔다. 속보가 떴는데 살수차에서 시위대에 물대포를 발사했다는 이야기였다. 에이 설마. 나올 거야? 응. 광장에서 만나기로 하고 서둘러 나섰다.

동아일보 사옥 뒤로 돌아가는 순간 눈을 의심했다. 두 시간

전의 풍경과는 완전히 다른 그곳 광장에 분노가 가득했다. 경찰 병력과 시위대가 대치했다. 본격적인 진압에 들어선 듯 보였다. 광화문우체국 정문 앞에는 중학생으로 보이는 아이 두 명이 탈진해 쓰러져 있었다. 누군가 맞았다고 소리쳤고 밀려 밟혔다고도 했다. 화가 치밀어올라 도로로 나섰다. 경찰과 시위대의 열이 팽팽하게 맞섰다. "평화시위 보장하라"를 입이 닳도록 불어 외쳤다. 내가 본 시위대는 결코 이성을 잃지 않았다. 경찰들의 안전을 염려하는 건 오히려 시위대 쪽이었다. 밀고 밀리는 가운데 나는 "다치지 맙시다"라고 소리쳤다. 정말 그랬으면 좋겠다고 생각했다.

해가 밝아오자 여론을 의식한 탓인지 살수차가 사라졌다. 문득 경찰의 움직임이 빨라졌다. 여경들이 나타났다. 곧 연행에 들어가리란 예고다. 주변 CCTV가 모조리 꺼져 있다는 소리가 들려왔다. 곧 앞줄에 서 있던 사람들이 하나둘씩 끌려가기 시작했다. 아비규환이다. 끌고 가려는 사람과 끌려가지 않으려는 사람, 그리고 지키려는 사람들의 완력이 한데 뒤엉켰다. 구호는 "폭력경찰 물러가라"로 바뀌어 있었다. 저 뒷줄의 전경과 눈이 마주쳤다. 어느 영화처럼 증오로 완연한 그 눈과 입이 내게 무어라 욕을 했다. 나는 발끈했다. 그러나 화를 주고받아야 할 이유를 찾을 수 없어 이내 한심해졌다. 너랑 나랑 서로 미워해야 할 이유가 뭐니. 눈 안 깔어. 얼씨구. 그러거나 말거나.

다시 앞줄의 연행이 시작됐다. 옆의 김형이 끌려갔다. 나도

화가 치밀어올라 도로로 나섰다.

경찰과 시위대의 열이 팽팽하게 맞섰다.

"평화시위 보장하라"를 입이 닳도록 물어 외쳤다.

내가 본 시위대는 결코 이성을 잃지 않았다.

경찰들의 안전을 염려하는 건 오히려 시위대 쪽이었다.

밀고 밀리는 가운데 나는 "다치지 맙시다"라고 소리쳤다.

정말 그랬으면 좋겠다고 생각했다.

끌려갔다. 어깨를 잡혀 끌려가는 도중 뒤쪽에서 누군가 당겨 몸이 허공에 떴다. 다시 땅으로 처박혔다. 몸이 땅에 닿자마자 군홧발이 날아들었다. 머리도 잡아당겼다. 정신이 하나도 없었다. 그 와중에 자꾸 물었다. 왜 이렇게까지 하는 겁니까. 왜 때립니까. 어휴 진짜 아파서. 그렇게 당기고 끌려 우체국 앞까지 밀려갔다. 더이상 날 끌고 갈 의지가 없었던지, 정신을 찾고 보니 도로변 난간에 몸을 기대고 서 있었다.

옆에 선, 어느 선량해 보이는 청년이 내 대신 화를 내주고 있었다. 왜 사람 머리를 잡아당깁니까. 아끼는 겉옷이 찢어져 걸레가 됐다. 손바닥이 찢어졌다. 검지 손톱 절반이 씹혀 너덜거리며 피가 흐르고 있었다. 얼굴의 땀을 닦다가 뺨에 온통 피가 묻었다. 주위 사람들이 걱정해주는 바람에 알았다. 겸연쩍었다. 나는 람보가 아니다. 그래도 꽁지머리를 지탱하던 고무줄이 사라진 걸 알았을 때는 화가 많이 났다. 난 간지남인데. 어디 거울 없나. 처량해서 처연하다.

휴대폰 진동에 다시 정신이 들었다. 김형은 닭장차에 실려 연행되는 중이었다. 다행히 다친 데는 없다고 했다. 어느 매체에 고자질 기사를 쓸까 농 삼아 재잘거리다 전화를 끊었다. 시위대는 결국 도로를 뺏기고 물러섰다. 사람들은 분노했지만 이성을 놓지 않았다. 다시 자유발언이 시작되고 대통령의 책임을 묻는 말들이 광장의 하늘을 덮었다.

드물게 피가 묻고 옷이 찢겨 나풀거리는 내 꼴이 유난스러워 창피했다. 옷도 갈아입고 지혈도 해야겠다. 택시에 올라타 집으로 향했다. 6시 10분이었고 날은 완전히 밝아 있었다. 귀신 같은 꼴을 사진이라도 찍어둬야 하나 싶어 휴대폰을 더듬거리다 관두고 피식했다.

맹장수술을 하고 병원에 누워 있는 엄마가 생각났다. 난 일을 핑계로 한 번도 안 가봤다. 일러바칠까. 아마도 엄마는 아이고 아이고 누가 내 새끼를, 안아줄 테다.

연희동을 지나 가좌동으로 향하는 동안 창밖의 풍경은 고요하고 청량했다. 평소에는 채 귀에 닿지 않던 새소리마저 드문드문. 아침은 이렇게 아름답구나. 아무 일도 없는 동네 골목길이 너무 평온하고 서운해, 나는 조금 울었다.   2008.5

창밖의 풍경은 고요하고 청량했다.

평소에는 채 귀에 닿지 않던 새소리마저 드문드문.

아침은 이렇게 아름답구나.

아무 일도 없는 동네 골목길이 너무 평온하고 서운해,

나는 조금 울었다.

광장

위의

엄마

·

·

·

· 광장에서 엄마를 만났다. 전경

버스를 잡아 끌어낸 직후, 교보빌딩 맞은편 커피빈 앞에서였다.

목장갑 손으로 빗물 닦고 씩씩대는데 누군가 길 가는 내 팔을 덥

석 잡아쥔다.

엄마야 놀래라. 맙소사 엄마입니까. 네 엄마입니다. 내 눈앞

에 선 엄마는 초현실적인 엄마였다. 당황스럽다. 마냥 선량한데

다 눈 나쁘고 체구마저 작은 중늙은이가 비를 맞으며 거기 서 있

는 꼴이 그리 좋아 보이지 않았다. 나는 그만 화를 내고 말았다.

아니 이 양반아 여기서 뭐하는 거야.

나도 그냥 한번 나와보았다. 저 도로 안쪽에 있다가 허리가 아파서 여기로 나왔어.

엄마 여기 있으면 내가 마음이 편치 않으니 빨리 들어가시오.

지금 이 시간에 뭘 타고 집에 가.

택시 타고 가 택시. 아직 할증 안 붙었으니 빨리 타고 가.

택시는 무슨. 아무튼 내 걱정일랑 하지 말고.

아무튼 빨리 가. 지금 당장 가. 걱정시키지 말고 지금 당장 가.

엄마를 뒤로하고 인파 속으로 다시 들어갔다. 마음이 편치 않다. 아니 노인네가 광장에서 뭐하는 거야. 피식했다. 그리고 동시에 진압이 시작됐다. 굉음이 터져나왔다. 고함도 섞였다. 시민의 소리가 아니다. 학습된 함성이다. 전경이다. 미친 듯이 달려들어온다. 쫓긴 자들이 좁은 길로 한꺼번에 밀려들었다. 나도 퍼뜩 살아야겠다. 아우성이다. 저 앞에 곤봉질에 쓰러진 여성이 나뒹군다. 구르고 넘어지는 시민들이 부지기수다. 넘어진 사람 위로 전경의 방패와 곤봉이 날아든다. 강경진압이다. 전쟁터다. 그제야 눈앞이 새까매졌다. 아이고 나는 몰라 우리 엄마. 우리 엄마 서 있던 방금 그 자리가 벌써 전경들로 가득하다.

엄마를 찾아 종로 시청 바닥을 헤집고 다녔다. 진압은 조금 잦아들고 소강상태다. 전화를 걸어도 신호만 간다. 이게 미칠 노릇이다. 다시 걸었다. 다시 신호만 간다. 신호와 신호 사이 짧은 시간이 통일호의 속도로 미칠 듯이 늘어진다. 그렇게 지긋지긋한 신호만 스무 번을 듣고 나면 거의 반병신이 된다. 성큼성큼 발을 때는 내 주위로 실신한 시민들과 의료진을 찾는 자들의 소음이 가득하다. 피를 잔뜩 흘리는 아저씨가 부축을 받으며 움직이고 있다. 눈앞이 다시 깜깜하다. 엄마 어디 있어 엄마.

이게 다 나 때문이다. 새끼가 걱정돼 나온 것이다. 하루같이 광장을 쏘다니고 글을 뱉어내니 덩달아 화가 난 것이다. 아들이 그러니 그런가보다 하고 나온 것이다. 아니 어쩌면 광장에 나서야 시민이라는 글을 보고 나왔나보다. 지금 방관하고 나중에 새끼들에게 무어라 말하겠느냐는 문장도 있었지 아마. 엄마도 시민이 되고 싶었을까. 새끼들 앞에 부끄럽지 않고 싶었을까. 그래서 여기 오면서도 미리 전화하지 않았을까. 엄마 다시는 이 블로그 들어오지 마시오. 엄마같이 선량하고 순진한 사람이 광장 걱정하지 않아도 되는 세상이 맞지. 그게 맞는 거지.

그러거나 말거나. 시민이고 뭐고 우리 엄마 다치면 나는 당장 죽어버리겠다. 아니 이건 흡사 도무지 아무짝에도 쓸모없는 아들이 아닌가. 상냥하지도 못하고 돈을 많이 벌지도 못하고 자주 얼굴을 보이지도 못하는데 이제는 애꿎은 건강마저 위협한다.

그러다 문득 우리 엄마 다치면 병원비는 어떻게 하지. 생각이 미치자마자 입술을 깨물고 아 그것 참 창피하다. 그 상황에 하는 생각이라는 게 정말이지 비열해. 나는 정말 구제불능이었다. 거의 낙지볶음 먹고 싼 똥이다.

그러다 통화가 됐다. 엄마 어디야. 택시 잡아 들어가는 길이다. 전화를 왜 그리 안 받아. 시끄러워 전화 온 줄 몰랐는데. 태연한 엄마의 목소리. 무어라 형용할 수 없는 기분에 휩싸여 나는 그냥 전화를 끊었다. 눈물이 빗물과 섞이니 덜 따갑다. 하느님 감사합니다. 부처님 감사합니다. 요즘 하도 재수가 사나워 마냥 불길했는데. 고맙습니다. 고맙습니다.

이번에는 전화가 걸려온다. 엄마다. 전화를 받았다. 엄마랑 다시는 이야기 안 해. 목소리 듣고 싶지도 않아. 전화하지 마시오.

전화를 끊었다. 세상이 쉽게 바뀌지 않듯, 나는 여전히 구제불능이었다.   2008.6

엄마 다시는 이 블로그 들어오지 마시오.

엄마같이 선량하고 순진한 사람이

괜장 걱정하지 않아도 되는 세상이 맞지.

그게 맞는 거지.

전화를 끊었다.

세상이 쉽게 바뀌지 않듯, 나는 여전히 구제불능이었다.

부적응자들의

지옥

•
•
•

• 그 형은 군대에서 정신질환을
얻어왔다. 행동이 느리고 어눌해 선임병들이 총기 관물대에 하
루 동안 가둬두었다고 한다. 이후로 폐소공포증을 앓게 되었다.
그는 아직도 극장에 가지 못한다. 그는 관심사병이었다.

강화도 해안 소초 총기난사 사건으로 해병대원 4명이 숨졌
다. 안타까운 일이다. 어린아이들이다. 눈물의 영결식이 열렸다.
해병대 사령부는 고인들에게 1계급 특진을 추서했다. 목숨값이
다. 흔히들 군대에서 죽으면 개값도 나오지 않는 개죽음이라고
말한다. 그들의 개죽음은 서둘러 급조된 서푼짜리 명예와 교환

되었다.

뉴스를 보았다. 이번 사건이 관심사병, 부대 부적응자의 소행이라는 데 방점을 찍고 있었다. 군 내 관심사병의 통계를 밝혀가며 제대로 된 관리가 시급하다는 대목에서는 흡사 에볼라 바이러스가 창궐중이니 조심하라는 재난방송을 듣는 것 같았다. 반면 같은 부대에서 기수 열외 등의 가혹행위를 당하고 정신질환을 얻어 법원으로부터 국가유공자 판정을 받은 사람에 대한 보도는 단신으로 처리되었다.

한국의 군대조직은 그 자체로 이미 방안의 코끼리고 항체가 만들어질 수 없는 바이러스다. 병적 위계와 폭력적인 의식체계를 배워나가는 남한 남성의 필수 사회교육기관이다. 필요에 의한 살인을 가르치는 곳이다. 젊은이를 애국과 의무의 이름으로 저렴하게 착취하며 병증과 굴종과 비합리로 유지되는 공간이다. 세상은 한국 군대라는 비정상 안에서 정상인으로 잘 버텨내며 그 안의 공기를 폐부 깊숙이 들이마셔 자기화하는 데 성공한 사람을 '사회생활 잘하는 사람'이라고 정의한다.

관심사병이 되는 건 그리 어려운 일이 아니다. 사실 한국 군대라는 맥락 안에 있으면서 관심사병이 되지 않을 수 있다는 건 근대 이후의 세계를 살아나가기에 지나치게 둔감하다는 의미이기도 하다. 한국 군대에서 간부들이 가장 좋아하는 건 '알아서 조용히 잘 굴러가는 것'이다. 사병들은 부대를 '알아서 조용히 잘 굴러가게' 하기 위해 자체적인 폭력을 재생산한다. 집합시키고 집합당하고 때리고 맞고 억울해하고 억울하게 만든다. 그러다가 눈에 띄게 되는 가해자와 피해자가 나온다. '알아서 조용히 잘 굴러가는 것'을 원했던 사람들은 결코 그들을 책임지지 않는다. 오히려 남들보다 눈에 띄게 분노하고 책망한다. 그렇게 두 명의 관심사병이 만들어진다.

죽이고 싶은 사람들 사이에서 저렴하게 착취당하는 자들과, 죽이고 싶은 사람이 되어야 조직에 맞게 어른다워지는 것이라 착각할 수밖에 없는 자들이 슬프다. 한국의 군대는 주변부의 죽음을 끊임없이 상상하고 도발하게 만든다. 그곳에 우리는 꾸역꾸역 아들과 형제와 친구들을 밀어넣고 있다. 남자가 되어 돌아와라, 는 말을 남기며.

한국 군대라는 조직은 대한민국이라는 공간의 축소판이다. 대체 한국에서 지킬 것을 지키고 보고 들을 것을 빼놓지 않아가며 부적응자가, 관심국민이 되지 않을 수 있는 길은 어디에 있나. 부적응자 가운데 적응하고 싶지 않고 섞이고 싶지 않은 사람은 단 한 명도 없다. 그러나 남들보다 조금 더 예민하다는 이유로 부적응자라는 낙인을 얻는다. 그리고 사건이 생기면 책임을 강요당한다. 적응하고 싶다. 섞이고 싶다. 불만을 가지고 싶지 않다. 그러나 세상에서 가장 어려운 게 이 세상 아래서 웃는 것이다.

외통부 차관이 트위터에 이렇게 썼다. "2018 평창은 우리 국민 모두의 승리입니다. 이걸 못마땅해하는 사람은 우리 국민이 아니지요^^ 대한민국 국민 화이팅!" 우리는 다시 한번 따돌려졌다. 부적응자들의 지옥에서, 우리는 따돌림당하고 있다.

2011. 7

죽이고 싶은 사람들 사이에서 저렴하게 착취당하는 자들과,

죽이고 싶은 사람이 되어야

조직에 맞게 어른다워지는 것이라 착각할 수밖에 없는 자들이 슬프다.

적응하고 싶다.

섞이고 싶다.

불만을 가지고 싶지 않다.

그러나 세상에서 가장 어려운 게 이 세상 아래서 웃는 것이다.

군바리

전상서

∙
∙
∙

∙ 지난 3월 2일 공군의 F-5 전투기 두 대가 강원도 평창 황병산에 추락했다. 조종사 3명이 순직했다. 다음날에는 육군 정찰헬기 1대가 남양주 이패동의 비닐하우스 단지에 추락했다. 사고 직후 조종사 2명이 인근 병원으로 옮겨졌으나 후송 도중 끝내 목숨을 잃었다. 3월 26일에는 천안함이 원인을 알 수 없는 이유로 침몰했다. 실종자와 순직자가 46명에 이르렀다. 4월 14일에는 철원의 GOP 근무병이 총에 맞아 사망했다. 4발의 총격을 받은 것으로 알려졌다. 다음날 15일 전남 진도 해상에서는 링스헬기가 추락했다. 1명의 사망자와 3명의 실종자가 발생했다. 수색작업이 한창인 가운데 이틀 후인 17

일에는 서해 소청도 부근 해상에 같은 기종의 헬기가 다시 불시착했다. 다행히 승무원 3명은 모두 구조됐다. 전시 상황이 아니다. 그럼에도 이 모든 일이 벌어지는 데는 불과 두 달이 채 걸리지 않았다. 어느 것 하나 납득할 만한 수준의 설명과 원인 규명은 없었다.

사지 멀쩡한 남자들은 대개 군대에 간다. 선의 혹은 애국심을 논하기 이전에 군역은 국민의 의무라고, 우리는 그렇게 배웠다. 그래서 당신들은 사랑하는 사람들과 삶의 맥락을 떠나 지금 거기에 있다. 시험을 보고 진학을 하고 자격증을 따고 차를 사고 대출을 받고 청약을 넣고 짝을 만나고 새끼를 낳아 기르는 지난한 인생의 관성을 벗어나, 지금 거기에 있다.

당신은 부실한 조직일수록 위계를 신봉해야만 하는 이유를 그곳에서 찾을 수 있을 것이다. 그리고 분노할 것이다. 그러나 오래가지 않을 것이다. 위계로부터의 일방적인 희생과 굴종을 수월히 감수하기 위해서는, 당신 스스로가 위계 안으로 더욱 힘차게 들어가 한몸을 이루어야 하기 때문이다. 가장 쉽고 편한 방법이다. 그래야 당신 또한 희생과 굴종을 남에게 강요할 수 있다. 그것이 조직을 알아서 굴러가게 만드는 힘이라고, 당신은 몸으로 깨닫게 된다. 마침내 전역을 맞이하면 당신은 군대와 조금도 다를 게 없는 세상의 규칙 안으로 흡수된다. 군에서의 사회화 과정에 충실했을수록, 당신은 잘해낼 수 있을 것이다. 누가 당신을 손가락질할 수 있을 것인가.

그런데 아주 가끔, 그렇게 열심히 생활한 당신조차 조직으로부터 버려지는 일이 발생한다. 군조직은 어떤 종류의 부조리든 부인한다. 물론 우리는 군조직을 '알아서 잘 돌아가게' 만드는 게 바로 그런 부조리들이라는 걸 잘 알고 있다. 조직도 알고 있다. 그래서 방치되거나 은폐된다. 그러나 부정의 몸통이 드러날 위기에 처하면 조직은 언제든 당신을 버릴 준비가 되어 있다. 조직은 조직의 안위를 위해 한몸이 되어 분투했던 당신에게 관심이 없을뿐더러 지켜줄 의지조차 가지고 있지 않다.

당신은 2년짜리 톱니바퀴에 불과하다. 조직이 담보로 잡아두었던 당신의 명예와 생명을 위기상황 앞에 헐값으로 매매하는 동안, 진실은 모습을 감추고 조직의 지속 가능한 내일만이 보장된다.

그래서다. 심장에 한 발, 손바닥과 허벅지에 각 한 발씩을 맞고 세상을 떠난 병사의 사인이 자살이라 말하고, 폭발의 흔적이 없는 선박이 북한의 어뢰 공격으로 침몰됐다고 설명하는 따위의, 결론을 이미 지어놓고 과정을 끼워맞추는 식의 얼토당토않은 대답이 그래서 가능해지는 것이다. 명쾌하게 설명할 수 있는 정황들이 존재함에도 불구하고 수없이 많은 사건사고들이 굳이 미스터리를 자처한다. 사건사고를 마무리하는 동안 그들은 당신을 영웅이라 부를 수도, 정신병자로 몰 수도 있다. 어느 쪽이든 상관없다. 선택된 호칭이 가져올 영향만이 중요하다. 당신은 중요하지 않다.

당신들의 입장을 조금도 이해할 수 없는 자들이 성분을 알 수 없는 눈물을 떨어뜨리며 카메라 앞에서 애도하거나 허망한 입씨름으로 정치적인 수를 가늠하는 동안, 그들이 마음껏 거짓 말할 수 있게 만들어주는 당신들의 조직은 당신들을 이미 잊었 다. 나는 당신들이 너무나 슬프다.   2010. 4

그런데 아주 가끔,

그렇게 열심히 생활한 당신조차 조직으로부터 버려지는 일이 발생한다.

부정의 몸통이 드러날 위기에 처하면

조직은 언제든 당신을 버릴 준비가 되어 있다.

조직은 조직의 안위를 위해 한몸이 되어

분투했던 당신에게 관심이 없을뿐더러

지켜줄 의지조차 가지고 있지 않다.

당신은 2년짜리 톱니바퀴에 불과하다.

당신은 중요하지 않다.

그들이 마음껏 거짓말할 수 있게 만들어주는 당신들의 조직은

당신들을 이미 잊었다.

나는 당신들이 너무나 슬프다.

가자지구의

밤

• • •

• 가자에 관한 보도를 의도적으로 피하고 있지만 자꾸 떠오르는 걸 어찌할 수가 없다. 서방세계로부터 살인면허를 돈으로 사들인 현시점 최악의 깡패 국가. 신성과 대의에 함몰된 이스라엘 시오니스트 이 지긋지긋한 악마들.

'한 번만 살 기회를 달라'고 말하는 가자지구 아이들의 동영상을 보았다. 서방세계가 날인한 살인면허 아래 아이들이 산산조각나고 있다. 이스라엘, 대체 이 끔찍한 나라는 그 모든 참상과 악업을 무슨 수로 감당할 생각인가.

첫번째 비극은 이것이 홀로코스트의 유튜브 시대 재현이라는 것. 두번째 비극은 전방위적 학살이라는 사실에 관한 대중 일

반의 접근성이 늘어난 꼭 그만큼 피부에 와닿는 실감 또한 옅어 져간다는 사실이다.

우리는. 이스라엘의. 하늘도 땅도 어른도 새끼도 없는 듯 끔 찍한. 악마적인. 이 천인공노할 대학살에 대해. 반드시. 반대하 고. 기억하고. 이들을 공인한 서방세계의 이기적이고 편의적인 비굴함을. 결코 잊지 말아야 한다. 언제든지 당할 수 있다.

잠이 안 온다.   2014.7

20대가
사라졌다

•
•
•

• 언젠가부터 20대가 대중문화
의 중심으로부터 완연히 멀어져버렸다. 극장을 가도 TV를 봐도
책을 읽어도 20대의 주체적인 시각과 행동을 다룬 콘텐츠를 찾
아보기 어렵다. 20대는 모두 어디로 사라졌나?

모두가 20대를 증오한다. 의식 없고 예의 없고 소명감 없고
사회정치 환경에 대한 관심도 없으며 할 줄 아는 건 영어밖에 없
고 오로지 성공의 가치에 모든 걸 헌신하는 듯 보이는 '요즘 것
들'에 대한 책망이 하늘을 덮었다. 심지어 20대마저 스스로를 증
오한다. 전세대들과는 판이하게 펼쳐진 세계의 풍경을 개인의

문제로 치부하며 동기와 기성세대와의 무한경쟁에 더욱더 몰입한다. 여기, 무슨 일이 벌어진 걸까.

대한민국의 역사를 돌이켜보건대 지금의 20대만큼 이른바 '세대의식'이 전무한 경우는 찾아보기 어려웠다. 지금 한국의 20대는 '세대가 없는' 세대다. 그래서 '지금의 20대들'이라는 말 자체에 어폐가 있는 게 사실이다. 그들은 한 가지 단어나 분류로 구획지어질 만한 공통점을 가지고 있지 않다. 거기에 모종의 악의나 연민을 담아 이야기하는 건 실체 없는 유령을 잡겠다며 굿판을 벌이는 선무당의 헛수고나 다를 게 없다. 그럼에도 20대의 문제에 대해 이야기할 수 있는 까닭은, 그들 세대가 처해 있는 환경의 특수성 탓이다.

20대의 절반 가까이가 한자 문맹에 가깝다는 장탄식은 보수 언론이 자주 꺼내드는 주요 의제다. 누군가는 대학가 주변에 인문학 서점이 자취를 감춘 것과 연결지어 (거창하게도) 지성의 멸망을 한탄하기도 한다. 지금 한국의 20대는 대통령보다 더 만만하고 쉬운 존재다. 욕을 하려면 밤을 새워가며 할 수도 있을 것 같다. 고대의 벽화에조차 "요즘 것들은 예의가 없다"고 적혀 있었다는 걸 보면, 젊은이의 역할에 대한 기성세대의 불신은 확실히 어제오늘 일이 아니다. 하지만, 지금 눈앞에 펼쳐진 상황은 또 다르다.

우리 주위를 둘러싼 대중문화는 사회의 욕망과 현상을 투영하기 마련이다. 그 대중문화에서 20대가 사라져간다. 대중문화의 주요 아이콘으로 가장 적극적인 역할을 하고 있어야 마땅할 20대가 어느 사이엔가 자취를 감춰버린 것이다. 20대 배우와 작가와 가수를 가리키며 반문할 것 없다. 그들이 만든 문화상품이 과연 20대를 위한 20대의 이야기인지에 주목해야 한다. 아니다. 20대가 가진 몸뚱이의 매력을 팔아치우는 것, 혹은 20대를 내세워놓고 정작 기성세대의 판타지를 충족시키는 데 주력하는 트렌드 드라마들은 논외다. 정말 20대의 고민과 관심사를 담은, 화자와 청자가 모두 20대인 콘텐츠가 없다. 20대는 시장 안에서 개별적인 소비군중으로만 존재할 뿐, 대중문화 주체로 기능하지 못하고 있다.

이유는 간단하다. 아무도 20대의 이야기를 듣고 싶어하지 않기 때문이다. 하물며 20대 스스로도 자기 세대의 이야기를 외면한다. 그들에게 본인들의 세계를 성찰할 여유나 자존감 따위는 남아 있지 않다. 오로지 끝없는 경쟁과 취업 전쟁만이 세계의 전부다. 그렇게 만든 건 20대 자신이 아니다. 그런 세계가 주어졌을 뿐이다.

물론 그들은 여전히 대중문화의 주요 소비자층이다. 단지 소비만 할 뿐 그 안에서 어떤 주체성도 발휘할 수 없다는 게 문제다. 지금 당장 온라인서점에 들어가 '20대'라는 키워드를 검색창에 넣고 클릭해보라. 첫번째 페이지에 다음과 같은 제목의 책들이 출력될 것이다. 『대한민국 20대, 재테크에 미쳐라』『20대가 꼭 알아야 할 경제지식』『20대여, 지금 당장 주식에 투자하라』『대한민국 20대, 인테크에 미쳐라』『여자 20대, 몸값을 올려라』

『20대에 시작해 평생 고수익 올리는 금융 재테크』『20대 여자가 꼭 알아야 할 돈 관리법』『대한민국 20대 여자의 재테크는 남다르다』『20대 직장인 부동산에 빠져라』『대한민국 20대, 내 집 마련에 미쳐라』.

경제 분야에 한정해서 검색한 게 아니다. 모두 20대가 경제에 '미치길' 권유하는 듯 보인다. 사실은 그게 아니다. 대다수 20대가 이미 돈에 미쳐 있다. 돈을 벌기 어렵기 때문이다. 지난 2002년 대선 때 조갑제는 "(한나라당의 패색이 짙어지고 있으니) 50대는 용돈으로 20대를 제어하라"고 했다. 웃기지만, 웃기는 말이 아니다. 이 땅의 20대는 아르바이트 정도를 제외하면 자력으로 돈을 버는 게 거의 불가능하다.

요는 이들이 첫번째 포스트 IMF 세대라는 거다. IMF 이후의 세계를 살아가는 건 비단 지금의 20대뿐만이 아니다. 하지만 대학 진학과 함께 IMF를 맞았고, 과거와 전혀 다른 환경을 세계 전부로 경험했으며, 급격한 신자유주의 바람 속에서 무한경쟁의 순환고리 안으로 떠밀린 세대는 지금의 20대가 처음이다.

대학 캠퍼스의 잔디밭에 앉아 기타를 치며 혁명과 역사와 민족과 독재를 논하면서 소위 의식이라는 걸 습득하고, 데모를 하거나 술을 마시거나 하면서도 괜찮은 직장에 취직할 수 있었던 과거의 세대와는 경우가 다르다. 참혹한 경쟁을 거쳐 대학교에 들어가더라도 미래는 조금도 보장되지 않는다.

청년실업의 문제는 이미 그 수치와 비율을 입에 담기도 민망할 정도다. 올해 통계청 월별 고용 동향에 따르면 지난 5~6월

대졸자들이 포함된 20대와 30대 취업자 수가 다른 연령대에 비해 계속 감소 추세를 보이는 것으로 조사됐다. 공무원 시험에 몰리는 대졸자 수도 갈수록 늘어난다. 올해 시행된 서울시 7·9급 공무원 시험에는 9만 1582명이 몰려 52.9대 1의 경쟁률을 기록했다. 미래는 더 어둡다. 한국직업능력개발원은 지난해 '중장기 인력수급 전망' 보고서에서 2015년까지 노동시장에서 초과 공급될 전문대 이상 학력자 수를 54만 8천 명으로 전망한 바 있다. 진짜 무서운 건 취업이 돼도 걱정이라는 사실이다.

네이버 지식인에 다음과 같은 질문이 올라왔다.

"안녕하세요, 제 나이는 20대 중반으로 공공기관에 비정규직으로 있습니다. 연봉은 1500만 원이 안 되지만 4대보험과 의료보험은 해당됩니다. 대출을 받아본 적도 없고 카드가 연체된 적도 없습니다. 마이너스 통장을 만들고 싶은데 가능할까요?"

이런 대답이 올라왔다.

"조건이 안 되십니다. 하지만, 방법은 있습니다. 따로 쪽지 주세요." 제2금융권에 손을 벌리라는 이야기다. 현재 20대 취업자 과반수 이상이 비정규직이다. 그들 대부분이 85만 원에서 150만 원 사이의 월급을 받고 있다. 앞으로 더 많은 돈을 벌 수 있으리라는 희망도 없다.

최근 화제를 일으킨 책 『88만 원 세대』의 공동저자 우석훈 교수는 지금의 20대를 "최초로 승자독식체제를 받아들인 세대"로 규정하면서 "현재의 20대 중 95퍼센트는 월 88만 원을 받는 비정규직 노동자로 어렵게 살게 되고 5퍼센트만이 안정된 직장을 구하게 될 것"이라고 예견하고 있다. 책의 제목인 '88만 원 세대'란 전체 비정규직의 평균 임금인 119만 원에 전체 임금과 20대의 임금 비율을 곱해서 뽑아낸 숫자가 88만 원이라는 데서 기인한다.

놀랍도록 새롭고 절실한 문제의식으로 충만한 이 저서는 주로 진보 지식인들이 인문학적 언어를 동원해 지적하곤 했던 사안들을 철저한 경제논리와 개념들에 따라 풀어내고 있다. 우석훈 교수는 현 상황을 세대 간 무한경쟁으로 인해 벌어진 일로 파악한다. 신자유주의 패러다임이 몰고 온 승자독식체제의 게임법칙이 20대에게 특히 불리하게 작용한다는 거다. 기득권을 차지한 40대, 50대가 쉽게 자리를 내어줄 리 없는 상황에서, 20대는 비정규직의 굴레로 몰릴 수밖에 없다. 승자독식의 법칙은 세대 간 경쟁에서뿐만 아니라 사회 전 분야에서 이뤄지고 있는 현상이므로, 이들은 앞으로도 갈 곳이 없다. 30대가 되고 40대가 되어도 상황이 지금보다 나빠지면 나빠졌지 좋아질 수가 없다.

저자들은 "20대들이 스스로 더이상 승자독식게임을 하지 않겠다고 윗세대에 대항해 자기 권리를 찾는 게 유일한 희망"이라고 이야기한다. 하지만 20대 스스로는 사실상 이 굴레에서 벗어날 수 없다. 결국 시스템을 바꿔야 한다는 이야기다.

모두가 20대를 증오한다. 정작 20대의 존재감은 생존경쟁의 틈바구니로 사라졌다. 서점을 방문하고 극장에 찾아가면 일본의 청춘소설과 영화들이 우리 20대의 이야기를 대신해 들어차 있다. 그들의 이야기는 우리 주위의 문제의식을 담아내지 못한다. 그러거나 말거나 20대조차 무관심하다. 88만 원 세대에게 문화나 오락 따위는 헛배 부른 사치에 불과하다.

사회에 첫발을 내딛는 20대는 가장 행복한 세대여야 마땅하다. 제도적으로 그 시작을 보장받아야 한다. 그게 건강하고 상식적인 사회다. 그런데 당연히 축복받아야 할 세대가 한국에선 가장 힘없고 갈 곳도 없으며 오로지 경쟁만을 강요당한다. 20대는 그런 세상을 바꾸려 하기보다 그저 자학하기에 바쁘다. 세상에, 이건 끔찍한 공멸의 징조다. 2007.10

왜

가난한 사람들은

부자를 위해

투표하나

•

•

• 경제적으로 풍요롭지 못한 사람들이 진보정당에 투표하는 일은 언뜻 상식처럼 느껴진다. 하지만 현실에서 이 같은 상식은 상식이 아니다. 왜 그럴까?

대부분의 사람들은 가난하다. 하지만 그들은 부자를 위해 투표한다. 얼핏 분열증 같아 보이는 이 현상은 영원히 풀리지 않을 수수께끼처럼 진보진영의 논객들을 괴롭혀왔다. 논객과 진보 정치인들은 사람들이 계급적 정체성에 밝지 못하고, 눈을 뜨지 못하고, 상식적으로 행동하지 못하는 데 분노한다. 그리고 계몽 하려 애쓴다. 하지만 이 계몽은 쉽게 작동하지 않는다.

경제학자들은 인간이 결국에 사사로운 이익관계를 좇아 움직일 수밖에 없다고 이야기한다. 실제 대부분의 인간은 사익에 따라 결정하고 행동한다. 이는 매우 상식적인 이야기로 들린다. 하지만 이 상식은 머릿속의 상식이다.

현실에서 우리는 자신의 주머니사정에 따라 투표하는 사람들을 거의 찾아볼 수 없다. 많은 수의 진보운동가와 논객, 정치인 들은 선택받은 가정에서 온갖 혜택을 받고 자랐다. 그러고도 분배를 논한다. 많은 수의 가난한 사람들은 그와 같은 혜택을 거의 받지 못하고 자랐다. 그러고도 집중을 논한다. 앞서 말한 상식이 통했다면 소수의 집중되고 편향된 자본을 위해 종사하는 보수정당은 절대 집권할 수 없다.

이것이 현실의 상식이라면 다음과 같은 권유는 정당하다.

당신의 주머니를 행복하게 해줄 수 있는 정당과 후보에 투표하라. 당신의 주머니를 지지하라는 말은 요구라기보다 질문이며, 이는 곧 당신의 계급적 정체성을 묻는 것이다.

하지만 사실 이런 식의 주문은 헛되다. 왜 당신의 계급에 따라 투표하지 않느냐고 지적하고 계몽하는 일은 끔찍할 정도로 소모적이다. 궁극적으로, 이런 식의 주문은 실제 가난한 사람들의 귀에 들어가지 않기 때문이다. 귀에다 대고 소리질러도, 동의를 구할 수 없다. 실제 들리지 않는다! 가난한 당신이 이명박을 선택했을 때 당하게 될 온갖 종류의 불이익을 도표로 만들어 오른손에 들고, 권영길을 선택했을 때 얻게 될 온갖 종류의 혜택을 도표로 만들어 왼손에 들고 그들에게 외쳐봐라. 당장은 고개를 끄덕일 것이다. 하지만 우리는 이 가난한 사람들의 대다수가 결국 이명박을 선택할 것이라는 걸 알고 있다. 도대체 왜?

이 나라에서 스스로 중산층이라고 믿는 사람들은 70퍼센트에 달한다. 하지만 실제 한국의 중산층은 40퍼센트가 채 되지 않는다. 이 놀라운 통계의 마술은 한 가지 명징한 진실을 환기한다. 사람들은 자신이 보고 싶은 것만 보고, 기억하고 싶은 것만 기억한다는 사실이다. 우리는 이 가상의 필터를 '가치관'이라고 부른다. 수많은 장르영화들이 이 같은 소재를 다뤄왔다. 사람들은 자신의 계급적 정체성에 따라 투표하지 않는다. 바로 이 가치관에 따라 투표한다.

요컨대 가난한 사람들이 부자를 위한 정책 정당을 지지하는 이유는, 그들이 부자를 좋아하기 때문이다. 부유함이나 풍요로움 같은 부자의 가치를 좋아하기 때문이다. 또한 그와 함께 수반돼 연상되는 보수적 언어를 '옳은 것'으로 인식하기 때문이다. 누가 혹은 어떤 정당이 서민을 대변하고 말고는 고려 대상이 아니다. 사람들은 부자를 보며 박탈감을 느끼지 않는다. 성공신화에 매료될 뿐이다. 부와 이익이라는 (그들이 생각하기에) 긍정적 에너지에 박수를 보낼 뿐이다.

가난한 사람들은 적지 않은 부자들이 적당한 부패와 조작과 위장을 즐긴다는 사실을 잘 알고 있다. 하지만 이에 대해 문제의식을 갖지는 않는다. 그저 부자라면 그 정도는 저지를 수 있다고 생각하는 거다. 이 자본주의 사회에서 훌륭하게 입신에 성공한

저 부자들은 그만한 권리와 폭력을 응당 행사해도 된다고 생각하는 거다.

이것은 단순한 존경이나 예우와 다르다. 겨우 존경심 때문에 사익과 반대되는 선택을 할 정도로 인간의 두뇌가 간단하지는 않다. 그건 우리가 여태 태어나서 자라고 배우고 번식하고 경쟁하고 버티고 버텨 살아온 이 사회가 근본적으로 보수적인 언어의 토대 위에 건설된 탓이다.

사람들은 '부자' '성공' '상위 3퍼센트' '대기업' '수출' '재벌' '시장주의' 같은 단어들에서 긍정적 에너지를 느낀다. 반대로 '복지' '중소기업' '88만 원 세대' '분양원가 공개' 등에선 무언가를 박탈당하는 듯한 상실감 따위의 부정적 에너지를 느낀다. 시장주의에 반대되는 입장을 표현하는 데 사용되는 단어가 고작 '반시장주의'다. 세상에, 얼마나 부정적인가. 그 내밀한 사정에 대해선 무관심하다. 사람들은 보수적인 단어와 인식의 틀 위에서 살아왔다. 보수성을 '궁극적으로 안전하고 탄탄한' 것으로 인식한다.

간단한 예로 TV와 영화 속 가부장 아버지와 아들의 관계를 짚어보자. 철옹성 같은 권위를 가진 아버지는 온갖 폭력과 부정을 저지르면서도, 결국 아들과의 화해에 이른다. 설명되지 않는 뜨거운 눈빛을 주고받으며 관계의 정상화를 이룬다. 가부장으로 대표되는 보수 이데올로기가 뜨거움과 결합하면서 '설명되지 않는 끈끈함' 따위의 수사로 포장된다. 놀라운 건 대중이 이 같은 광경을 보며 감동한다는 사실이다.

물론 〈천하장사 마돈나〉 같은 예외도 있다. 그건 그 영화를 만든 자들의 진보성과 현실인식의 탁월함을 증명한다. 〈천하장사 마돈나〉는 흥행에 실패했다. 간단하다. 사람들은 소위 진보적인 상식이나 언어들을 '머리로' 인식한다. 반대로 보수적인 상식이나 언어들은 '가슴으로' 인식한다. 따로 학습이나 교육이 필요하지 않다.

그럼으로써 '택시기사 농담'을 설명할 수 있게 된다. 사람들은 고된 노동에 시달리는 택시기사들 가운데 상당수가 보수정권을 옹호하는 현상을 이해하지 못한다. 하지만 대다수 노동직 종사자들이 그들의 가정에서 가부장적인 권위에 목말라 있으며, 경제가 어려워질수록 실추되는 가정 내 권력에 대해 큰 피해의식을 갖고 있음을 상기해보자.

간단한 이야기다. 택시기사는 바보가 아니다. 그들은 노동자라는 계급성을 갖고 있다. 하지만 그들의 행동을 결정하는 가치관과 정체성은 보수주의에 닿아 있는 거다. 미국의 고속도로 트러커들 대다수가 공화당을 지지하는 것과 마찬가지 맥락이다.

그렇다면 지난 10년간 자칭 진보정권이라고 불린 두 정부의 집권은 어떻게 설명할 수 있을까? 이는 보수와 진보 사이의 경쟁이었다기보다, 개혁세력의 안티 담론이 성공적으로 작동한 것에 더 가까웠다. 실제 이 두 정권의 정책은 조금도 진보적이지 않았다. 그저 과거와의 단절과 안티 담론의 연장선상에서 지루한 말싸움을 해온 것에 불과하다. 가끔씩 진보진영의 수사만 빌려

왔는데, 이건 그저 한나라당과 자리싸움하는 데 필요했기 때문이다.

특히 노무현정권의 집권은 눈여겨볼 만하다. 그는 보수의 언어를 들고 나와 진보의 탈을 쓰고, 이를 뜨거운 개혁의 이미지로 치환하는 데 성공했다. 많은 사람들이 이것을 긍정적인 것으로 인식했고, 결국 대선 승리의 드라마로 이어졌다. 욕할 게 아니라 공부해야 할 일이다. 그는 진정 언어의 마술사였던 것이다.

많은 수의 진보주의자들이 노무현정권에 속았다고 생각한다. 하지만 무덤을 판 건 진보진영 스스로다. 정권 내 진보진영은 '보고 싶은 것만 보고 듣고 싶은 것만 듣는' 사람들의 행동에 옳고 그름의 틀을 가져가 비판했다. 어떻게 부정부패 우익 세력을 지지할 수 있느냐고 꾸짖었다. 하지만 사람들은 보수적 가치관 안에서 살아왔을 뿐이다. 그 위로 당위성을 겹쳐놓으면 격렬한 반감이 생길 수밖에 없다. 보이지 않아서 보지 못하는 건데, 그에 대해 욕을 하고 보수반동꼴통 소리를 서슴지 않았다. 보수진영이 가지고 있는 언어는 안정적으로 보였지만, 진보진영이 가지고 있는 언어란 고작해야 '쟤들은 안 돼' 정도였다. 조롱이 팔 할이었다.

현실정치에서 진보진영이 얼마나 그릇된 전략에 따라 움직이고 있느냐가 바로 여기서 드러난다. 안티 담론에 의해 움직이다간 결코 긍정적인 이미지의 틀 안으로 진입할 수 없다. 기껏해야 상대하기 피곤한 사람 취급밖에 받을 수 없다. 그런데도 진보진영은 도덕의 황폐화를 부르짖고 세상이 당장 망할 것처럼 시일야방성대곡을 목놓아 불렀다. 유동적인 중간층은 서슬 퍼런 진보진영의 손을 들어주기 힘들어진다. 도무지 안정적인 비전을 제시할 그룹으로 비치지 않기 때문이다. 그런 와중에 보수진영에선 진보진영의 언어를 가져다가 잘 활용했다.

이회창 후보가 "돈이면 다 된다는 생각, 천민자본주의, 이거 안 됩니다"라고 말했을 때, 많은 진보주의자들은 이를 두고 술자리 안주 삼아 실컷 비웃었다. 하지만 언어의 힘이란 무섭다. 불안정한 진보주의자보다는 안정적인 보수주의자의 개혁적 언동에 솔깃해하는 사람들이 많았다. 이명박 후보도 '청년실업'이나 '비정규직 문제' 같은 진보진영의 화두를 고스란히 가져가 자기 언어로 흡수해버렸다. 진보진영은 그저 바라보기만 할 뿐, 속수무책이었다.

진보진영의 선동가와 계몽주의자들은 스스로 판 무덤 속에 기어들어갔다. 여기서 탈출하고 싶다면 보다 전략적이고 체계적인 연구가 필요하다. 대중에게 꾸준히 진실을 알리고 보수진영의 부조리를 밝힘으로써 마침내 상식이 통하게 될 것이라 낙관하는 자세는 금물이다. 그 진실은 진보진영에게만 들리는 진실이다.

사람들은 자신이 갖고 있는 틀에 의해 판단한다. 이 틀은 그들의 세계관이고 가치관이다. 이 가치관은 주머니사정과 별개로 작동한다. 상식을 운운하면 반감만 산다. 보수진영의 움직임에 일일이 대응하는 방식으로 무게중심을 가져가다간 결코 집권할 수 없다. 대중이 어떻게 진보의 언어에 관심을 기울일 것인지 연구해야 한다. 그런 관심 안에서 진보의 가치관과 인식의 틀이 보수 못지않은 안정적 이미지를 가질 수 있도록 만들어야 한다. 진보진영이 입에 문 언어들이 닮고 싶고 갖고 싶고 추구하고 싶은 것으로 만들어야 한다. 여기에는 다소간의 패션화 전략도 필요하다. 진보의 언어를 개발해야 한다. 그렇게 하지 않는 한, 한국의 진보진영에 미래는 없다.   2007.12

원숭이가

될지

모른다

•

•

•

• 가문의 아우라를 모두 걷어냈
을 때 아무것도 남는 것 없이 초라한 응석받이일 뿐인 재벌집 자
식, 따위를 실제 현실에서 마주치게 되면 왠지 마음이 푸근해진
다. 그것 참 낭만적이라는 생각이다. 졸부 집 천덕꾸러기 같은
개념이 아직 남아 있다는 사실이 안겨주는 안도감이랄까. 무슨
말인고 하니, 정작 현실에 그런 종자는 거의 남아 있지 않다는 말
이다.

오늘날 '잘사는' 집안의 자제는 대부분 명석하고 예의바르
다. 물론 이건 대부분 (아직까지는) 형평성 차원의 문제에 머물
러 있다. 이 사회는 계급적으로 상층을 점유한, 좋은 교육을 받

으며 풍족하고 원만하게 자란 그들에게, 모난 성격을 가질 만한 기회를 제공하지 않는다. 그런데 우리가 정말 걱정해야 할 문제는 따로 있는 게 아닌가 싶다. 현대 계급사회의 파국적 양상이 더 이상 '기회'의 차원에 머물러 있지 않고 '선천성'의 영역으로 접어들고 있음을 외면할 수 없기 때문이다.

하느님 맙소사. 이건 정말 끔찍한 이야기다. 잘생긴 자본가는 잘생긴 배우자를 얻고, 심지어 자본과 (비싼) 의학의 힘을 빌려 2세의 유전적 형질을 더 나은 방향으로 조작한다. 이 같은 특질은 대를 이어 점층적으로 쌓이면서 피와 살과 뼈를 이루고, 자본가 집단은 유전학적으로 우수한superior 형질을 가지고 있는 그룹으로 채워진다. 부자와 가난한 자 개념이 당장 어제오늘 생긴 건 아니지만, 확실한 건 자본주의 사회가 진행될수록 아름다움과 부를 향한 자본가들의 집착이 사회적으로 보장, 장려되고 있다는 점이다. 빈부의 차를 갈수록 심화시키는 현대 신자유주의 자본정치학이 그것을 돕고 있다. 이 말은 즉, 우수한 유전자 사이의 교배가 인류 역사상 요즘만큼 활발하게 이뤄진 전례가 없었다는 의미이기도 하다.

길게 보지 않는다. 100년 후 우리는 길을 지나는 사람의 생김새만 보고 그의 계급적 위치를 확신할 수 있는 시대를 맞이할지 모른다. 이 거대한 흐름의 와중에 중간층이 형성될 여지 따윈 현재 진행되고 있는 극단적 빈부 분리의 추세마냥 (당연히) 남지 않는다. 양극단으로 분리된 우수한 유전자의 부자들과, 열등한 유전자의 가난한 자들만 남을 뿐이다.

〈혹성탈출〉을 떠올려보자. 우습게 들릴지 모르지만 〈혹성탈출〉의 마지막을 채우는 비밀이 어쩌면 원숭이의 진화가 아니라, 유전 형질상 완전히 분리돼버린 부층과 빈층의 갈등에서 기인했을지 모른다는 생각을 했다. 자본가는 인간으로 남고, 노동자는 원숭이가 된 세상. 진보를 가장한 정부의 분열증 때문인지 계급적으로 사고하고 말하는 일이 낡은 패션처럼 치부되는 경향이 있다. 하지만 실상 자본주의가 진행될수록 계급적으로 판단하고 사유하며 자신의 정체성을 고민하는 태도가 오히려 더욱 절실하다는 걸 깨달아야 한다. 그러지 않으면, 우리는 원숭이가 될지 모른다. 2007. 3

진실을

감추는

방법

•

•

•

• 진실을 감추고 싶을 때는 먼저 진실이 드러나지 않았을 때 반사이익을 얻을 수 있는 사람들을 구별해야 한다. 그리고 이 사람들을 동원해 가능한 모든 통로로 불확실하고 파편적인 정보들을 발표하라. 반드시 매번 말을 번복하라. 제시하는 정보와 가설은 허황된 것일수록 좋다. 아무리 허황되더라도 여러 가지 이유로 동조하는 사람이 나타나기 마련이다. 그렇게 되면 과학적인 사고를 중시하는 사람들과 충돌이 생기게 된다.

논란의 양상이 진영논리와 함께 사회적인 의제의 규모로 확대되는 것이 가장 중요하다. 논란이 충분히 커지지 않으면 실체에 가장 근접한 진실을 추가로 유포해 사람들을 자극하라. 제한된 정보의 유통을 통제하는 건 당신이다. 자신감을 가질 필요가 있다. 소문과 말과 해프닝과 논쟁이 과격해질수록 진실은 보이지 않게 된다. 사람들을 지치게 만들어라.

적당한 때가 되면, 당신은 어떤 말로든 진실을 꾸며낼 수 있을 것이다. 2010. 5

용산의

생떼와

죽음

•

•

•

　•　언제부터였는지 모른다. 용산
구청 앞에 현수막이 걸렸다. 누추하게 흔들리는 현수막에는 다
음과 같은 문장이 쓰여 있었다. "세입자가 아무리 떼를 써도 구
청은 도와줄 방법이 없습니다."

　시간이 조금 흘러 현수막은 누추함을 쇄신하고 구청 앞에
어울리는 설치물로 거듭났다. 큼지막하게 인쇄된 문장은 조금
더 강렬하고 노골적인 의미를 담았다. "구청에 와서 생떼거리를
쓰는 사람은 민주시민 대우를 받지 못하오니 제발 자제하여주시
기 바랍니다." 공적 의사를 담았으되 사적 분노를 노출하는, 유
독 붉은색으로 인쇄된 '생떼거리'라는 단어에, 오가는 사람들은

그렇게 사회안전망 밖으로 밀려나

구청이 고용한 용역들에 수년을 휘둘려오던 사람들은,

기어이 생의 경계 밖으로까지 밀려나 쓰러지고 그을렸다.

공무에 몸담은 사람들이 생존권 요구에 맞서 내놓았던 공적 언어를 빌리자면,

이건 그러니까 생떼를 썼다는 이유에서였다.

웃기도 놀라기도 하며 문득문득 멈추어 시간을 보냈다. 그렇게 사회안전망 밖으로 밀려나 구청이 고용한 용역들에 수년을 휘둘려오던 사람들은, 기어이 생의 경계 밖으로까지 밀려나 쓰러지고 그을렸다. 공무에 몸담은 사람들이 생존권 요구에 맞서 내놓았던 공적 언어를 빌리자면, 이건 그러니까 생떼를 썼다는 이유에서였다.

그리고 용산 참사가 일어났다. 저 사진을 촬영한 뒤 한 달이 채 되지 않은 1월 20일 새벽의 일이었다. 강제진압 과정에서 철거민 5명과 경찰 1명이 사망했다.

모르겠다. 오랜 시간 위태롭게 예정됐던 죽음 앞에 문자란 전력을 다하여도 대개 초라하고 무책임하다. 지금 당장은 더이상 아무 말도 못하겠다.   2009.1

최소한의

공감하는

능력에

대하여

·

·

·

• 우선 영화 〈필라델피아〉 이야
기를 해보자. 도서관을 찾은 변호사 덴절 워싱턴이 자료를 산처
럼 쌓아두고 씨름하는 중이다. 문득 시선이 느껴져 쳐다보니 중
년의 백인 남성이 조용히, 얕은 혐오가 드러나는 건조한 낯빛으
로 그를 응시하며 걸어가고 있다. 백인 남성은 눈길이 마주친 채
한 번도 고개를 돌리지 않다가 이윽고 시야에서 사라진다. 말 한
마디 섞지 않았지만 덴절 워싱턴은 그 시선의 의미를 직감하고
있다.

그러다 느닷없이 도서관 한쪽이 소란스러워져 그쪽을 돌아
보게 된다. 에이즈에 걸린 전직 변호사 톰 행크스가 자신을 해고

한 로펌을 상대로 싸우기 위해 관련 자료들을 검색하고 있다. 톰 행크스의 병색이나 찾고 있는 자료들로 미루어 에이즈 환자임을 알게 된 도서관 사서가 그에게 1인실로 옮겨줄 것을 종용중이다. 톰 행크스는 일전에 덴절 워싱턴을 찾아가 사건을 맡아줄 것을 부탁한 적이 있다. 덴절 워싱턴은 거절했었다. 그는 동성애를 적극적으로 혐오하고, 에이즈에 대해서도 전혀 알고 싶어하지 않기 때문이다.

그래도 면식이 있는 사람이니 덴절 워싱턴은 그쪽으로 걸어가 사서를 진정시킨다. 그리고 방향을 바꾸어 집에 가려 한다. 그런데 어느 순간 발걸음이 멈춘다. 몇 번 더 발을 떼어보려다 멈추고 다시 그러다 움직이지 못한다. 마침내 몸을 돌린 그는 톰 행크스와 마주앉는다. 그리고 사건을 맡는다.

그들 사이에 일어난, 이 침묵으로 일관된 화학작용의 정체를 들여다보자. 덴절 워싱턴은 방금 자신이 당한 인종차별과, 톰 행크스가 에이즈 환자이기 때문에 당한 차별의 성분이 서로 별반 다르지 않음을 알아차렸던 것이다. 그는 여전히 동성애를 혐오하지만 상대의 상황에 공감했기에 함께하기로 했다. 숭고한 결정이 아니다. 어쩌면 매우 가볍고 당연한, 인간다운 선택이다. 그것이 오늘 이야기하고 싶은 주제다. 최소한의 공감하는 능력. 아, 우리는 너무 빠른 속도로 우리의 공감하는 능력을 포기하며 체념하고 있다.

부산 영도의 한진중공업 85호 크레인 위에는 여전히, 더불어 끈질기게 김진숙 지도위원이 있다. 서울 명동3구역 재개발지구의 카페 마리는 잊을 만하면 이어지는 용역의 무력 침탈 시도로 피로와 생채기가 누적되고 있다. 강남구 판자촌 포이동 재건마을 또한 강남구청과 용역 직원들의 진입으로 상황이 악화되었다. 공교롭게도 8월 3일 새벽 5시를 전후로 카페 마리와 포이동 두 곳에 모두 용역이 출몰하여 상황을 험악하게 만들었다. 8월 4일 새벽 2시 현재 카페 마리는 용역의 폭력으로 부상자가 속출하는 중이다. 카페 마리에서 노래하고 춤추며 상인들과 연대했던 젊은이들의 악기는 용역의 발길질 아래 산산조각이 났다. 이 땅의 역사에서 노동자를 상대로 하는 용역의 폭력이 공정한 잣대 아래 심판되었던 일은 드물고 희박하다. 오직 문자의 틀 안에서만 부조리한 이 현실이 그런 역사의 두께 안에서 명백하고 뻔뻔한 '현실'이 되어버렸다.

한진중공업과 카페 마리, 포이동에 관련된 뉴스를 검색해보면 빠지지 않고 등장하는 반응이 있다. 그러길래 누가 노동자 하래. 노동자의 정의에 관한 상식적인 수준의 논의는 일단 제외하자. 모두 이것이 그릇된 일임을 알고 있다. 그러나 그것이 '현실'이라는 것이다. 똑같이 수해를 당해도 강남의 수해는 지원도 빠르고 자원봉사도 넘쳐난다. 그러길래 누가 강남 밖에서 수해당하래. 그것이 '현실'이라는 것이다.

그러나, 우리가 우리 행동과 생각의 준거를 과연 세상의 소위 '현실'이라는 것으로부터 찾아야 하는 것일까. 그것이 좀더 어른스럽게 정당한 것일까. 바로 그 '현실'이라는 것은 굳이 우리가 행동의 준거로 삼아 응원하고 부추기지 않더라도 저 홀로 알아서 능숙하게 재생산된다. '현실'을 존중하는 것과 '현실'에 종속되는 것은 엄연히 다른 문제다. 최소한의 공감하는 능력을 상실하거나 외면한 채로, 우리는 어느 순간 인간이기를 포기하고 있다. 이것이야말로 시급하고 묵직한 지상의 문제이며, 진짜 현실이다.   2011. 8

나는

좌파가

아니라는 말에

대하여

• 나는 늘 무협고수들의 좌파 성향에 의심을 품어왔다. 만국의 멀쩡한 소년들이 한쪽 팔소매를 옷 안으로 집어넣고 다니게 만들었던 외팔이검객 왕우는 미심쩍게도 오른쪽 팔이 없었다. 〈생사결〉에서 유송인은 서소강의 무공을 폐하면서 하필이면 오른쪽 팔을 가져갔고 이두용 감독은 외다리 3부작 이후 결정적으로 〈분노의 왼발〉을 만들었다. 냄새가 난다.

좌파정권 10년에 아동성폭력이 생겼음을 간파한 안상수 의원이 영화를 활용한 좌익용공세력의 이 음험한 사상교육 실태를 진작 깨달았더라면, 아 생각만 해도 왼쪽 고환이 저려오는 기분이지만, 아마도 영화인들에게 분노의 오른발 바나나킥을 찔러넣지 않았을까 상상해본다. 그러거나 말거나 안의원이 뒤늦게나마 이를 인지하고 피를 토하는 구국의 신념으로 진실을 규명하고 나섰으니, 그것이 이른바 좌파 스님론이다. 무협–무협 하면 소림사–소림사 하면 조계종(응?)–강남 절에 좌파 스님 안 될 말씀, 으로 이어지는 명쾌한 사고 과정을 통해 우리는 뒤늦게나마 상황의 심각성을 깨닫게 되었다.

논쟁의 중심에 선 명진 스님은 정치 외압을 주장하면서 "아버지도 나도 육군병장 제대했고 월남까지 다녀왔으며 해군 입대한 동생은 훈련중 순직해 동작동 국립묘지에 묻혀 있는데 내가 왜 좌파냐"고 설명했다. 문득 지난 촛불시위 때 광장에서 자주 터져나왔던 선언들이 떠올랐다. 나는 해병대 나왔는데 내가 무슨 좌파냐. 내가 조선일보를 몇 년째 봤는데 어떻게 좌파일 수가 있느냐. 발언 이후에는 반드시 긍정의 박수가 뒤따랐다. 그런 와중에 좌파라는 단어는 은밀하지만 사실 별 은밀할 데도 없이, 공적인 나쁜 말이 되고 있었다.

싸잡혀서 기분좋을 사람 없다. 특히나 내가 오늘 김치를 먹었는데 냉장고 왼쪽 문짝에서 빼 먹어서 그런지 맛이 없었어 좌파김치 나빠, 와 유사한 수준의 말을 들었을 때라면 더욱 그렇다. 멀쩡한 김치 입장에서야 방어적인 자세를 취하지 않을 수 없는 것이다. 그래서 내가 종갓집 김치인데 어떻게 좌파일 수가 있느냐는 말이 당장 튀어나온다.

하지만 너는 좌파니까 안 된다는 말에 대응하기 위한, 나는 좌파가 아니라는 방어에는 한계가 있다. 그런 방어는 애초의 구질구질한 주장을 무력화시킬 수 없을 뿐만 아니라 끝없는 사상 검증의 악순환을 부채질한다. 실제 당신이 좌파든 우파든 공산당원이든 사민주의자든 파시스트든 아무런 상관이 없다. 어차피 6월 지방선거를 앞두고 청와대와 여당이 부채질하고 있는 저 정체불명의 진영논리에 따르면, 내 편이 아니면 전부 좌파다. 이 허울뿐인 수사 앞에 나는 좌파가 아니라는 고백은 스스로를 증명하고 부조리를 해소하기 위한 어떤 효과도 가져올 수 없다.

도대체 내가 좌파여선 왜 안 되나. 좌파라면 그런 대우를 받아도 되는 것인가. 너는 좌파라서 안 된다는 말을 꺼내는 사람들은, 오히려 나는 좌파가 아니라는 당신의 대답을 기다리고 있는지도 모른다. 이런 경우 잡음과 논란은 많을수록 좋다. 가져선 안 될 신념을 상정하고 현실화하는 것. 그것이 말의 힘이고 마법이다.

최근 본인에게 입수된 첩보에 따르면 조만간 왼성사모(왼쪽으로 휜 성기를 사랑하는 사람들의 모임)에서 시국선언을 가질 예정이다. 그게 거기로 휘었지만 우리는 좌파가 아니라는 식의 말은 삼가도록 조언해두었다. 안상수 의원을 비롯해 좌파 말장난에 재미 들인 사람들, 정신 못 차리면 언제 어디서 분노의 왼발 공격을 당하게 될지 모른다. 2010. 3

| 175 |

세대론을
넘어서서

•
•
•

• 세상사 정반합이라는데 그렇다면 세대론은 이제 진화할 때가 되었다. 화두를 세대에 집중하는 건, 어찌됐든 최소한의 문제의식을 키우는 데는 도움이 되었다고 생각한다. 그러나 선동과 미디어의 관심 이외에 정말 현실을 바꾸고 싶다는 생각이, 혹은 현실을 직면이라도 하고 싶다는 생각이 한줌이라도 있다면, 이제는 세대론의 가면을 벗고 진짜 이야기를 꺼내야 할 때다.

일전에 모 대학교에 특강을 나갔을 때 학생회장이 20대 거주문제를 이슈화할 생각이라고 말했다. 거주문제를 겪는 당신 학교의 20대는 극히 일부일 텐데 그걸 세대의 이름으로 묶어 가는 게 실질적인 효과를 얻을 수 있겠느냐고 물어보았다. 그러나 납득할 만한 답변은 없었다. 잘 먹고 잘사는 집안의 자제가 태반인 그 대학교에서 20대의 이름으로 계급의 문제를 뭉뚱그린다는 것은 안타까운 일이다. 한편으로, 그렇게라도 해야 활로를 찾을 수 있는 운동의 운명을 생각하면 슬픈 일이다.

결국 문제는 계급이다. 잘 먹고 잘사는 집안의 20대가 세대론에 공감하고 그에 관련한 글을 쓰고 활동에 참여한다고 해도, 그(녀)는 88만 원 세대의 현안과 아무런 관련이 없다. 바로 그 괴리감이, 현재 '20대 문제'라는 단어가 포괄적으로 상징하고 있는 불합리한 현상들을 시급한 사안이 아닌 그저 연민의 유행으로 전락시키고 있다. 연민은 관심을 만든다. 그러나 휘발성이 강하다. 한번 휘발되면 더이상 연민조차 자아내지 못하는 빤한 약자의 대상으로 타자화된다. 지겨운 관성이 되기 전에 빠져나가야 한다.

당신이 계급이라는 단어에 알레르기 증상을 일으키거나 아예 죽은 단어라고 생각한다는 건 안다. 그러나 그건 공기라는 단어와 마찬가지로 유행과는 관계없이 그냥 현실 그대로 존재하는 것이다. 지금의 현상은 계급이라는 단어를 혐오하거나, 혹은 한번도 그것에 대해 고민해본 일이 없는 그룹조차 바로 그 계급의 문제로 먹고살 길이 난망해질 수밖에 없다는 걸 반증한다. 20대 비정규직은 30대 40대 비정규직과의 연대를 통해 요구할 만한 것들을 조금 더 급진적인 뉘앙스로 요구해야 한다. 2010.7

결국 문제는 계급이다.

당신이 계급이라는 단어에 알레르기 증상을 일으키거나

아예 죽은 단어라고 생각한다는 건 안다.

그러나 그건 공기라는 단어와 마찬가지로

유행과는 관계없이 그냥 현실 그대로 존재하는 것이다.

지금의 현상은 계급이라는 단어를 혐오하거나,

혹은 한 번도 그것에 대해 고민해본 일이 없는 그룹조차

바로 그 계급의 문제로 먹고살 길이 난망해질 수밖에 없다는 걸 반증한다.

선거를

앞두고

•

•

•

　• 사람들은 세상이 바뀌지 않는
다고 말하지요. 부조리의 관성을 세계의 질서라고 이야기하지
요. 더불어 그걸 인정하고 대안과 차악을 선택하는 게 더 너르고
성숙한 세계관이라고 포장하지요. 세상이 바뀌지 않는 건 세상
을 바꿀 마음도 의지도 능력도 없는 자들이 세계의 지도와 구조
를 그려왔기 때문입니다. 기득권을 유지할 마음만으로 오십보
백보 똑같은 자들이 뭔가를 개혁하겠다며 진심을 가장한 역사만
벌써 50년이잖아요.

　당신이 진보라면, 혹은 보수라면 당연히 아무개 정당의 홍
길동 후보를 지지해야 하는 거라며 두 눈 내리깔고 훈계하지 않

겠습니다. 요즘 특히 자주 눈에 띄는데, 왼쪽이든 오른쪽이든 그런 자들은 정말 역겨워요. '선한 우리 편'과 '악한 너희 편'을 강제하지 않고선 성립 불가능한 정치권력이란 비열할뿐더러 무능합니다.

다만 단 한 가지, 사표가 두려워 정말 찍고 싶은 정당을 포기하지 않길 바랍니다. 그건 참 바보 같은 생각입니다. 역사의 대의가 어쩌고 하며 차선을 강요하는 자들, 혹은 아무개당의 집권만은 막아야 하지 않겠느냐며 지껄이는 혓바닥을 믿지 마세요. 현실을 깨닫고 땅바닥에 발붙이라는 말을 입에 담을 자격이, 그런 입술에는 없습니다. 그런 자들은 아무것도 바꾸지 못합니다. 그들의 절박함은 그나마 가지고 있는 기득권이라도 지켜보겠다는 욕망에서 나옵니다. 사표를 걱정해 정말 찍고 싶은 정당을 지지할 수 없다는 말. 그것이야말로 흙냄새가 없는 이상주의입니다. 어떤 식으로든 당신의 선택은 결코 사표가 되지 않습니다. 죽은 표라는 건 존재하지 않고 존재할 수도 없습니다. 오히려 사표를 걱정해 결정한 대안이야말로 진정한 의미의 사표입니다.

진심으로, 진보 왈 보수 왈 정치 가치관이 아닌 실제 계급 정체성, 즉 주머니사정을 좇아 투표하기를 권합니다. 당신이 막장 본좌급 울트라 가부장 마초든 예수쟁이든 소심쟁이든 간에 관계없이 말이죠. 자기 주머니사정을 배려하고 연민한다면 좀더 정확한 선거권 행사가 될 수 있을 거예요. 당신이 의료민영화의 세계에서 더 나은(비싼) 고품질 의료서비스를 받을 수 있는 대상일지, 혹은 의료비를 부담하기 어려워 좌절과 분노를 곱씹을 수밖에 없는 대상일지 가늠해보세요. 가진 자들의 연민과 배려로부터 권리를 구걸할 것인지, 혹은 사회 시스템으로부터 강건하게 보장된 권리를 누릴 것인지 선택해보세요. 마지막으로, 당신이 선택할 그 정당과 후보들이 과거 힘이 있을 때 정말 뭔가를 바꾸고 제대로 갖추기 위해 노력했는지 환기해보세요. 　　　2008.4

사람들은 세상이 바뀌지 않는다고 말하지요.

부조리의 관성을 세계의 질서라고 이야기하지요.

더불어 그걸 인정하고 대안과 차악을 선택하는 게

더 너르고 성숙한 세계관이라고 포장하지요.

세상이 바뀌지 않는 건

세상을 바꿀 마음도 의지도 능력도 없는 자들이

세계의 지도와 구조를 그려왔기 때문입니다.

3부

그렇게, 누군가는 괴물이 된다

옥소리

사태

—1/N의 폭력

영화 〈우아한 거짓말〉은 왕따에 관한 이야기다. 이 이야기
는 집단폭력이라는 '사건'이 어떻게 작동하는지 명쾌하게 보여
준다. 대개의 집단폭력에는 뚜렷한 단 한 명의 가해자가 존재하
지 않는다. 대신 1/N의 느슨한 적대감 혹은 방관들이 존재할 뿐
이다. 집단폭력은 바로 그 1/N의 폭력이 모여 촉발된다. 오직 단
한 명의 명쾌한 가해자를 심판대 위에 세우길 좋아하는 사람들
은 1/N의 폭력이라는 말 자체에 별 관심을 두지 않는다.

　〈우아한 거짓말〉은 집단이라는 익명성 뒤에서 책임지지 못
할 1/N의 폭력을 저지른 개별의 주체들을 차례차례 호명하는 영
화다. 그렇게 호명된 이들은 하나같이 자신이 그런 파국을 의도

하지 않았다고 주장한다. 집단행위란 거기 가담하는 개인을 익명으로 만들기 때문에 개별의 지분을 축소하는 착시효과를 낳기 마련이다. 스스로 폭력의 주체임을 인지하지 못하는 것이다. 1/N의 폭력이 무서운 것은 바로 그 때문이다. 이들은 자신이 무슨 일을 하고 있는지 알지 못한다.

●

옥소리의 복귀가 무산되었다. 그녀는 간통 논란과 칩거기간을 뒤로하고 연예계에 복귀하고자 했다. 〈택시〉에 출연하여 문제의 이탈리아 요리사 G씨와 재혼해 두 명의 아이를 출산했다고 이야기했다. 하지만 해당 방송분이 전파를 탄 직후 남편 G씨가 간통으로 옥소리씨의 전남편 박철씨에게 고소당했고, 그 때문에 아직 지명수배중이라는 사실이 알려졌다. 제작진은 몰랐다고 해명했다. 언론과 여론의 추이를 확인한 옥소리는 국내에서의 연예계 활동이 불가능하다 판단한 것으로 보인다.

●

나는 〈썰전〉에서 옥소리 사태를 다루면서 개인의 사생활에 관해 과잉몰입하는 대중과 언론의 경향에 대해 비판한 바 있다. 더불어 도무지 그 실체가 집계 가능한 물리적 수준으로 구체화되거나 가늠되지 않는 소위 '대중'이라는 집단에 대해 "타인의 삶에 대해 작은 흠결조차 일절 허락하지 않는 유리멘탈의 근본주의자들"이라고 덧붙였다. 이후 〈택시〉의 옥소리 편이 방영되고 G씨가 지명수배중이라는 사실이 알려지자 별안간 '옥소리 남편 지명수배중, 허지웅 멘붕'이라는 제목의 기사들이 쏟아지기 시작했다.

나는 멘붕한 적이 없다. 다만 저런 인과관계가 가능하다고 생각하는 기자들과 그에 동조하는 사람들이 절대 다수라는 사실 앞에 멘붕했다. 〈택시〉 제작진도 모르는 걸 내가 어찌 알 것이며, 그에 대해 알고 싶지도 않고, 알 필요도 없으며, 안다고 달라질 것도 없다. 애초 내가 지적했던 건 개인이 책임지고 짊어져야 할 사생활의 영역에 과몰입하여 사사로운 정의감으로 욕설을 퍼붓는 자들과 그에 편승한 언론이다.

연예인은 대중의 사랑으로 벌어먹고 살기 때문에 그래도 된다고 말하는 자들이 있다. 그런 자들은 회사에서 오너의 사랑으로 벌어먹고 사는 것인가. 옥소리는 간통이라는 자기 행동에 대해 법적 처분을 모두 마쳤다. G씨의 간통죄 지명수배 사실은 옥소리의 복귀에 '반전'이 될 수 없다. 개인적으로는 어디서 듣도 보도 못했을 매우 한국적이고 전근대적인 죄명으로 무려 지명수배까지 당한 G씨가 불쌍할 따름이다.

●

이번 사태에서 가장 악랄한 건 언론이다. 1/N로 이루어진 집단폭력에 기생하며 그것을 부추기고 모든 사안을 가십화하여 사유가 아닌 충동적 심판질만을 가능케 하는 언론의 저열함 말이다. 이들은 믿을 수 없이 멍청하고 견딜 수 없이 소란스러우며 참을 수 없이 부지런하다. 나는 이러한 행태를 보인 매체의 기자와 데스크, 그리고 '대중'이라는 가면 뒤에 숨어 1/N의 폭력을 자행한 십자군들이, 그들이 타인에게 강요했던 꼭 그만큼의 세상—개인들의 사사로운 정의가 아비규환으로 뒤엉키고 충돌하여 사적 복수와 고성과 참극이 난무하는 지옥—안에 갇혀 고통받다가 궤멸하길 소망한다.

●

이토록 교회가 많은 나라에서 나 같은 냉담자마저 기억하고 있는 이야기의 교훈이 쉽게 간과된다는 건 괴상한 노릇이다. 요한복음 8장에 등장하는 "너희 중에 죄 없는 자가 먼저 돌로 치라"는 대목은 이 불행한 여인에게 연민을 가지라는 따위의 이야기가 아니다. 그 대목에서 방점은 '먼저'에 찍히는 것이다.

백 개의 돌팔매 안에 돌멩이 하나로 숨어 있을 때는 자신이 무슨 짓을 하는지 알지 못한다. 1/N이라는 익명의 폭력으로부터 빠져나와 자신이 타인에게 무슨 짓을 하고 있는지 정확히 깨달으라는 이야기다. 그것을 알고도 책임질 수 있으면 돌을 던지라는 말이다. 그럴 수 있는가?　　　　　　　　　2014. 4

이토록 교회가 많은 나라에서

나 같은 냉담자마저 기억하고 있는 이야기의 교훈이

쉽게 간과된다는 건 괴상한 노릇이다.

요한복음 8장에 등장하는

"너희 중에 죄 없는 자가 먼저 돌로 치라"는 대목은

이 불행한 여인에게 연민을 가지라는 따위의 이야기가 아니다.

그 대목에서 방점은 '먼저'에 찍히는 것이다.

백 개의 돌팔매 안에 돌멩이 하나로 숨어 있을 때는

자신이 무슨 짓을 하는지 알지 못한다.

1/N이라는 익명의 폭력으로부터 빠져나와

자신이 타인에게 무슨 짓을 하고 있는지 정확히 깨달으라는 이야기다.

그것을 알고도 책임질 수 있으면 돌을 던지라는 말이다.

그럴 수 있는가?

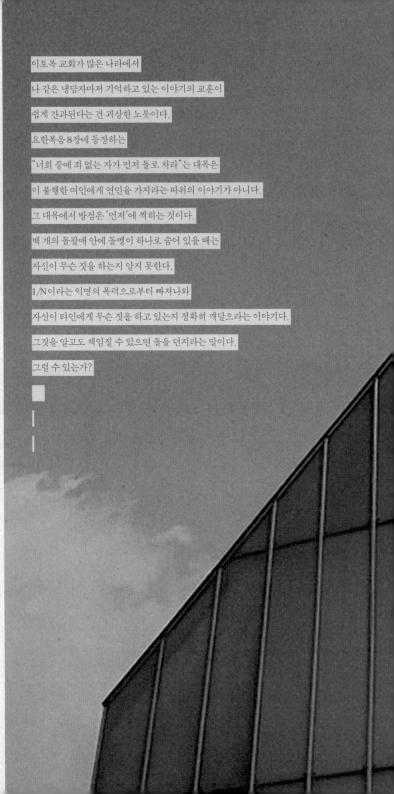

최민수는

어떻게

괴물이

되었나

•
•
•

• 세상은 얼마나 쉽게 이유를 만
들고 합리를 씌워 결과를 만들어내는가. 누군가의 신념을 매도
하고 개성을 희롱하고 사실을 왜곡하기에 얼마나 편리한 곳인
가. 아무도 책임지지 않는다. 아무도 뒤돌아보지 않는다. 그렇
게, 누군가는 괴물이 된다.

최민수가 산에 들어간 지 4개월이 지났다. 산속에서 홀로 의
식주를 해결하고 있다. 가끔 급하게 필요한 물건을 매니저에게
부탁할 때를 제외하면 대개 그렇다. 사람들의 기억 속에 최민수
사건은 어렴풋한 자취만 남기고 지워진 지 오래다.

최민수가 훈계하는 노인에게 폭력을 행사하고 칼을 휘두르고 차에 매달아 질주하다 세상의 질타를 당하고 산속으로 숨어들어갔다지. 그렇게 막돼먹은 패륜의 기운만 묻어날 뿐이다. '최민수 70대 노인 폭행 의혹' 사건이 아니라 '최민수 70대 노인 폭행' 사건으로 남았다. 400억 원 규모 한미일 합작영화〈스트리트 오브 드림스〉의 출연은 무산됐다. 드라마〈한강〉출연료 미반납을 이유로 두 번에 걸쳐 피소되면서 반갑지 않은 구설수에 다시 올랐다. 언론은 악재가 겹쳤다고 보도했다. 물론 사연이 있다. 그러거나 말거나.

최민수의 연기 경력은 끝장난 것처럼 보였다. 아니, 정상적인 사회 활동이 더이상 불가능하리라 여겨졌다. 세상은 누군가에 대해 한번 내린 판단을 쉽게 뒤집지 않는다. 그것이 왜곡된 진실이라도 마찬가지다. 굳이 헤집어 진실을 따져볼 의지 따윈 드물다.

그러나, 저 떠들썩했던 '최민수 70대 노인 폭행 의혹' 사건은 재판까지 가지도 못했다. 사건이 검찰로 송치된 이후 최민수는 서울서부지방검찰청에 두 번 출석했다. 처음은 단독조사, 두 번째는 유씨 노인과의 대질조사였다. 최민수는 변호사조차 대동하지 않았다. 경찰조사 때부터 그랬다. 필요하지 않다고 했다. 법이 공정한 판결에 따라 죄를 묻는다면 그에 합당한 처벌을 받겠다며 굳이 변호하지 않겠다는 입장이었다.

지난 6월 27일 서부지검은 최민수에 대한 폭행 및 협박 혐의에 대해 모두 '혐의 없다'는 판결을 내렸다. 무혐의였다. 기소되지 않았다. 항간에는 화해 조로 거금의 합의금이 오고갔을 것이라는 추측이 난무했다. 그러나 거기 합의금 같은 건 없었다. 최민수는 죄가 없음이 밝혀지고 나서도 산에 머물렀다. 언론은 전만큼 시끄럽지 않았다. 정정보도는 당연히 없었다.

그날 무슨 일이 있었나

지난 4월 21일 오후 1시경, 최민수는 운동을 마치고 하얏트호텔을 나섰다. 자기 소유의 지프 랭글러를 타고 이태원으로 향했다. 늘 그곳을 경유해 집으로 가곤 했다. 그래서 이태원을 지나다보면 종종 오토바이나 지프차에 올라탄 최민수를 목격할 수 있었다.

이태원소방서 사거리를 약간 못 미쳐 갑자기 도로가 막히기 시작했다. 신호 대기가 아니라 아예 차들이 움직이지 못하고 있음을 깨달은 최민수가 차에서 내렸다. 50미터 전방에 견인차가 길을 막고 있었다. 견인차는 D주차장 앞에 서 있는 BMW 자가용을 견인해가려 했다. 이를 방해하고 있는 건 D주차장 직원들과 이 주차장을 사용하는 갈빗집의 사장 유씨 노인이었다. 유씨 노인은 그 지역 유지로 잘 알려진 사람이다. 용산경찰서에 근무하는 경찰들과도 대부분 안면이 있을 정도라 경찰서를 찾았던 최민수측 일행들이 놀랐다는 후문이다.

이들의 다툼 탓에 체증이 발생한 것이다. 도로는 뚫릴 기미가 보이지 않았다. 좀체 이런 걸 참지 못한다는 최민수가 상황에 합류하면서 사건이 시작됐다. 최민수는 견인차가 BMW를 견인해갈 수 있도록 도우려 했다. 결국 시비는 최민수와 유씨 노인의 몸싸움으로 옮겨 붙었다. 노인이 먼저 최민수의 멱살을 잡았고, 상호 몸싸움을 동반한 실랑이중에 최민수가 입고 있던 셔츠 단추가 모두 뜯겨나갔다(이 셔츠도 경찰에 증거로 제출되었으나 이에 대해 보도한 언론은 없었다). 최민수가 했다는 '폭행'은 이때의 몸싸움을 근거로 한 것이다. 직접적인 폭력행사는 아니지만 멱살을 뿌리치기 위해 밀치는 것 역시 폭행에 해당되기 때문이다.

최민수가 주위의 이목이 있으니 일단 주차장 사무실로 가서 이야기하자 제의했다. 사무실 안에서도 다툼이 계속 이어졌다. 이때에 대한 진술은 이해 당사자에 따라 크게 엇갈린다. 최민수는 때리려는 것처럼 손을 들기는 했으나 폭력을 쓰지 않았다고 주장한다. 유씨 노인은 최초 출동한 지구대 경찰들에게 최민수가 군홧발로 처참히 짓밟았다고 주장했다. 당시 최민수는 바이커들이 종종 신는 큼직한 워커를 신고 있었다. 거기에 밟혔다면 건장한 청년이라도 무사하기 어렵다. 그러나 유씨 노인은 결과적으로 상반신에 동전만한 멍이 들었을 뿐이었다.

BMW의 견인이 완료되자 최민수가 자리를 떠나려 시도했다. 최민수가 사무실을 나서 자기 지프로 향하자 유씨 노인이 서둘러 신고를 했다. 사건은 이태원 지구대에 접수됐다. 최민수가 차를 출발시켜 50미터가량 움직이다가 이태원소방서 사거리에서 신호대기를 위해 멈춰 섰다.

그때 유씨 노인이 최민수의 출발을 막기 위해 지프 앞 보닛에 매달렸다. 마침 파란불이 들어왔다. 당황한 최민수는 지프를 도로 갓길에 세우기 위해 차를 출발시켰다. 노인이 매달린 채로 지프가 수미터 이동해 갓길에 멈춰 섰다. 수백 미터 질주 따윈 애초 없었다. 최민수가 노인을 지프 안으로 끌어들였다. 옆 좌석에 탄 노인과 최민수 사이에 다시 실랑이가 벌어졌다.

이 사건에서 가장 첨예하게 대립되는 지점이 여기서 발생한다. 지프의 기어 뒤쪽에 움푹 팬 작은 공간이 있었다. 평소 오프로드 주행을 즐기는 최민수는 거기에 작은 나이프를 상비해둔 상태였다. 나이프 주머니를 아예 본드로 차체에 부착해놓았다. 유씨 노인은 나중에 잘 기억이 나지 않는다며 진술을 번복하기 전까지 최민수가 칼을 끄집어내 휘둘렀다고 줄기차게 주장했다. 최민수는 끝까지 칼에 손도 대지 않았다고 주장했다. 결정적으로 최민수가 칼을 빼내 휘둘렀다는 목격자가 있었다.

그러나 이것은 거짓 증언이었다. 당시 증언을 했다는 박모씨는 "칼을 꺼내 휘둘렀다고 말한 게 아니라 최민수씨가 칼을 꺼내 휘둘렀다고 외치는 노인의 말을 들었다고 증언한 것"이었다며 더이상의 설명을 회피했다. 명백한 위증이다. 그러나 처벌할 수 없다. 현행법상 재판중이 아닌 수사 과정에서의 위증은 처벌 대상이 아니다.

이때 지구대의 경찰관이 현장에 도착했다. 경찰은 조사를 위해 지구대 사무실로 가야 한다고 말했고, 최민수와 유씨 노인은 지프에 탄 채 그대로 지구대까지 이동했다. 지구대 사무실에 도착한 두 사람은 초반에는 고성을 지르며 각자의 입장을 변호했다. 그러나 곧 원만하게 화해했고 지구대 경찰 또한 처벌을 원치 않는다는 유씨 노인의 말에 사건을 종결지었다. 모든 게 거기서 끝난 것 같았다. 그러나 이제부터 시작이었다.

그날 이후 무슨 일이 있었나

바로 다음날 최민수의 이름이 '배우 C'로 명기된 사건기사가 인터넷에 등장했다. 일간스포츠의 보도였다. 최민수의 매니저도, 유씨 노인의 가족도 사건에 대해 전혀 모르고 있는 상황이었다. 뒤늦게 사실을 안 매니저가 유씨 노인이 경영하는 갈빗집을 찾았을 때는 이미 케이블방송 취재진들이 도착해 있는 상황이었다. 취재진들이 인터넷에 보도된 기사 내용대로 가족들에게 사건을 설명했고, 가족들은 무척 흥분했던 것으로 전해진다.

23일에는 용산경찰서에 사건이 다시 신고됐다. 유씨 노인이 한 것은 아니었다. 경찰은 당시 사건을 목격한 제보자의 신고였다고 설명했다. 유씨 노인이 먼저 경찰의 호출을 받았고, 유씨 노인이 최민수에게 "제보자가 경찰에 신고했다고 하니 조사를 받아야 할 것 같다"고 연락해와 같은 날 최민수 역시 용산경찰서에서 조사를 받았다.

　그 다음날인 24일, 최초로 최민수의 실명이 거론된 기사가 등장했다. 쿠키뉴스의 보도였다. 기자는 "경찰에 따르면"이라는 단서를 단 채로 "교통체증이 심하자 최씨는 차에 앉은 상태에서 주변을 향해 큰 소리로 마구 욕을 퍼부었다" "최씨는 차에서 내려 유씨를 폭행했다" "대낮이었음에도 불구하고 아랑곳하지 않고 주먹으로 수차례 유씨를 때렸다" "최씨의 폭행에 놀란 유씨는 휴대전화로 '살려달라'며 인근 지구대에 신고를 했다" "최씨는 유씨를 매단 채로 200~300미터를 운전했다" "유씨가 떨어지지 않자 최씨는 오픈 지프차에 앉은 채로 소지하고 있던 등산용 칼을 꺼낸 뒤 보닛에 매달린 상태의 유씨를 향해 위협적으로 휘두르며 '죽인다'고 소리쳤다"고 상황을 서술했다.

　경찰은 "경찰에 따르면"식의 인용이 가능할 정도로 제공한 정보가 없다고 주장한다. 사실 전달을 넘어선 수사나 감정의 개입이 눈에 띄는 기사다. 아니 기사라기보다 이건 차라리 소설에 가까웠다. 이후 타 언론사의 유사한 보도들이 일일이 사례를 따지기 어려울 정도로 쏟아져나왔다. 여론은 더할 수 없이 험악해졌다. 인터넷은 최민수를 향한 공격성 게시물로 넘쳐났다. 모두가 최민수를 증오했다.

　최민수가 쿠키뉴스의 실명 보도 사실을 안 건 24일 최수종과 박수홍이 진행하는 〈더 스타쇼〉의 녹화 중간이었다. 이날 촬영분은 전파를 타지 못하고 이후 폐기처분됐다. 최민수는 공식 기자회견을 자청했다. 회견에 앞서 먼저 유씨 노인의 갈빗집을 찾아가 무릎을 꿇고 용서를 빌었다.

　회견은 저녁 9시 30분 이뤄졌다. 그는 어쨌든 노인과 시비가 붙어 물의를 일으킨 데 대해 무릎을 꿇고 사죄했다. 폭행혐의에 대해 다 인정하느냐는 질문에는 "아니라고 하기도 그렇고 전부가 아니라고 하기도 그렇다. 어제 진술을 다 끝냈다. 과장의 부분도 있다. 어차피 조사가 끝나면 다 밝혀질 것 같다"고 답했다. 더불어 "만약 그것(노인 폭행)이 사실로 밝혀진다면 여러분들은 제발 나를 용서하지 말라. 진실은 밝혀지리라 믿는다"고 말했다.

　그러나 이 말이 유씨 노인측을 결정적으로 자극했다. 유씨 노인은 전치 2주의 진단이 나왔다며 고소할 뜻을 밝혔다. 28일 최민수가 노인이 입원한 병원을 문안차 방문했을 때 둘 사이에 화해가 이뤄지면서 비로소 유씨 노인의 마음이 풀렸다. 다음날 유씨 노인은 폭행건과 관련해 최민수측과 합의하기로 했다. 30일 경찰이 최민수와 유씨 노인을 다시 소환했다. 이날 조사에서 유씨 노인은 "당시 경황이 없어서 칼을 휘둘렀다고 이야기했지만 지금은 기억이 나지 않는다"고 한 발짝 물러섰다. 또한 최민수에 대한 처벌을 원하지 않는다는 내용의 합의서를 제출했다.

　당시 경찰 관계자는 "목격자 조사 등을 거듭한 결과 주먹질이나 발길질은 없는 것으로 드러났다"며 "최민수가 피해자를 매달고 수백 미터를 질주했다는 이야기 역시 크게 과장됐다"고 밝혔다. 이후 사건은 흉기 사용건에 한해 협박죄가 적용돼 5월 초 검찰로 송치됐다. 앞서 언급했듯이 검찰은 최민수가 흉기를 사용해 협박한 부분에 대해 6월 27일 최종적으로 무혐의를 선언했다. 서울서부지검 황윤성 차장검사는 "폭행을 한 부분에 대해서는 최씨와 폭행당한 유모씨 사이에 합의가 이뤄진 사항이고, 흉기로 위협했다는 것도 실제로 칼을 뽑아든 것으로는 보이지 않아 무혐의 처분을 내린 것"이라고 밝혔다.

그렇게, 최민수는 괴물이 되었다

　어떤 한 사람을 향한 불특정 다수 언론의 왜곡보도가 이토록 집중적으로 자행됐던 사례가 있었던가. 이 정도면 폭격이라 할 만하다. 기자회견 직후 최민수는 잠시나마 자살을 염두에 두기도 했다. 그럼에도 그는 단 한 번도 정정보도를 요청하지 않았다. 더불어 구체적인 해명조차 시도하지 않았다. "어차피 해명이 아닌 변명으로 들릴 말이라면 하지 않는 게 좋고 어차피 시간이 다 해결해줄 것"이라며 스스로 거부한 일이었다. 무엇보다 세상이 자신을 온정과 연민의 시선으로 바라보는 것을 참을 수 없다고 했다. 시간이 흘러 과연 죄가 없음이 판명됐다. 그러나 가끔은 비 온 뒤에 굳지 않는 땅도 있는 법이다. 그는 이미 치유되기 어려운 상처를 입은 뒤였다.

　유씨 노인 잘못이 아니다. 시시비비는 늘 발생하기 마련이다. 상황이 급박했기에 판단이 흐려졌을 수도 있다. 모두가 그렇듯, 사람은 때때로 기억을 조작한다. 문제는 언론에 있었다. 악랄했다. 사건 초반, 모든 게 확실하지 않은 상황이었다. 확인되지 않은 정보였다. 상식을 거스를 정도로 기이한 이야기였다. 그럼에도 언론들은 오보의 가능성 따위 얼마든지 감수하면서 기사를 내보냈다.

이유는 간단하다. 정확한 사실을 알리고자 했다면 그렇게 하지 않았다. 아무도 사실을 욕망하지 않았다. 정작 그들이 욕망했던 건 진실이 아니라 이슈였다. 정확한 사실 전달보다 좀더 빠르고 자극적인 이야깃거리를 원했다. 뉴스 소비 행태가 인터넷 포털 중심으로 재편되면서 황색 저널리즘이 유난히 강화됐다.

이번 사건과 관련해 특히 인터넷언론이 보인 행태를 주목해보자. 눈에 띄는 제목일수록, 자극적인 이야기일수록, 특종처럼 보일수록 더 나은 자리에 기사가 배치될 수 있다는 걸 모두가 알고 있다. 더 많은 구독자는 더 많은 광고를 의미한다. 달콤한 유혹이 아닐 수 없다. 최민수 아니라 우리 가운데 어느 누구라도, 돈만 된다면 순식간에 범죄자로 만들 수 있는 언론이다.

이 사안과 관련해 최민수측에 사과하거나 정정보도를 한 매체는 하나도 없었다. 엉뚱하게도 윤승환이라는 이름의 네티즌이 '최민수씨 사건 내막, 언론의 코미디'라는 글을 써 인터넷에 게시하면서 사실을 전달하려 애썼다. 최민수는 이 글을 보고 많은 위로를 받았다고 한다.

그는 사건 전부터 많은 사람들에게 비호감을 사고 있었다. 그의 과장된 남성성과 눈에 띄는 자의식, 일반인의 상식을 안드

로메다로 날려보내는 듯한 문어체 발언들을, 사람들은 싫어했다. 이 정도 규모의 매도는 개인 최민수에 대한 선입견이 전제되지 않고선 좀체 설명되지 않는다.

그러나 한편으로 최민수는 보기 드물게 자기 목소리를 가진 배우였다. 자기 얼굴을 자기 소신을 자기 생각을 가진 배우였다. 더불어 그것을 거리낌없이 표출할 수 있는 사람이었다. 지금 이 시끄러운 시장판에서 배우 개인은, 엔터테이너 개인은 하나의 기업과도 같다. 뻐꾸기마냥 빤한 말만 늘어놓는다. 느는 건 화장술뿐이다. 최민수의 말과 행동이 설사 호감을 얻을 수 없는 것이었다 해도 우리는 그를 조금 더 아껴야 했다. 그러나 그러지 못했다. 언론은 뜨거운 기삿거리를 앞에 두고 조금 더 신중해야 했다. 그러나 그러지 못했다. 나중에라도 사과하고 최민수 개인의 명예 복원을 위해 조금 더 신경써야 했다. 그러나 그러지 못했다. 그렇게, 최민수는 괴물이 되었다.   2008.9

세상은 얼마나 쉽게 이유를 만들고 합리를 씌워 결과를 만들어내는가.

누군가의 신념을 매도하고 개성을 희롱하고 사실을 왜곡하기에

얼마나 편리한 곳인가.

아무도 책임지지 않는다.

아무도 뒤돌아보지 않는다.

그렇게, 누군가는 괴물이 된다.

가십기사와
상생하기 위해
스타가
알아야 할 것

•
•
•

• 새해 벽두부터 어느 스포츠신문에서 김혜수와 유해진의 열애설을 보도하고 나섰다. 30여 일간의 취재 끝에 김혜수와 유해진이 만나는 현장을 포착했다고 한다. 한밤중에 저멀리서 몰래 망원렌즈로 당겨 잡은 사진이 함께 공개됐다. 인터넷은 뜨겁게 달아올랐다. 기자의 해석에 따르면 김혜수는 "외면보다 내면의 아름다움을, 그리고 그 가치를 알게 된 것"이란다.

가십기사는 인기 있다. 사람들은 연예계 가십기사를 좋아한다. 가십성 파파라치 영상을 모아서 편집한 프로그램은 케이블

방송 매체에서 가장 잘 팔리는 아이템 가운데 하나다. 당장 연예계 가십 정보를 몰라 궁금해 죽어버릴 것 같다는 사람은 없다. 그러나 이런 정보는 대화를 기술로, 처세를 자산으로 생각하는 세상에서 좋은 이야깃거리가 될 수 있다. 하나둘 알아두면 일상에서 승룡권이나 파동권처럼 써먹을 수 있다.

가십기사의 존재는 연예계 스타를 향한 대중의 사랑과 관심을 증명하는 것처럼 보일 수 있다. 그러나 사실과 다르다. 가십기사는 역설적으로, 대중이 스타라는 호칭으로 소환되는 인간 개개인에게 사실 별 애정이 없음을 증명하는 것이다. 대중은 스타의 열애설을 좋아한다. 그보다 좋아하는 건 스타의 결혼이다. 2세 소식 또한 마찬가지다. 그러나 그보다 열 배 정도 더 좋아하는 건 스타의 파경 이야기다. 마약 복용이나 자살 이야기는 훨씬 더 잘 팔린다. 그래서 가끔 멀쩡히 살아 있는 사람이 고인이 되었다는 보도가 튀어나온다. 아무 죄도 없는 사람을 파렴치한으로 몰아 기자회견을 열고 무릎을 꿇게 만들기도 한다.

사람들은 스타를 사랑하는 것만큼이나 당신, 스타가 추락하고 무너지는 것을 지켜보길 좋아한다. 일반적인 가십 정보가 승룡권이라면, 당신의 추락은 12단 콤보이기 때문이다. 가십기사와 스타가 상생하기 위해서, 스타는 반드시 이 잔인한 사실을 알아야만 한다. 대중은 스타를 사랑한다. 그렇다고 당신을 사랑하는 건 아니다. 단지 당신의 이름과 당신의 얼굴을 가지고 있는, 스타라고 불리는 아이콘이 필요할 뿐이다. 이 아이콘의 가십이 빨간 휴지든 파란 휴지든 상관없다. 이 휴지는 어차피 똑같은 목적으로 사용될 거다.

언젠가 나훈아는 기자들을 모아놓고 잡아먹을 듯이 으르렁
댔다. 자신과 관련된 소문 속의 여배우들을 보호해달라 호소했
다. 무대화술이 빛을 발했다. 기어이 바지를 내릴 각오를 하고
신뢰를 샀다. 그렇다고 모든 스타들이 때마다 바지를 내리고 신
뢰를 구할 수는 없는 일이다. 사람들은 당신의 행복에 관심이 없
다. 언론은 당신의 진심에 관심이 없다. 언제나 목적은 더 잘 팔
리는 이야깃거리다. 그러니까 바지를 내릴 자신이 없다면, 있는
힘껏 도망쳐라.   2010.1

사람들은 스타를 사랑하는 것만큼이나

당신, 스타가 추락하고 무너지는 것을 지켜보길 좋아한다.

가십기사와 스타가 상생하기 위해서,

스타는 반드시 이 잔인한 사실을 알아야만 한다.

대중은 스타를 사랑한다.

그렇다고 당신을 사랑하는 건 아니다.

단지 당신의 이름과 당신의 얼굴을 가지고 있는,

스타라고 불리는 아이콘이 필요할 뿐이다.

중편

부역자들

•
•
•

• 무시무시한 세상이 아닌가. 이
것이 아니면 저것이고, 우리 편이 아니면 저편이며, A를 비판하
면 B를 옹호하는 것이라는 단출한 논리가 시대의 모든 것을 재
단하고 있다. 이 무식한 칼질이 양심과 정의, 그리고 상식의 이
름으로 자행된다.

가치판단은 실체적 진실과 상황의 결이 모두 고려됐을 때
도출되어야 한다. 물론 이런 과정은 쉽지 않고 재미도 없다. 만
약 쉽지 않고 재미가 없어서 할 수 없는 가치판단이라면 보류되
어야 정상이다. 그러나 반MB전선 위에 깃발을 휘날리는 표준시
민들에게 가치판단은 지상명령이다. 편은 반드시 갈라져야 한

다. 보류될 수 없다. 그래서 이들은 흡사 동일한 질량과 규격의 '상식'을 일괄적으로 배급받은 것처럼 '상식'을 인질 삼아 SNS에서 팟캐스트에서 광장에서 우리 편 저편 딱지를 붙여댄다.

종편에는 애초부터 저편 딱지가 붙어 있었다. 조선, 중앙, 동아, 매경의 매체 성향과 그간 한국 사회에서 기능해온 방식을 고려해볼 때 당연한 수순이다. 더군다나 '미디어법 개정'까지 거슬러올라가는 출발 과정상의 잡음은 향후 이 채널들이 어떤 권력집단의 이익에 종사할 것인지 짐작하게 만들었다. 그렇다면 종편 채널에 참여하는 사람들에게는 어떤 가치판단을 내려야 할 것인가. 앞서 언급한 표준시민들은 별로 망설이지 않고 '저편' 딱지를 끊었다. 꽤 조심스럽다고 생각할 만한 사람들마저 같은 판단을 내렸다.

이 방면에서 과거 '안티조선운동'은 꽤 명확한 합의점을 만들어낸 바 있다. 극우매체에 참여하는 행동 자체가 결국 그 매체의 진보적 장식 기능을 할 것이며, 그것이 극우매체의 문화적 기동방식이라는 것이다. 그러나 이와 같은 과거의 합의가 지금의 종편 출연자에게 기계적으로 적용될 수 있는 것인지에 관한 의문은 미처 제기되지 않았다. 개국 이후 무슨 일이 벌어졌나. 사례를 나열하는 것은 불필요해 보인다. 양심과 상식과 정의의 이름으로 단죄가 이어졌다. 언제나 그렇듯 시간이 지나면 잠잠해질 거다. 그러나 종편에 출연하는 특정인을 부역자로 쉽게 낙인찍은 행위에 대해서는 좀더 고심해볼 필요가 있다. 대체 거기 어떤 근거가 있는가.

내 경우를 예로 들어보자. 나는 SBS에 영화 프로그램을 공급하고 있는 외주제작사로부터 연락을 받았다. 이 외주제작사는 동아 종편채널에 납품할 영화 프로그램을 기획중이었다. 나는 방송에 정치적 맥락의 검열이 이루어지는 경우 언제든 그만둘 수밖에 없다는 입장을 확실히 전달했다.

생계형 저술노동자가 정치와 무관한 외주제작 프로그램에 자유로운 발언을 전제하고 출연하는 문제를 '부역' 혹은 '변절'로 규정지을 정도의 강도 높은 기준은 합의된 적이 없다. 출연하는 것만으로 극우매체의 문화적 기동방식에 종속되는 것이라는 과거의 합의 내용은, 지금과 같이 대부분 외주제작 프로그램으로 편성되는 동시에 채널 간 유기적으로 연결되어 있는 방송환경에서 기계적으로 적용될 근거를 잃어버린다. 이와 같은 합의의 진공 상태 안에서 종편에 출연한다는 사실만으로 개인 윤리에 모든 책임을 떠넘기고 낙인을 찍는 행위는 비겁하다.

순서가 거꾸로 되었다. 종편 출범 과정에서의 문제점과 향후 발생 가능한 해악에 대해서는 수많은 사람들이 이야기했다. 그러나 종편에 출연하는 개인의 노동이 왜 나쁜 것인지에 대해서는 아무도 명확하게 설명하지 않았다. 그에 관해 최소한의 기준을 설정하는 합의에의 노력조차 기울이지 않았다. 그래놓고 종편에 출연한 개인을 '상식'과 '양심'을 들어 부역자, 변절자로 낙인찍었다. 더불어 그 개인으로 하여금 자신의 노동이 왜 나쁘지 않은 것인지에 대해 해명하게끔 만들었다. 이것은 분열적인 요구다. 종편에 출연한 개인은 자신의 선의를 증명하기 위해 어떤 식으로든 선택을 강요받아야 했다. 영혼을 팔아넘긴 뻔뻔스러운 부역자로 남거나, 프로그램에서 하차하고 반성하거나. 우리 편이 아니면 저편일 수밖에 없는 좁고 편협하며 단출한 세상, 그 경계에 종편 부역자들이 있다.   2011.12

한국의

닌텐도라는

이름의

욕망

•
•
•

• 한국의 스필버그, 한국의 미야
자키 하야오, 이제는 한국의 닌텐도를 찾는다. 만약, 스필버그와
미야자키 하야오와 닌텐도가 한국에서 시작했다면 그 모든 성공
신화가 가능했을까. 이 같은 욕망이 한국 문화산업을 망쳐놓고
있다.

이명박 대통령이 청와대 지하벙커에서 '비상경제대책회의'
를 꾸린 지 한 달이 지났다. 지난 2월 4일에는 지하벙커를 벗어
나 밖으로 나섰다. 과천정부청사를 방문해 '현장 비상경제대책
회의'를 가진 것이다. 장소는 지식경제부였다. 수출 침체로 확산

되고 있는 경제 불안심리를 막겠다는 목적이었다. 이날 대통령의 한마디가 많은 이들의 공분을 샀다. "온라인게임은 우리가 잘하는데 소프트웨어와 하드웨어가 같이 개발된 크리에이티브한 제품은 소니, 닌텐도가 앞서가는 게 사실이다. 닌텐도 게임기를 우리 초등학생들이 많이 갖고 있는데 이런 것을 개발할 수 없느냐."

요는 '우리는 닌텐도 같은 것 개발할 수 없느냐'는 것이었다. 이 말에 게임업계 종사자들과 네티즌들이 발끈했다. 칼럼니스트들의 펜대가 바빠졌고 인터넷에는 '명텐도DS'라는 패러디물마저 등장했다. 비판의 요지는 게임산업이 발달하려야 발달할 수 없는 척박한 한국의 현실은 간과한 채 엉뚱한 이야기를 하고 있다는 지적이었다.

그런데 사실 대통령의 발언은 새삼스러운 게 아니다. 사적 견해의 차원으로 돌리기에는 그 뿌리와 맥락이 너무 해묵고 깊다. 90년대부터였다. 1993년의 〈쥬라기 공원〉, 1994년의 〈라이온 킹〉이 결정적이었다. 그때부터 문화 콘텐츠 하나에 자동차 몇만 대 수출이 맞먹는다는 수치의 환상이 파고처럼 찾아왔다. 당대 문민정부는 정신을 놓아버렸다. 서둘러 각종 문화콘텐츠 지원정책을 내놓기 시작했다. 그렇게 한국의 디즈니를 찾기 시작했다. 한국의 스티븐 스필버그를 찾기 시작했다. 한국의 미야자키 하야오를 찾기 시작했다. 이제는 한국의 닌텐도를 찾는다. 십수 년이 지났어도 달라진 건 없다. 오히려 공고해졌다. 지금 한국 문화계를 바라보며 혀를 차는 시장주의자들의 핵심 논점은 변함없이 '한국에는 왜 아무개가 없느냐'는 것이다. 저 수많은 문화계 지원정책의 핵심 키워드 또한, 여전히 '한국의 아무개를 육성하자'는 것이다.

그러나 한국의 아무개를 찾는 말들에는 당연한 오류가 있다. 그 아무개가 한국이라는 환경 아래서도 그 놀라운 시장가치를 유지할 수 있었을 것이냐는 문제다. 미야자키 하야오의 경우를 보자. 미야자키 하야오를 지금의 위치로 올려놓는 데 결정적인 역할을 한 작품은 〈미래소년 코난〉(1978)이다. 이 애니메이션은 그 복장부터 논조까지 확연히 사회주의 세력을 연상시키는 하이하바 섬 농촌공동체 사회와, 그 반대로 확연히 세계 자본주의 세력을 연상시키는 인더스트리아 사이의 대립을 그린다. 코난은 내부의 반체제 인사들과 협력해 인더스트리아를 무너뜨린다. 미야자키 하야오가 어쩌다 한국에서 태어나 빨갱이와 자본가의 대립을 그리는 이 애니메이션의 기획안을 어느 제작사에 내밀었다고 상상해보자. 70년대라는 점까지 감안해보면, 어디 끌려가 고문이라도 당하지 않았으면 다행이다. 비슷한 설정의 〈바람계곡의 나우시카〉나 "파시스트가 되느니 돼지가 되겠다"는 〈붉은 돼지〉도 마찬가지다. 〈이웃집 토토로〉 같은 건 '원 소스 멀티 유즈' 트렌드에 맞지 않는 징그러운 캐릭터들뿐이니, 이걸로 어디 인형 장사나 해먹겠느냐는 비아냥과 함께 퇴짜 맞았을 게 빤하다.

한국의 닌텐도라는 말도 결국 마찬가지다. 새삼 닌텐도가 화제가 되는 건 세계 경제불황에도 불구하고 지난해 8조 원의 영업이익을 내며 역대 최고 흑자기록을 경신했기 때문이다. 하지만 90년대 후반부터 얼마 전까지만 해도 닌텐도는 눈뜨고 보기 힘들 정도의 고전을 거듭해왔다. 그야말로 암흑의 10년이었다. '패미컴' '슈퍼패미컴'으로 대표되는 8비트, 16비트 게임기 시장에서 지켜왔던 점유율과 파괴력이, 32비트, 64비트 게임 시장에선 도무지 먹혀들지 않았다. 급기야 세가-닌텐도 사이 양대 구도가 소니-마이크로소프트로 넘어가면서 닌텐도는 추억의 이름으로 전락할 지경에 이르렀다. 상황을 뒤집은 건 닌텐도DS였다. 하드웨어 성능보다는 다양한 소프트웨어와 편의성, 아이디어로 승부한 것이다. 뒤이어 발매한 Wii 또한 같은 전략을 사용했다. 그렇게 닌텐도는 게임업계의 황태자로 복귀할 수 있었다.

10년 전의 닌텐도와 지금의 닌텐도는 같은 회사다. 그러나 10년 전에는 '한국의 닌텐도'를 바라기보다 '한국의 세가 새턴(세가)'이나 '한국의 플레이스테이션(소니)'을 더 욕망했을 것이다. 요컨대 이 욕망은 결과치에 따라서만 작동한다. 닌텐도가 작년에 올린 8조 원의 영업이익, 스필버그와 미야자키 하야오가 올린 천문학적 흥행기록 앞에서만 작동한다. 그것이 애초 그렇게 돈이 될 만한 것이었는지는 아무도 몰랐다. 창작자들은 단지 콘텐츠 자체의 완성도에 열과 성을 다했을 뿐이다. 이 당연한 노력의 과정이 한국에선 거꾸로 뒤집힌다. 그렇게 많은 돈을 벌어들인 콘텐츠의 성공배경을 벤치마킹해 그만큼 많은 돈을 벌어들이자고 이야기한다. 근사해 보여도 깊은 논리가 없는 이야기다. 문화콘텐츠를 성공과 시장의 개념으로 접근해선 답이 나오지 않는다. 문화산업은 결단코 순수해야 한다는 이야기가 아니다. 돈을 버는 건 좋은데, 돈을 벌 수가 없다는 것이다.

이같이 결과치에 온전히 매달리는 프레임이 지원제도에까지 뿌리내려 있다. 애초 그런 욕망으로 만들어진 지원제도라서 그렇지만 최근 들어 더욱 그렇다. 이들에게는 한국의 아무개, 한국의 무엇을 감별해내 지원할 의무가 있다. 그러나 불가능하다. 최근 '해외에서 수상해 한국 애니메이션의 위상을 널리 알릴 수 있는 작품을 선별한다'는 국가 주체 지원제도의 심사에 참여한 B감독은 다음과 같이 말한다. "해외에서 수상할 것 같은 작품을 선정하겠다는 기준 자체가 얼마나 천박한가. 심사위원들이 점쟁이도 아니고 그걸 어떻게 알 수 있나. 아무도 모른다. 그걸 내가 알면 그냥 내가 지원받고 말지 왜 다른 사람 것을 심사하겠나." 성공할 수 있는 가능성은 오로지 작품 자체의 완성도로부터 찾을 수 있는 것이다. 그런데 거꾸로 됐다. 가짜 전문가들이 판을 친다. 한국의 아무개를 찾는, 세계시장에서 돈을 많이 벌 수 있는 콘텐츠의 기준이란 문자로 정리돼 통계적으로 보여질 수 없는 것이다. 그래서 지원제도의 선발 기준이나 선정 이유 또한 추상적이기 짝이 없다. 결과적으로 입을 맞추어 선정 대상을 미리 점찍어두는 부적절한 사례 또한 급증하고 있다. 많은 수의 문화산업 사업자들이 아예 지원제도 같은 게 없이 모두 콘텐츠 본연의 시장가치만 가지고 경쟁할 수 있다면 소원이 없겠다고 역설

한다.

　한국의 닌텐도라는 이름의 욕망이 더욱 설득력 없는 건 그 사회문화적 특수성 때문이다. 6, 70년대에는 어린이날마다 시장의 만화책들을 전부 긁어모아 쌓아두고 불을 지르는 소위 '만화화형식'을 행사처럼 치렀던 나라다. 오락문화를 바라보는 국민의식도 그렇지만 정책 면에서도 보수적인 입장의 마녀사냥식 견제가 여전하다. 그토록 선망하는 스필버그와 미야자키 하야오와 닌텐도의 나라 미국과 일본은 한국과 달리 관련된 국가 차원의 견제고 지원이랄 게 그리 없다. 거의 전무하다. 닌텐도가 성장한 건 국가가 밀어주었기 때문이 아니다. 이들 나라는 창작물의 저작권에 대한 입장만 강경하게 설정해주었다. 각종 견제도, 지원도, 최소한의 차원에서 그쳤다. 나머지는 알아서들 한 것이다. 콘텐츠 자체의 완성도를 위해 아이디어를 짜냈다. 한국에선 모든 게 반대다. 콘텐츠 자체의 완성도를 짜낼 시간에 정책적 견제를 피할 방도를 고심하고 지원을 따낼 방안을 모색한다. 시장에서 핵폭탄급 영향력을 끼칠 수 있을지 없을지를 먼저 고려한다.
　한 네티즌은 '한국의 닌텐도'를 운운한 대통령의 말을 접하고 "닌텐도가 우리나라 회사였다면 (화투 제조회사였던 닌텐도는) 사행성 회사로 낙인찍혀 문을 닫거나, 아이들 공부를 방해하는 게임기를 만든다는 이유로 밤 12시 이후엔 공장도 못 돌렸을 것이다"라는 의견을 개진해 호응을 얻었다. 비약이라고 해도 문제의식은 남는다. 한국의 닌텐도를 좇는 욕망은 허황된 것이다.

이 욕망이 한국 문화산업의 지지기반부터 시장성까지, 모든 것
을 망치고 있다.   2009.2

너의

몸은

음란하다

•

•

• 박경신 교수에게 300만 원의
벌금형이 선고됐다. 나는 이 시끄럽고 반복적인 음란물 소동 과
정에서 조선일보의 기사가 제일 흥미로웠다. 쏟아지는 언론 공
세에 맞서 스스로를 변호하려고 박교수가 프랑스 화가 구스타브
쿠르베의 〈세상의 기원〉을 블로그에 올리자, 조선일보가 다음과
같은 제목의 기사로 이를 소개한 것이다. '남자성기 사진 올렸던
방통심의위원 이번엔 여성음부 그림 올려'.

〈세상의 기원〉은 당대 누드화의 미적 판타지에 반감을 품은
작가가, 대상에 대해 어떤 권위도 부여하지 않은 채 여성의 가슴
과 음부를 있는 그대로 그려낸 작품이다. 흔히 성적 대상으로 소

비되는 피사체를 어떤 은밀함도 없이 과감하게 드러냄으로써, 역설적 의미에서 반反포르노그래피의 지위를 얻어냈다. 그래서 이와 같은 '표현의 자유' '음란물' 논쟁이 등장할 때 어김없이 인용되는 역사적 텍스트다. 그러거나 말거나 조선일보와 그와 유사한 지적 취향을 가진 사람들에게 〈세상의 기원〉은 그냥 '여성 음부 그림'일 뿐이다.

비아냥대기 위해 소개한 게 아니다. 나는 〈세상의 기원〉을 '여성음부 그림'으로 소개하는 멘탈이야말로 이 지루한 논쟁의 핵심이라고 생각한다. 대상을 클로즈업하든 광각으로 관조하든, 거기 성적 흥분을 자극하는 서사가 있든 없든 아무 상관 없다. 그저 인간의 몸이라는 실체에 '음란함'이 내재돼 있다는 것이다. 그래서 이들은 세상을 망치고 파괴할 이 '음란함'에 대해 끊임없이 이의를 제기할 수밖에 없다.

이런 사람들이 다수다. 그들에게 아무리 클로즈업을 통한 효과를 설명하고, 〈세상의 기원〉이 지닌 역사적 맥락에 대해 이야기하고, 극적 대상화가 어떻게 반反대상화가 되는지 항변해봤자 아무 소용이 없다. 그들이 무지해서가 아니다. 그냥, 그들에게 몸은 그저 막연하게 음란한 것이기 때문이다. '네 몸은 음란하다' '네 몸은 죄악이다'라는 말은 중세에나 어울릴 법한 방언 같지만, 결국 지금 대한민국에서 할 수 있는 것, 보여줄 수 있는 것의 기준점은 중세 수준에 머물러 있다.

이 나라의 '정상성'이 중세가 아닌 현대에 어울리는 수준이

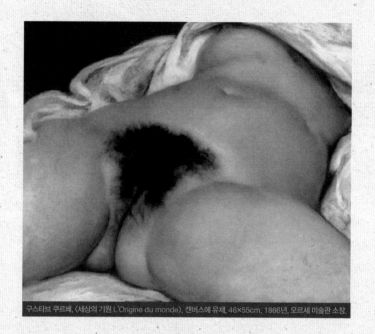

구스타브 쿠르베, 〈세상의 기원 L'Origine du monde〉, 캔버스에 유채, 46×55cm, 1866년, 오르세 미술관 소장.

나는 〈세상의 기원〉을 '여성음부 그림'으로 소개하는 멘탈이야말로

이 지루한 논쟁의 핵심이라고 생각한다.

대상을 클로즈업하든 광각으로 관조하든,

거기 성적 흥분을 자극하는 서사가 있든 없든 아무 상관 없다.

'네 몸은 음란하다' '네 몸은 죄악이다'라는 말은 중세에나 어울릴 법한 방언 같지만,

결국 지금 대한민국에서 할 수 있는 것, 보여줄 수 있는 것의 기준점은

중세 수준에 머물러 있다.

라면 적어도 〈세상의 기원〉을 '여성음부 그림'으로 소개하는 기사는 유력 일간지가 아닌 타블로이드 신문에 실렸을 것이다. 법정에 소환돼 논쟁돼야 할 주제는 '이게 정말 음란한가요?'처럼 아이들 장난 같은 것이 아니라, 정말 누가 보더라도, 그러니까 이를테면 국민의 90퍼센트 이상이 음란하다고 판단할 만큼 노골적인 포르노그래피에 대한 표현의 자유 논란이었을 것이다.

〈세상의 기원〉만큼이나 이 문제에서 자주 인용되는 영화 〈래리 플린트〉 속 대사처럼 "나 같은 쓰레기 3등 시민의 자유가 보호받을 수 있다면, 여러분 같은 1등, 2등 시민들의 자유 또한 당연히 지켜질 것"이기 때문이다. 표현의 자유와 관련한 법의 판단이란 유난스러운 사감 선생의 회초리가 아니라 '무엇이 가장 질이 나쁜 것이며 자유국가를 표방하는 우리는 그것을 어떤 법적 근거와 논리를 통해 수용하거나 거부할 것인가'를 고민하는 장이어야 하기 때문이다. 그러나 지금 대한민국에서, 이 모든 합당한 기대는 망상에 불과하다.   2012.9

---

* 이후 박경신 교수는 항소심에서 무죄 판결을 받았다.

용인 살인사건,

〈호스텔〉이

범인인가

•
•
•

　• 사람들은 낯설고 알 수 없는 것에 공포를 느낀다. 메리 셸리의 『프랑켄슈타인』을 들춰보자. 프랑켄슈타인의 괴물이 천진한 영혼을 가지고 있었음에도 불구하고 공포와 타도의 대상으로 일찌감치 낙인찍혔던 건, 사람들이 보기에 그가 '나와 다른 무엇'이었기 때문이다. 알 수 없는 것을 향한 공포와 혐오는 곧잘 너무나 쉬운 이유나 해법을 만들어내는 태도로 연결된다. 끔찍한 사건이 벌어졌을 때 이를 두고 서둘러 자극적인 동기와 인과관계를 '창조해내는' 태도 말이다.

　사건을 보도하는 언론의 모습에서 이와 같은 양상은 매우 흔하게 노출된다. 특히 속칭 '10대 오원춘 살인사건' 혹은 '용인 엽기 살인사건'으로 불리고 있는 최근의 사건과 같이, 동기 자체가 분명하지 않은 경우에는 더욱 그렇다.

사건이 알려진 직후 별안간 수년 전의 영화 한 편이 포털사이트 실시간검색어에 오르내리기 시작했다. 일라이 로스가 연출한 영화 〈호스텔〉이었다. 〈호스텔〉은 동유럽에 배낭여행을 떠났던 젊은이들이 납치를 당해 공장에 감금되고, 재력가들이 이곳을 찾아 대금을 지불한 뒤 납치된 여행객들을 고문하는 내용을 그린 영화다.

'용인 엽기 살인사건'의 피의자가 취재진과 대화하던 도중 이 영화를 언급한 것으로 알려져 화제가 되었던 것이다. 이 때문에 "용인 살인사건, 시신 뼈만 남아… 영화 〈호스텔〉 보고 충동 느꼈다" "용인 살인사건 피의자, '영화 〈호스텔〉 봤다' 대체 어떤 내용이길래… 관심 집중" "10대 엽기 살해범은 공포영화광" "용인 살인사건 '상영금지 〈호스텔〉' 모방? 무슨 내용이길래"와 같은 제목의 기사들이 쏟아져나왔다.

그런데 상황을 들여다보면 어렵지 않게 이상한 점을 찾을 수 있다. 피의자는 먼저 〈호스텔〉이나 잔인한 영화에 대해 언급한 적이 없다. 기자가 먼저 군이 콕 집어 "〈호스텔〉과 같은 잔인한 영화를 즐겨 보느냐"고 질문했다. 그 질문에 대해 피의자가 "봤다. 공포영화를 자주 본다"고 대답했다. 이어 "나도 해보고 싶단 생각 안 해봤어요?"라는 질문에 "한 번쯤은 해봤어요"라고 말했다. 유도질문과 유도된 답변들이다. 평소 공포영화광인 피의자가 영화를 모방해 살인을 저질렀다는 듯한 지금의 보도 내용은 사실관계를 크게 왜곡하는 것이다.

심지어 최근 보도 내용들과는 달리 영화 〈호스텔〉의 내용은 지금의 사건과 닮은 점이 없다. 사체 훼손을 다룬 공포영화라면 얼마든지 다른 사례를 들 수 있다. 차라리 〈기니어 피그〉 시리즈를 언급하는 게 상황에 가까웠을 것이다. 그러나 〈호스텔〉은 그런 내용을 다루지 않는다. 정확히 말해 〈호스텔〉은 단지 고문과 살인을 전시하는 영화가 아니라, 젊은이들이 공장에 납치되고 돈을 지불한 재력가들에게 유린당하는 내용을 들어 자본주의 시스템이 어떻게 사람들을 착취하는가 보여주는 우화에 가깝다.

사실은 이랬을 것이다. 별 동기가 없다는 피의자의 말에 어떻게든 이유를 만들어내고 싶은 기자들이 별 도움이 되지 않는 질문들을 쏟아냈다. 그중 한 기자가 자신이 제목을 알고 있는 영화 가운데 가장 잔인하다고 생각하는 〈호스텔〉을 언급했다. 피의자는 봤다고 대답했다. 심지어 공포영화를 자주 본다고 말했다.

멀쩡하게 사고하는 사람이라면 그 상황에서 애초 그런 질문을 하지도 않았을 테지만, 저 문답만 두고 보았을 때도 이 사건이 공포영화광의 〈호스텔〉 모방범죄라는 추측 또한 가능하지 않았을 것이다. 그러나 조금이라도 더 자극적인 것이 필요한 기자들이 들었을 때, 이는 완전하고 명쾌한 인과관계로 변모한다. 마술 같은 일이다.

공포영화를 많이 봐서 살인마가 된다면 나는 지금쯤 하루

세끼 인육만 먹고 있을 거다. 언론은 늘 쉽고 빠른 인과관계를 지어내는 데 혈안이 되어 있다. 그러나 어느 한순간이라도 세상이 그리 명쾌했던 적이 있는가. 컬럼바인 총기난사 사건 때는 게임과 메릴린 맨슨의 음악이 도마에 올랐다. 레이디 가가는 그 자신과 그녀의 음악이 게이를 양산한다는 공격에 시달린다. MBC는 게임이 폭력을 조장한다며 애꿎은 PC방의 전원을 내려버렸다. 조선일보는 학교폭력이 웹툰 때문이라는 기획기사를 내보냈다. 총기난사가 메릴린 맨슨 때문이고 게이가 레이디 가가 때문이고 학교폭력이 웹툰 때문이고 연쇄살인이 영화 때문이면 내가 오늘 배탈이 난 건 무엇 때문이냐. 마스터 셰프 코리아?

어떤 행동에 단 한 가지 명백한 원인만이 존재하는 경우는 드물다. 하다못해 날씨부터 사소한 대화, 어느 생각 없는 기자가 써내려간 기사 한 줄이 안겨준 짜증에 이르기까지, 하나의 행동을 가능케 하는 원인에는 수없이 많은 요소들이 씨줄과 날줄처럼 복잡하게 얽혀 있기 마련이다. 그 가운데 하나로 유력한 이유를 만들고 매우 명확한 인과관계가 성립하는 것처럼 포장하면 정작 문제의 본질은 휘발될 수밖에 없다.

끔찍한 사건의 범인을 격리하고 처벌하는 건 당연히 이루어져야 할 사회정의다. 그러나 명백한 이유를 만든답시고 자극적인 수사와 무리한 추정에 바탕해 엉뚱한 데에 책임을 뒤집어씌우고 범인을 그냥 '괴물'로 만들어버리면, 우리는 동일한 범죄가 반복되는 고리를 끊을 수 있는 기회를 잃게 된다. 그렇게 되는 순간 사건은 더이상 '고민하고 해결해야 할 우리 공동체의 문제'가 아니라 '우리와 다른 철창 속 괴물의 문제'가 되기 때문이다. 결국 서커스가 철창 안의 괴물을 전시하듯 담론은 사라지고 프릭 쇼freak show만 남는다. 이때 진짜 괴물은 살인범인가, 언론인가.

2013. 7

공포를

도매가로

팝니다

　•
　•
　•

　• 미디어가 공포를 적극 전파하
고 나아가 조장하며 궁극적으로 사익을 도모한다는 이야기는 하
루이틀 된 이야기가 아니다. 사람이란 이율배반적이다. 공포영
화를 싫어하는 사람도 당장 눈앞의 교통사고 현장 앞으로는 모여
든다. 어제 그 연쇄살인에 관련된 기사에는 관심을 보인다. 웹툰
이, 애니메이션이 폭력을 조장한다는 분석에는 귀를 기울인다.

　　언론이야말로 그들의 갈증을 달래주는 첨병이다. 간혹 애초
의 목마름까지 조장하는 장사꾼이다. 그들은 이 알 수 없는 살인
의 이유가 '웹툰 때문이다! 애니메이션 때문이다! 사이코패스로
밝혀졌다!'식의 분석을 내놓으며 공포를 판다. 여러분 공포를 사

세요! 공포를 사세요! 그럼 신기하게도 사람들은 공포를 산다.

원래 인간은 자신이 두려워하거나 알지 못하는 대상에 명료한 이름을 붙여 그것에 대해 잘 아는 것처럼 떠벌리기 좋아하는 종자다. 언론이 해법을 제시한다. 애니메이션 때문이다. 웹툰 때문이다. 왕따 때문이다. 그렇게 되면 이제 그것은 더이상 미지의 공포가 아닌, 가십으로 전락한다. 이제는 쉽고 재미있는 점심시간 이야깃거리가 될 수 있는 것이다.

이러한 '공포 도매' 마케팅은 당장 눈앞의 편한 대상을 원흉으로 몰아 문제를 단순화하고, 실제 우리가 관심을 기울여야 할 고민의 기회를 박탈한다는 점에서 악랄한 성격을 갖는다. 저 미국의 콜로라도 주 컬럼바인 고교 총격사건 가해자의 행동이 메릴린 맨슨의 음악과 1인칭 슈팅게임 때문이라고 암시해버렸던 뉴스의 옹색함을 떠올려보자.

그런데 말이다. 과연 우리는 애초 그 고민을 하고 싶었던 걸까. 기회가 있다면 폭력의 맥락에 관해 진지하게 고민했을까. 언론의 관련 보도 자체를 불의라 규정하는 건 짜증의 결과는 될 수 있어도 정확한 지적은 될 수 없다. 공포를 도매가로 판매하는 언론의 무책임은, 쉽고 편한 오락거리를 도매가로 요구하는 우리의 여가와 공생하고 있다. 이 고리를 끊어야 한다. 그렇다면 누가 먼저 끊어야 할까.

최근 '묻지 마' 살인을 비롯한 폭력사건을 다루는 언론의 태도를 보자. 서울 여의도에서 묻지 마 칼부림 사건이 일어난 날 공중파 뉴스를 보며 나는 흡사 좀비가 등장하는 묵시록 영화를 보는 듯한 인상을 받았다. 세상이 멸망한 것 같았다. 집 밖으로 나가면 바로 공격당할 것 같았다. 그래서 화면에서 눈을 뗄 수 없었다. 지난 8월 26일자 조선일보 기사를 보자. '무차별 칼부림 공포의 사이코들'이라는 소제목이 붙은 상태로 피해자 가족의 원통한 심정을 여과 없이 옮기며 '악귀'라는 단어를 '지면'이라는 매대에 올려놓고 신나게 팔아댔다. 같은 소재의 기사임에도 타 언론사보다 월등히 높은 댓글 수를 기록했다. 조선일보를 예로 들었지만 진영이나 매체를 가리는 태도가 아니다. 대개 유사하다.

이미 벌어진 일을 다루지 말아야 한다는 말이 아니다. 선정적 사건일수록 선정적이지 않게 다루고, 무분별한 판단이 이뤄지지 않도록 정교하게 편집·배열해야 할 책임이 언론에는 있다. 이들은 더이상 언론인이 아닌 보부상처럼 보인다. 나는 언론인들이 오히려 스스로 언론 엘리트라는 자존심 위에서 글을 쓰고 편집했으면 하는 바람이 있다. 시정잡배 같은 자세로 당장의 광고 한 면과 클릭 수에 연연하는 모습을 보여서는 지금과 같은 불신과 오명을 씻을 길이 없다. 고리도 끊어지지 않을 것이다.

2012.9

정사갤 살인사건,

이유를

만들어내는

사람들

•
•
•

● 인터넷 게시판에서의 갈등으로 칼부림이 벌어졌다. 그리고 사람이 죽었다. 이 사건은 애초 '진보-보수 칼부림 사건'으로 일컬어졌다. 그러나 상황을 따져보았을 때 '정사갤 살인사건'으로 부르는 것이 옳을 것이다.

지난 16일 검거된 피의자 백모씨는 부산 해운대구 김모씨의 집 아파트 계단에서 피해자 김씨를 아홉 차례 칼로 찔러 살해했다. 백씨는 경찰에 "정치적 성향이 다르다는 이유로 김씨가 날 조롱하고 명예훼손으로 고소하려고 해 범행했다"고 진술했다. 그러나 조사를 담당한 부산 해운대경찰서의 관계자는 피의자의 범행 동기를 다르게 설명했다. 정치적인 갈등이 동기라기보다는 개인적으로 다투다가 감정이 폭발한 상황이라는 것이다.

최근 '용인 엽기 살인사건'에선 흡사 피의자가 영화 〈호스텔〉을 보고 그것을 모방하여 범죄를 저지른 것처럼 언론에 도배가 된 일이 있다. 그러나 그것은 사실과 달랐다. 피의자는 먼저 〈호스텔〉이나 잔인한 영화에 대해 언급하지 않았다. 피의자는 처음부터 동기가 없다고 진술했다. 답답해진 기자들 가운데 하나가 먼저 "〈호스텔〉과 같은 잔인한 영화를 즐겨 보느냐"고 질문했고, 그에 대해 피의자가 "봤다, 공포영화를 자주 본다"고 대답했다. 이를 두고 언론은 평소 공포영화광인 피의자가 영화를 모방해 살인을 저질렀다는 듯한 보도를 내보냈다. 이유가 없다면 이유를 만들고 선정적으로 포장해서 기사를 팔지 않고서는 참을 수 없는 언론의 태도를 '성급한 인과관계의 발명'이라고 불러도 좋을 것이다.

'정사갤 살인사건'에서도 역시 '성급한 인과관계의 발명'을 발견할 수 있다. 다만 '용인 엽기 살인사건'과는 달리, 존재하지 않는 인과관계를 만들어낸 최초 발화자가 피의자 그 자신이라는 점이 다르다. 피의자는 끊임없이 자신이 진보 성향이라고 진술하고 있다. 그러나 그가 인터넷 게시판에 남겼던 글들을 읽어보면 사실과 전혀 다른 진술임이 드러난다.

자신의 정치적 지향과는 관계없이, 현실세계에서 체념하고 좌절한 개인들이 인터넷상에서 위악을 부리며 서로 경쟁하듯 더 강한 수사를 동원해 스트레스를 푸는 모습을 종종 볼 수 있다. 정사갤이나 일베가 그 대표적인 공간이다. 피의자와 피해자 모두 정사갤에서 활동했으며 특정 지역을 비하하고 희화화하는 행동을 보여왔다. 피의자가 피해자를 일컬어 사생활이 문란하다는 등의 내용을 유포했고, 이에 피해자가 명예훼손 등으로 고소하면서 문제가 발생했다. 피의자 백씨가 주장하는 '정치적 성향이 다르다는 이유' 따위는 애초 존재하지 않았다.

　정치적이지 않은 것을 정치적인 것으로 치환하고 설명해야만 자존감과 자의식을 지켜낼 수 있는 사람들이 있다. 언젠가부터 그런 사람들이 부쩍 늘었다. 진영을 가리지 않고, 성향이나 사안을 가리지 않고 말이다. 피의자 백모씨의 행동과 사건 정황에서는 여성 혐오와 비뚤어진 자기애를 찾아볼 수 있을 뿐, 어떠한 종류의 정치적 대립각도 발견되지 않는다. 그가 범행의 동기를 정치적 이유라고 설명했던 것은, 그런 식으로 자기 행동에 스스로 원인을 제공하고 '설명 가능한' 차원으로 바꾸어놓지 않고서는 견딜 수 없었기 때문일 것이다. 금세 찾아낼 수 있는 사실관계들을 확인하지 않고, 단지 그것이 더 자극적이라는 이유로 피의자의 진술에만 의존해 '살인 부른 디시인사이드 정사갤, 보수진보가 뭐라고 칼부림까지'식의 기사를 유포시킨 언론 또한 책임을 피할 순 없을 것이다. 　　　　　　　　　　　　　　　　2013.7

마이클 잭슨,

괴물과 우상

•
•
•

• 1993년의 일이다. 13세의 조
던 챈들러가 말했다. "마이클 잭슨에게 성추행을 당했습니다."
잭슨은 알몸수색을 당했고 언론은 그의 집에서 포르노잡지와 아
동의 나체가 그려진 그림이 발견됐다고 보도했다. 잭슨과 섹스
를 했고 구강성교까지 강요당했다는 조던의 진술 또한 연일 뉴
스를 장식했다. 챈들러의 가족은 2330만 달러를 합의금으로 챙
겼다.

2001년도의 일이다. 마이클 잭슨이 말했다. "소니는 아티
스트로서의 제 재능을 파괴하려 해요. 모욕을 당해왔습니다."

뉴욕 투어중 할렘가를 지나던 참이었다. 〈인빈서블Invincible〉앨범 출시 이후 격화된 소니뮤직과의 갈등이 원인이었다. 청중 가운데 누군가 소니를 욕하며 가운뎃손가락을 올리자 잭슨도 따라했다. 그날 미국의 주요 언론들은 일제히 마이클 잭슨의 상스러운 손짓을 수십 번씩 되풀이해 방송했다. 잭슨은 소니와의 연장계약서에 서명하지 않았다.

2003년의 일이다. 13세의 개빈 아비조가 말했다. "마이클 잭슨에게 성추행을 당했습니다." 그는 잭슨의 도움으로 암수술을 받고 건강해진 상태였다. 200명이 넘는 증인들이 소환됐다. 그러나 아무것도 발견되지 않았다. 대신 소년의 어머니를 신뢰할 수 없다는 증거들이 속출했다. 수년에 걸쳐 결국 무죄 판결이 내려졌지만 3억 달러에 이르는 소송비용은 고스란히 빚으로 남았다.

2009년 6월 25일, 소아성애자면서 성형중독자고 흑인을 혐오해 백인이 되고자 했다는 마이클 잭슨이 죽었다. 어느 한쪽의 주장을 일관되게 전달해왔던 언론의 바로 그 지면에는 잭슨이 얼마나 위대한 인물이었는지 회고하는 기사가 채워졌다. 고인이 반대했으나 소니가 일방적으로 발매했던 두 장의 히트곡 편집앨범과 〈스릴러〉는 일주일 만에 31만 장이나 팔려나갔다. 소니와 소니뮤직의 회장은 "잭슨은 시인이고 천재였다"고 입을 모았다. 잭슨에게 소아성애자라는 꼬리표를 남겼던 조던 챈들러는 당시 주장이 아버지의 강요로 이뤄진 거짓말이었다고 선언했다. 얼마나 미안해하고 있는지, 자신을 용서해줄 수 있는지 물어볼 수 없게 돼 원통하다고 덧붙였다.

살아 있는 누군가는 깎아내려짐으로써 상품화된다. 이미 죽은 누군가는 신화화됨으로써 상품화된다. 어제 잭슨을 욕해 배를 채웠던 사람들이 오늘 잭슨을 우러러 다시 배를 채운다. 잭슨에 대한 평가는 하루아침에 바뀌었지만, 정작 그를 둘러싼 세계의 동기는 아무것도 변하지 않았다. 진심과 진실은 아무런 의미가 없었다. 본질에 대한 어떤 규명이나 확인도 없이 괴물은 우상이 되고 우상은 괴물이 된다. 돈이 된다면 어느 쪽이든 상관없다. 세상에서 가장 쉽고 천박하며 공공연한 진실이다.　　2009.7

살아 있는 누군가는 깎아내려짐으로써 상품화된다.

이미 죽은 누군가는 신화화됨으로써 상품화된다.

진심과 진실은 아무런 의미가 없었다.

본질에 대한 어떤 규명이나 확인도 없이

괴물은 우상이 되고 우상은 괴물이 된다.

돈이 된다면 어느 쪽이든 상관없다.

세상에서 가장 쉽고 천박하며 공공연한 진실이다.

스타가 스타로
살아남기
위한
생존법

•
•
•

• 일전에 아홉시 뉴스를 보다가 굵은 꼭지 상당 부분을 서태지—이지아 관련 보도로 채우는 걸 보고 깜짝 놀랐다. 가십은 잘 팔리는 뉴스거리다. 그러나 뉴스가 '뉴스'이기 위해선 얼마나 흥행할 것이냐, 가 아니라 얼마나 중요한 것이냐를 먼저 셈해야 한다. 그리고 무엇이 더 중요한 것인가를 가르는 필터가 해당 매체의 색깔과 능력을 결정한다. 그 필터로서 데스크가 존재하는 것이다. 가십에 휩쓸린 대한민국의 언론은 데스크 대신 실시간 검색순위로 아이템의 경중을 판단하고 나섰고, 매체이기를 스스로 포기했다.

스타의 가십이 이토록 공공연하게 보도되고 소비되는 데는 스타가 곧 공인이라는 공식이 전제된다. 물론 검증되지 않은 마법의 공식이다. 이를 검증하려면 우선 스타라는 단어가 어떤 대상을 가리키는 것인지부터 공적 동의를 얻어야 한다. 스타란 셀러브리티인가. 스타란 연예인인가. TV에 나오는 사람인가. 굳이 가장 공감할 만한 범위를 정하자면 결국 '유명인'이겠지만, 이건 어차피 공적인 동의를 얻을 수 없는 이야기다. '스타'는 모두에게 다양한 각자의 의미로 기능할 만큼 자의적인 단어이기 때문이다. 우리 동네 술집에선 나도 스타다.

스타의 범위를 유명한 사람으로 흐릿하게 규정해볼 때, 스타가 곧 공인이라는 공식의 정체는 쉽게 드러난다. 공인은 다수의 합의를 거쳐 선출돼, 공공의 이익을 위해 복무하는 사람이다. 그러므로 평균 수준 이상의 사회적 책임과 투명성을 요구받을 수밖에 없다. 이를 어길 시에는 가중처벌을 받아야 하고, 우리는 그것을 정의라고 부른다.

스타는 공인이 아니다. 자기 이익을 위해 종사하는 자연인이다. 그런데 왜 우리는 스타를 공인이라 생각할까. 말의 쓰임이 그렇다고 말의 실체 또한 그런 건 아니다. 스타가 공인이라는 말의 쓰임은 대중과 스타 사이의 공생관계로 인한 착시현상으로부터 발생한다. '우리'가 사랑해주기 때문에 밥을 벌어먹을 수 있는 '당신' 사이에 발생하는 공생관계 말이다.

스타를 공인이라 부르며 사생활을 헤집는 대담함과, 그것을 감수하며 눈물을 떨구거나 거짓말을 하는 스타의 처연함 사이에는 일종의 부채의식과 상환에의 의지가 양쪽으로 작용하고 있는 것이다. 스타에 대한 사이버 테러를 일종의 권리 같은 것으로 오해하는 현상도 이렇게 보면 이해할 만한 사고의 흐름이다. 사채꾼도 돈 받으러 갈 때는 정의롭다.

그렇다면 사회적 물의를 일으킨 스타에 대한 비판은 부당한 것인가. 모든 자연인은 자기 행동에 대한 책임을 진다. 알려져 있는 스타에게 더 많은 책임이 강요되는 상황은 어찌 보면 자연스러운 것이다. 그러나 그것이 곧 공인의 이름으로 실제 더 많은 물리적 책임을 물어야 한다는 의미는 될 수 없다. 사람들은 공인으로서의 스타를 질타할 때 '마녀사냥'이라는 지적을 듣는 걸 매우 싫어한다. 그런데 앞서 설명한 것처럼 공인이 아닌 사람에게 공인의 이름으로 더 많은 물리적 책임을 물으려 한다면 그건 '본보기'가 되길 주문한다는 점에서 마녀사냥이 맞다. 마녀사냥이라는 말이 듣기 싫으면 마녀사냥 안 하면 된다.

이야기는 여기서부터다. 스타가 스스로를 보호하고 스타로 살아남기 위해서는 어떻게 해야 되는 걸까. 여기 몇 가지 정석이 있다.

먼저, 은둔하는 것이다. 이는 신비주의 전략을 택할 때 매우 유용하게 적용될 수 있다. 그러나 지나친 신비주의 전략은 사람 자체를 망각의 늪으로 밀어넣을 수도 있으므로 유의해야 한다.

두번째는 거짓말하는 것이다. 사귀는 거 안 사귄다고 하고, 결혼한 거 결혼 안 했으니 누가 소개 좀 해달라 하고, 군대 안 갈 거면서 군대 갈 거라고 말하고, 도박한 거 도박 안 했다고 하는 것이다. 이는 사생활을 보호할 수 있는 매우 효과적인 전략인데 적발될 경우 '거짓말'에 대한 괘씸죄까지 더해져 순식간에 장작 위에서 활활 타오르고 있는 자신을 발견할 수 있다. 만에 하나 법을 어긴 경우라면 영원히 고국땅을 밟지 못할 수도 있다.

세번째는 나 원래 그런 사람이라고 떠들고 다니는 것이다. 나는 원래 속물이라 트렁크에 여자 교복 넣고 다닌다, 나는 원래 정치적이라 정치적 발언을 하는 데 주저할 이유가 없다, 나는 원래 독설가니까 내 말을 들을 때는 절반은 농으로 받아들이는 게 좋다 식이다. 그러나 대중은 자신과 닮지 않은 누군가를 심정적으로 꺼리기 때문에, 그냥 두면 무관심할 사람들에게조차 매우 강력한 반감을 살 수 있다.

마지막은 호통을 치는 것이다. 이쪽에서 먼저 기자들을 불러 아예 판을 키운다. 거기서 네가 봤냐, 네가 봤냐고, 하며 단상 위에 올라간다. 그리고 바지를 깐다. 보여주면 믿겠씸끼! 그렇게 인증을 자처한다. 잔기술을 구사하는 상대에게 묵묵히 얻어맞다가 카운터 한 방으로 타이틀을 얻어내는 사우스포 복서의 박력을 보여주면, 사람들은 아 우리가 좀 심했구나, 싶어 금방 수그러든다. 물론 나훈아급이 아니라면 바지를 끝까지 내릴 때까지 아무도 말리지 않을 수 있으니 타이밍에 신경을 써야 한다.

스타의 생존법은 어떤 의미에서 그 스타가 속한 사회의 수준을 드러낸다. 침묵과 거짓말과 호통은 우리와 '우리'로 어울려 살아가기 위한 그들의 선택지다. 모두들 어디까지 갈까. 2011.5

인터넷 자경단은

더 나은

세상을

만들 수 있나

.
.
.

       • 바야흐로 인터넷 자경단의 시대다. 문제가 생기면 네티즌 수사대라는 이름의 자경단이 출동한다. 목표가 되는 인물의 신상정보를 수집하고 그것을 웹에 게시한다. 사건을 재구성하고 원인과 결과를 유추해낸다.

    그것은 한낱 호기심으로, 잉여로운 시간을 때우는 유흥으로, 혹은 음모론을 제기하고자 하는 형태로 구현된다. 그러나 여기에는 그것이 직접적으로 드러나든 드러나지 않든, 우리가 지금 옳은 일을 하고 있으며 모두의 힘을 모아 그(녀)를 단죄할 수 있다는 병적인 의지가 전제되어 있다. 지하철에 개똥을 흘린 개똥녀의 경우든, 남의 키를 가지고 왈가왈부한 루저녀의 경우든,

아버지 용돈만으로도 호화로운 삶이 가능하다는 명품녀의 경우든, 제자와 동침한 30대 여교사의 경우든 결국 동기는 주관적인 정의 실현인 것이다.

검증되지 않은 정보와 단편적인 사실을 가지고 윤리와 당위의 이름으로 지적하는 사람들은 웹상의 KKK단과 다를 게 없다. 종교재판과도 같은 장면이 인터넷에서 연출되고 마녀로 지목된 사람은 이를 제대로 소명할 기회조차 가지지 못한 채 사회적인 이목을 끌게 된다.

괘씸하다는 이유만으로 개인이 개인에게 벌을 줄 권리는 허용되지 않는다. 가령 30대 여교사 사건을 법으로 다스릴 수 없음을 개탄하고 향후 대안을 마련하기 위한 층위의 논의 정도는 충분히 가능하겠으나, 상식의 이름으로 직접 단죄하겠으니 여기 모이라고 부추기는 건 자경단의 논리다. 소위 '신상을 터는' 행동이 잘못된 것이라는 사실인식만은 사회적 합의가 이루어져 있다고 생각한다. 여기서 가장 큰 문제는 어떻게 '구별할 것인가'에 있다.

조선일보는 타블로 논쟁을 두고 광우병과 천안함, 그리고 타블로를 하나로 묶어버렸다. 광우병, 천안함 음모론을 퍼뜨리는 사람들이나 타블로를 공격한 네티즌들이나 결국 같은 종류라는 논리다. 이는 공적, 사적 영역을 가리지 않고 일단 주어진 결론에 만족하지 않는 개인 혹은 집단을 무조건 문제삼겠다는 주장인데, 개인과 집단의 충돌, 집단과 집단의 충돌, 국가와 개인의 충돌이라는 경우의 수를 동기만 가지고 모조리 한 바가지 안에 쓸어담아 섞어버리는, 차마 언론이라는 이름을 걸고 하기 어려운 괴팍한 이야기다.

문제는 이 논리의 얼개가 꽤 많은 이들에게 통한다는 데 있다. 두 가지 종류다. 하나는 세 경우 모두 미친 짓이라는 것. 다른 하나는 세 경우 모두 공익을 위해 규명되어야 할 중요한 문제라고 생각한다는 것이다. 광우병이나 천안함은 정부와 시민사회의 의견이 격돌하는 경우였다. 이는 개인의 신상이 파헤쳐지는 사안이 아니었고, 공공의 이익과 권리를 위해 철저히 검증되어야 함에도 불구하고 정보를 가진 쪽이 이를 제한하는 과정에서 논란의 불씨가 당겨졌다. 과연 타블로의 학위가 공익을 위해 철저히 검증되어야 할 문제인가. 아니다. 그런데 그렇게 느끼는 사람들이 있다. 무엇 때문인가.

인터넷 자경단의 존재감은 한국 사회의 비극이다. 우리는 사회가 공정하지 않다고 믿고, 실제로 그렇다. 그로 인한 냉소와 분노가 자경단을 만들어내고 방치했다. 그러나 이 자경단은 불공정한 사회에 대한 분노로부터 동력을 얻었으되, 정작 그 힘을 너무 쉽고 편한 개인들에게만 쏟아붓고 있다. 고민하지 않는 배트맨들이다. 배트맨이 조커가 아니라 연예인 신상정보나 캐고 있다면 그게 〈다크 나이트〉인가. 그렇게 사냥에 성공하고 나면 공정한 사회가 이룩되나.

공정한 사회는 가십의 주인공이나 갖가지 민폐로 입방아에

오른 괘씸한 자들을 단죄하는 방식으로 실현되지 않는다. 공정한 사회는 오로지 더 나은 체계, 즉 우리 삶을 규제하고 관리하는 법과 제도 그 자체를 향한 시민적 요구로만 이루어진다. 자경단의 출현을 네티즌 스스로의 자정 노력으로 억제하지 못하는 이상, 우리는 광우병 광장과 타진요 카페를 같은 선상에 두고 사유하는 언론과 정부에 의해 철저히 유린당하게 될 것이다.   2010.10

4부

카메라가 지켜본다

좋은

영화를

본다는 것

•
•
•

• 가끔 "당신은 이 영화를 꼭 봐
야 해요, 미치도록 멋진 영화거든요, 꼭이요, 꼭 봐야 합니다"라
고 외치고 싶을 때가 있다. 글을 쓰다 말고 정말 그렇게 목젖이
타들어가 눈물기가 묻어나올 때도 종종 있다. 내가 적확한 시선
을 유지한 기자라기보다 팬심으로 동요하는 얼치기 관객에 더
가깝다는 의미기도 하다. 하지만 난 정말 그렇게 말하고 싶다.
그 영화의 공기로 호흡하는 두 시간 동안 얼마나 행복했는지, 극
장을 나선 뒤 앙금처럼 남은 파고의 흔적을 더듬어 정리하기가
얼마나 힘들었는지, 불현듯 떠오르는 잔영에 오래전 연인을 떠
올리듯 얼마나 울렁이고 있는지, 온전히 설명해내고 싶다.

오늘 누군가 대보름 소원을 물었다. 나는 좋은 영화를 더 많이 보게 해달라고 말했다. 진심이었다. 좋은 영화를 본다는 건 내 인생의 가장 중요한 스승과, 연인과, 친구를 만나는 일이다. 그래서 좋은 영화는 볼 때보다 보고 나서가 더 중요하다. 사유가 필요하다. 물론 누군가에게는 그저 현실의 근심을 잊기 위해 찾아보는 프랜차이즈 오락에 불과할지 모른다. 그건 온당하다. 하지만 아무리 그래도, 당신보다는 내가 조금 더 행복할 것 같다.

2008. 2

나는

그 극장의 이름을

기억하지

못한다

.

.

.

　• 나는 그 극장의 이름을 기억하지 못한다. 엄하고 말이 없던 아버지가 왜 거기 나를 데리고 갔던 것인지 기억하지 못한다. 동생은 어디 가고 나만 혼자 아버지와 있었는지 또한 기억이 나지 않는다. 아버지 손을 잡고 복잡한 시장통을 한참 걸었다. 극장이 보였다. 2층짜리 건물이었다. 손으로 그린 영화 포스터가 건물 전면에 걸려 있었다. 왼쪽에는 속옷만 입은 아주머니가 딸 같은 소녀를 한 손에 들고 다른 손에는 장총을 든 채 허공을 노려보는 그림이 그려져 있었다. 오른쪽에는 너무 남자답게 떡 벌어진 어깨를 가진 고릴라가 한 손에 헬리콥터를 든 채 신경질을 부리고 있었다. 나는 그 광경에 압도당했

다. 그림이 너무 폭력적으로 멋졌다. 사람이 어떻게 저리 큰 그림을 그릴 수 있을까. 그렇게 우리는 〈에이리언2〉와 〈킹콩2〉가 동시상영중인 극장에 들어섰다.

줄이 정말 길었다. 한참 서 있다가 겨우 로비에 이르렀다. 가슴 설레게 예쁜 누나가 입장하는 사람들에게 뭔가를 하나씩 나누어주고 있었다. 내 차례가 되었을 때 나는 잠시 망설였다. 이렇게 예쁜 누나에게 공짜로 이런 걸 받아도 되는 걸까? 주춤거리다 손을 내밀었다. 〈에이리언2〉 포스터가 인쇄된 신용카드만 한 크기의 두툼한 종이였다. 아마 책갈피였나보다. 나는 그것을 받아들고 꽤 큰 소리로 외쳤다. 고맙습니다! 누나도 웃고 사람들도 웃었다. 나는 무척 당황했다. 아버지는 상당히 뿌듯했던 모양이다. 얼굴이 빨개져서 내가 뭘 잘못했냐 이 새끼들아, 라는 표정으로 서 있는 내 손을 잡고 곧장 매점 앞으로 가서 쥐포를 사주었다.

〈킹콩2〉를 보다가 엉엉 울었다. 특히 레이디콩에게서 이제 막 태어난 베이비콩이 옆에 누워 헐떡대며 죽어가는 아빠 킹콩의 손가락을 붙잡고 낑낑댈 때는 솟구치는 눈물을 참을 길이 없었다. 〈에이리언2〉는 눈이 돌아갈 만큼 흥미진진한 영화였다. 소리지르고 발을 구르며 정말 신나게 보았다. 도저히 믿을 수 없는 영화가 아닌가. 할말을 잃고 극장을 나서려 하는데 아버지가 말했다. 한번 더 볼까? 나는 힘차게 고개를 끄덕였다. 우리는 방금 나섰던 상영관에 다시 들어갔다. 다시 봐도 정말 재미있었다.

영화 후반부에 행성을 탈출하고 리플리가 비숍에게 사과하

는 장면에서 앞자리 커플이 영화가 끝난 줄 알았는지 일어나려
고 했다. 내가 큰 소리로 말했다. 끝난 거 아닌데, 이제 여왕 나오
는데! 커플이 엉거주춤 다시 앉았고 주변에서 조금 웅성거렸다.
나는 내심 자랑스러웠다. 나는 영화와 사랑에 빠졌다.

나는 그 극장의 이름을 기억하지 못한다. 그리고 내게는 이
제 그것이 어느 극장이었는지 물어볼 사람도 남아 있지 않다.

2012. 4

나는
영화와
사랑에 빠졌다.

록키는

어떻게

스탤론을

구원했나

.

.

.

• 실베스터 스탤론은 꿈을 꾸고
있었다. 꿈속의 스탤론은 〈록키〉가 정식으로 개봉하기 직전인
1976년의 봄으로 돌아갔다. 3층짜리 금빛 극장이 시야에 들어왔
다. 극장 문 앞에는 '〈록키〉 영화감독조합 시사회 8시'라는 공지
가 붙어 있다. 그가 기억해냈다. 아, 이건 내 생애 가장 두렵고 떨
렸던 바로 그날이군. 온몸의 세포 하나하나가 잔뜩 경직돼 제대
로 걸을 수조차 없다.

몇 번인가 크게 숨을 몰아쉬는데 어느새 어머니가 다가와
그의 손을 붙잡고 극장 안으로 이끌었다. 천천히 3층까지 올라가
자리를 잡고 앉았다. 900석의 관중석이 기라성 같은 감독과 제

작자들로 가득 찼다. 침이 꼴깍 넘어간다. 사전 시사를 통해 영화를 본 관계자들은 하나같이 좋다며 기뻐했지만, 영화에 대해 아는 게 아무것도 없다고 생각하는 스탤론에게 가장 중요한 건 감독들에게 인정받는 일이었다. 여기서 망치면 모든 게 엉망이 되는 거야, 스탤론은 그렇게 생각했다.

주변이 어두워지고 영화가 시작됐다. 서른 살의 무명복서 록키 발보아가 울고 소리치고 훈련하고 싸우고 에이드리언을 외쳤다. 영화가 끝나기 오 분 전까지 관중석은 정적에 휩싸여 있었다. 아무도 웃거나 울거나 동요하지 않았다. 스탤론은 오줌을 지릴 것 같았다. 더이상 참을 수 없게 된 그는 "어머니, 우리 그냥 먼저 나가죠"라며 자리에서 조용히 일어섰다. 어머니 손을 붙잡고 1층까지 내려가는 동안 스탤론은 앞으로 뭘 먹고 살아야 할지 곰곰이 생각해봤다.

이윽고 1층에 다다랐을 때, 그는 로비를 가득 메운 900여 명의 관객들과 마주쳤다. 그들이 스탤론과 그의 어머니를 향해 엄청난 박수와 환호를 쏟아내기 시작했다. 그는 그렇게 큰 박수 소리를 들어본 적이 없다.

실베스터 스탤론은 울고 있었다. 잠에서 깨어나 2001년 2월의 현실로 돌아온 뒤에도 그는 한참 동안 솟구쳐흐르는 눈물을 주체하지 못했다. 감정이 쉽게 추슬러지지 않았다. 오늘은 〈록키〉 탄생 25주년을 기념하는 DVD를 위해 비디오 코멘터리를 녹화하는 날이었다. MGM스튜디오를 찾은 스탤론이 조용히 카메라를 응시했다. 숨을 한번 삼키고, 간밤의 꿈을 떠올렸다. 1976년 그날의 공기를 실감한 스탤론이 도저히 인정하고 싶지 않았던 사실을 입 밖으로 꺼내기 시작했다.

"네, 맞아요. 그뒤로 저는 계속 내리막길이었습니다."

스탤론, 이탈리안 종마가 되려 하다

계산이 참 쉽다. 스탤론이 〈록키〉의 각본을 쓴 것, 그리고 록키 발보아가 아폴로 크리드와 대등한 경기를 펼쳐 일약 복싱영웅의 자리에 올랐던 게 그들의 나이 서른 살 때였다. 〈록키 발보아〉가 30년 만의 여섯번째 시리즈라는 사실을 알면 발보아와 스탤론의 나이가 똑같이 60세라는 걸 알 수 있다. 조지 포먼이 믿을 수 없는 재기 경기를 펼쳤던 게 그의 나이 40세 때다. 도대체 실베스터 스탤론과 록키 발보아는 예순의 나이에 무엇을 그리 증명하고 싶었던 걸까. 그것도 몸과 몸이 부딪쳐 허물어지는 링 위에서 말이다.

이 무모한 시도를 두고 모두 비웃었다. 예고편에서 필라델피아 박물관 계단을 가로지르는 발보아의 모습이 등장하고 마침내 '록키 발보아'라는 영화의 제목이 화면에 떠올랐을 때 극장을 채우고 있던 대다수 사람들이 웃음을 참지 못했다. 하지만 지난 2006년 12월 22일 영화가 공개된 이후, 더이상 아무도 스탤론을 업신여기지 않는다. 평단과 언론, 관객들의 호평이 쏟아졌고 영화는 개봉 첫 주에 2200만 달러를 벌어들이며 흥행에 성공했다.

〈록키 발보아〉(2006)

실베스터 스탤론과 록키 발보아는

예순의 나이에 무엇을 그리 증명하고 싶었던 걸까.

그것도 몸과 몸이 부딪쳐 허물어지는 링 위에서 말이다.

이 무모한 시도를 두고 모두 비웃었다.

하지만 지난 2006년 12월 22일 영화가 공개된 이후,

더이상 아무도 스탤론을 업신여기지 않는다.

그가 단지 쇠락한 액션배우가 아니라 작가 겸 감독이었다는 사실 또한 이제야 다시 환기되고 있다.

여기서 우리의 관심을 끄는 것은 왜, 가 아니라 어떻게, 이며 결과가 아니라 과정이다. 이 흥미로운 영화를 탄생시킨 스탤론의 의욕과 발보아의 투지, 그 정직한 동물적 에너지의 근원을 탐색하는 여정은 〈록키〉의 탄생 시점으로 거슬러올라간다.

〈록키〉의 각본을 쓸 당시 스탤론에 대한 묘사는 종종 다음과 같은 눈물겨운 풍경으로 시작된다.

"1975년 서른 살의 스탤론은 통장잔고가 106달러에 불과했고 벗키스(그의 애견, 록키 시리즈에 죽을 때까지 출연했다)를 팔아치울 맘을 먹을 정도로 궁핍했으며 이제 막 서른두번째 시나리오를 제작사로부터 퇴짜 맞은 비인기 작가이자 단역배우였다."

누군가의 성공이 전설이 되기 위해 몇 가지 사실들은 과장되거나 폄하되는 과정을 겪기 마련이다. 하지만 믿을 수 없게도 이건 모두 사실이다. 당시 그의 첫번째 아내가 그나마 사진작가 일이라도 하지 않았다면 스탤론은 꼼짝없이 굶어 죽었을 것이다. 배우로서 그의 내세울 만한 유일한 커리어란 고작 우디 앨런의 〈바나나 공화국〉에 지하철 건달 2로 출연한 것뿐이었다.

기회는 갑자기 찾아왔다. TV를 통해 무하마드 알리와 백인 무명복서의 경기를 지켜보던 스탤론은 충격에 휩싸였다. 척 웨프너라는 이름의 그 무명복서가 내민 라이트 훅이 알리의 옆구리에 작렬한 다음 순간, 알리가 다운된 거다. 그 위대한 무하마드 알리가 이름 없는 복서의 펀치 한 방으로 바닥에 무릎을 꿇었다. 물론 알리는 금세 일어나 어이없다는 표정을 지었다.

경기는 알리의 TKO판정 승리로 끝났다. 사람들은 척 웨프너라는 복서를 서둘러 기억에서 지웠다. 하지만 스탤론은 그럴 수 없었다. 짧은 순간이었지만 그건 마치 모두 바라마지않는 아메리칸드림의 은유같이 보였다. 그는 이 이야기를 쓰기로 마음먹었다. 짧은 순간의 기적을 두 시간의 영화적 경험으로 승화시키는 작업이다. 좁고 초라한 집에 틀어박혀 머리를 싸매고 한 달을 보냈다. 그리고 집필을 시작한 지 단 3일 만에 〈록키〉의 초고가 완성됐다.

며칠 뒤 제작자 어윈 윙클러와 로버트 차도프가 배우 오디션을 진행하는 자리에 스탤론이 모습을 드러냈다. 스탤론은 여지없이 오디션에서 탈락했다. 힘없이 발길을 돌리려던 찰나, 이런 만남조차 쉽지 않다는 생각에 스탤론이 용기를 냈다. 그리고 윙클러에게 말했다. "저, 제가 시나리오를 좀 쓰는데 요즘 복싱 선수에 대한 이야기를 하나 써둔 게 있거든요." "그래 한번 가져와봐요." 그 순간 실베스터 스탤론의 인생이 바뀌었다.

스탤론, 록키의 입을 빌려 자기 이야기를 하다

챔피언 아폴로 크리드와 무명의 복서 록키 발보아의 이벤트

경기가 결정된 직후, 체육관 관장인 미키가 발보아의 집을 찾는다. 미키는 발보아에게 매니저가 되어주겠다며 자신이 한때 얼마나 잘나가던 복서였는지 주구장창 늘어놓는다. 발보아는 이제껏 자기를 외면하다 아폴로와 경기한다고 하니 매니저를 자청하는 미키가 밉다. 발보아는 미키에게 비명에 가까운 속내를 털어놓는다. 비명은 금세 흐느낌으로 바뀐다.

"엄청 오래 걸렸군요. 내 집까지 오는 데 무려 10년이나 걸렸어요. 10년. 왜요, 내 집이 싫어서요? 좁아서요? 냄새가 나요? 그렇죠, 냄새가 나죠! 당신은 전성기를 얘기하는데, 그럼 내 전성기는 어디 있어요? 당신은 그거라도 있지, 난 아무것도 없어! 난 벌써 서른 살이야! 경기를 해봤자 엄청나게 얻어맞겠지, 다리도 팔도 이젠 전처럼 말을 안 들어! 이제 와서 날 도와주겠다고? 여기 들어오고 싶어요? 그럼 들어와요! 냄새가 지독해! 젠장 온 집안이 냄새투성이야! 날 도와줘보라고요!"

누구라도 눈치챌 수 있듯, 이건 스탤론이 록키의 입을 빌려 자신의 이야기를 하고 있는 것과 다를 바 없다. 록키 발보아는 실베스터 스탤론의 분신이었다. 록키는 경제적으로 피폐할뿐더러 이국적인 외모 탓에 남들과 잘 어울리지도 못했던 스탤론의 어두운 과거와 현실, 그리고 앞으로 자신이 나아가야 할 미래상을 그대로 담고 있었다. 단순히 대사와 캐릭터의 맥락만 궤를 함께하는 건 아니다.

〈록키〉에서 가장 인상 깊은 장면 중 하나인 위의 시퀀스가 촬영된 그 '좁고 냄새나는 발보아의 집'은 실제 실베스터 스탤론이 살던, 〈록키〉의 시나리오를 썼던, 바로 그 집이었다.

그뿐만 아니다. 발보아와 아폴로 크리드의 경기에서 종을 울린 건 스탤론의 아버지 프랭크 스탤론이었고, 동생 프랭크 스탤론 주니어는 필라델피아 뒷골목에서 아카펠라를 부르는 거리의 음악가로 등장한다(2편에도 잠시 등장한다). 록키가 쓰고 있던 중절모와 검은색 재킷은 모두 스탤론의 평소 복장이다.

에이드리언과 발보아가 서로를 찾는 유명한 마지막 장면은 사실 엔딩을 바꾸면서 급조된 것으로, 제작자와 촬영 스태프들을 비롯한 서른 명의 관계자들이 링 주변을 빙빙 돌면서 많은 관중이 있는 것처럼 흉내낸 것이다. 왜 이런 일이 벌어진 걸까. 사실 이유는 간단하다. 턱없이 부족한 제작비 때문이다. 어윈 윙클러와 로버트 차도프는 스탤론의 각본을 무척 맘에 들어했지만 '무조건 내가 주연을 맡아야 한다'는 스탤론의 요구에 난색을 표했다.

시나리오의 가격은 스탤론의 주연 포기를 조건으로 천정부지 치솟았다. 처음에는 2만 5천 달러였던 게 10만으로, 다시 17만 5천으로, 마지막에는 36만 달러까지 올랐다. 하지만 스탤론은 꿈쩍도 하지 않았다.

"그냥 이 돈을 받고 편하게 살자는 마음이 없었던 건 아니에요. 하지만 다른 모든 걸 떠나서 〈록키〉가 나 없이 완성되고 상영되는 광경을 떠올리니 견딜 수가 없었죠. 한푼도 받지 못하더라도 무조건 이 영화의 주인공은 내가 돼야 했습니다."

마음을 바꾸지 않는 스탤론과 그의 마음을 돌리지 못한 제작자들에게 제작사 유나이티드아티스트는 100만 달러가 채 되지 않는 저예산의 제작비를 내줬다. 그나마 스탤론은 출연료조차 받지 못한 채, 영화가 흥행에 성공할 경우 러닝개런티를 받는 계약을 체결했다.

결과는 우리가 잘 알고 있듯 믿을 수 없는 역전극이었다. 발보아는 15라운드를 버텼고 영화는 미국에서만 5600만 달러를 벌어들였다. 빌 콘티의 OST 〈스코어〉는 빌보드차트 1위를 차지했으며 1976년 아카데미 시상식은 〈록키〉에 작품상과 감독상, 편집상을 안겨줬다. 〈택시 드라이버〉와 〈대통령의 음모〉〈네트워크〉가 작품상 경쟁후보로 올라와 있던 해였다.

스탤론은 데뷔와 동시에 전성기를 맞이했다. 모두가 스탤론을 사랑했고, 모두가 스탤론을 만나고 싶어했다. 이 드라마틱한 성공이 마냥 기뻐할 일이 아니라는 걸, 당시의 스탤론은 알지 못했다.

〈록키〉 시리즈에 투영된 스탤론의 부침

시합을 만류하는 에이드리언에게 발보아는 말했다.

"시합에서 져도, 머리가 터져버려도 상관없어. 15회까지 버티기만 하면 돼. 아무도 거기까지 가본 적이 없거든. 종소리가 울릴 때까지 두 발로 서 있으면, 그건 내 인생에서 처음으로 뭔가를 이뤄낸 순간이 될 거야."

〈록키〉에서 록키 발보아의 목적은 오직 하나, 15라운드를 끝까지 버티는 것뿐이었다. 그는 끝내 경기에서 패배하지만 결국 승리보다 더 값진 걸 거머쥔다. 그건 이 영화의 미덕이자 영리한 점이었다. 당시의 젊은 관객들은 승리 자체보다 그 과정의 정당함과 정치적 올바름에 대해 고민하는 걸 좋아했다. 덕분에 스크린 역시 반-영웅 캐릭터들이 온통 수놓고 있었다. 스탤론 스스로 반-반-영웅이라고 부르는 발보아는 대중들이 단연 환호할 만한 인물이었던 것이다.

하지만 〈록키〉 이후 스탤론의 행보는, 그것이 자의든 타의든 간에 관계없이, 실망스러운 것이었다. 그건 마치 〈록키〉로 순식간에 이뤄놓은 커리어를 차례차례 망가뜨려 끝내 아무것도 남지 않을 때까지 짓밟는 것과 비슷해 보였다. 〈록키〉에서 마지막 15라운드 종이 울렸을 때 아폴로 크리드는 "재시합은 없어!"라고 말하고 록키 역시 "동감이야"라고 대답했다. 정말 그랬어야 했다.

〈록키〉의 크고 공고한 아우라 앞에 대중은 발보아가 아닌 실베스터 스탤론에게 큰 매력을 느끼지 못했다. 아니, 최소한 스탤론은 그렇게 생각했다. 첫 연출작인 〈챔피언Paradise Alley〉(1978)이 흥행에 무참히 실패하고 나자 스탤론은 자신이 돌아갈 보금자리가 록키밖에 없다는 걸 깨달았다. 싫든 좋든 관계없이, 일종의 업보처럼 말이다. 그는 이때 이미 흥행에 지나치리만치 연연하고 있었다.

아폴로와 재시합을 갖고 끝내 승리하는 〈록키2〉는 길고 긴시리즈의 서막과도 같았다. 두번째 연출작치고는 나쁘지 않았

〈록키〉(1976)

시합을 만류하는 에이드리언에게 발보아는 말했다.

"시합에서 져도, 머리가 터져버려도 상관없어.

15회까지 버티기만 하면 돼.

아무도 거기까지 가본 적이 없거든.

종소리가 울릴 때까지 두 발로 서 있으면,

그건 내 인생에서 처음으로 뭔가를 이뤄낸 순간이 될 거야."

다. 스탤론이 일자리를 찾아 헤매던 과거의 경험을 기반으로 써 내려간 은퇴한 복서의 모습 역시 현실의 공기를 담고 있는 듯 생생했다. 하지만 마지막, 경기에서 승리한 발보아는 미리 멘트를 준비라도 한 듯 감사해야 할 사람들의 목록을 줄줄 읊더니 마지막에 에이드리언의 이름을 목놓아 부르며 전편과 동일한 감수성에 호소한다. 이 불안한 승리는 곧장 〈록키3〉의 조금도 그럴듯하지 않은 드라마로 이어졌다.

파마로 부풀린 머리를 하고 몸에 착 달라붙는 양복을 입은 발보아는 〈록키3〉에서 미스터 T가 연기하는 클러버 랭과 대결한다. 패배주의와 상대적 박탈감에 시달리는 듯 보이는 클러버 랭의 소수자적 모습이 차라리 예전의 록키와 가까워 보였다. 이 영화가 기억되는 유일한 이유는 여기서 록키의 은인, 미키가 심장마비로 죽기 때문일 것이다.

1985년 만들어진 〈록키4〉는 당대 냉전체제하의 선전영화로 전락했다. 고르바초프가 발보아의 승리에 감동받은 뒤 벌떡 일어나 박수를 치는 장면은 두고두고 회자됐다. 이 영화가 기억되는 유일한 이유 역시 여기서 록키의 영원한 맞수, 아폴로 크리드가 죽기 때문일 것이다. 친구들을 한 명씩 죽여가며 시리즈가 이어졌다.

존 G. 아빌드센이 다시 연출을 맡은 〈록키5〉는 〈록키〉 이후 가장 괜찮은 작품으로 기억될 만했지만 시리즈의 인기가 점차 시들해지는 이유를 영 다른 데서 잘못 찾은 실수이기도 했다. 존 G. 아빌드센은 록키의 매력이 계급적 문제에 있다고 봤다. 그래서 록키를 성공한 복서에서 무일푼 거지로 만들어 다시 예전의 필라델피아로 보내버린다. 발보아가 민중의 영원한 영웅으로 돌아가는 결말에 그 나름의 매력이 있었음을 부인할 수 없지만, 영화는 철저히 흥행에 실패했다. 〈록키〉 시리즈의 정수가 승리나 돈이 아닌 소통과 자기 존재가치의 증명에 있었음을 외면한 결과였다.

흥미로운 건 〈록키2〉부터 〈록키5〉에 이르는 일련의 흐름에 배우 실베스터 스탤론의 부침이 그대로 투영되고 있었다는 점이다. 화려하게 부상한 록키가 국가영웅주의 선전도구로 전락했다가 처절하게 무너지는 일련의 흐름은 실베스터 스탤론이 〈록키〉 이후 줄곧 하드보디 영웅을 연기했던 경력과 무관하지 않았다. 그 역시 록키 발보아처럼 과거의 퇴물, 한물간 액션스타의 대명사로 치부되고 있었던 것이다. 심지어 〈캅 랜드〉나 〈드리븐〉〈디-톡스〉처럼 스탤론의 재능이 돋보이는 영화조차 무시당했다. 그가 출연하면, 영화는 망했다. 우리가 오해한 부분도 있고, 스탤론이 자초한 점도 있었다. 〈록키〉 시리즈는 그렇게 비극적으로 끝나는 듯싶었다.

〈록키 발보아〉에서
스탤론의 반성과 변명을 읽다

실베스터 스탤론은 늘 록키 발보아가 자기보다 키가 더 크다고 생각했다. 〈록키〉 25주년 DVD에 삽입된 '스탤론, 발보아를 만나다'를 보면 스탤론이 발보아에게 직접 묻는 장면까지 등장한다. "오, 난 네가 나보다 키가 훨씬 큰 줄 알았어." 록키 발보아는 다른 누구보다 스탤론에게 최고의 영웅이자 원죄였다. 자기 방식으로 끝을 맺어야 했다. 〈록키 발보아〉는 그렇게 만들어졌다.

드라고와의 경기 직후 뇌 이상으로 은퇴했으며, 폴리의 실수로 전 재산을 잃고 필라델피아의 뒷골목에서 새 인생을 시작했던 발보아는 이제 레스토랑을 운영하는 사업가다. 에이드리언은 죽은 지 오래다. 그는 과거의 경기이력을 손님들에게 들려주는 일로 소일하며 인생의 황혼기를 준비중이다.

어느 날 전성기 때의 록키와 현재 헤비급 챔피언과의 컴퓨터 가상경기가 중계되면서 큰 인기를 끌고, 이에 돈독이 오른 프로모터와 언론은 실제 경기를 제안하고 나선다. 당신이라면 받아들이겠는가? 발보아는 받아들인다. 링 위에 다시 설 수 있는, 인생에 다시없을 기회니 말이다. 그가 다시 한번 필라델피아 박물관 계단을 뛰어오르고 냉동고의 소고기를 샌드백 삼아 치는 눈물의 트레이닝을 시작한다. 그 끝은 누구나 예상할 수 있는 결말이지만, 동시에 최고치의 감동을 제공하는 진실의 기록이기도 하다.

여기저기 구멍이 없지 않다. 록키와 아들과의 에피소드는 너무 적고 록키가 예전에 같은 동네에 살았던 마리와 재회해 벌이는 에피소드는 너무 길다. 링 위에서의 투혼은 어느 정도 작위적이고 상대 복서의 존재감은 너무 미약하다. (발보아의 상대 메이슨은 실제 라이트 헤비급 전 챔피언인 안토니오 타버가 연기한다.) 그럼에도 불구하고 영화는 흥미롭고 마음을 움직이기에 충분하다.

〈록키 발보아〉는 〈록키〉의 또다른 버전 같아 보이기도 하고, 〈록키2〉부터 〈록키5〉까지 나머지 시리즈를 싸잡아 논외로 쳐버린 유일한 속편 같기도 하다. 이 두 영화는 어느 순간 묘하게 닮아 있다. 영화 하나만 두고 볼 때 〈록키 발보아〉는 〈록키〉로 명명된 텍스트의 변주이자 재현이고 완성이다. 하지만 실베스터 스탤론의 개인적 역사가 스크린 위로 겹쳐오면서 〈록키 발보아〉는 여태까지의 자기 인생을 되돌아보는 스탤론의 자기 반성과 변명으로 읽히기 시작한다.

〈록키〉가 서른 살의 가난하고 멸시받는 단역배우 겸 시나리오 작가 스탤론의 현실을 반영한 영화였듯이, 〈록키 발보아〉도 '머릿속까지 근육으로 가득 찬 퇴물 배우'라는 편견을 강요받고 있는 스탤론의 현실을 반영하는 영화인 것이다. 여기서 스탤론은, 아니 발보아는, 아니 그 누구라도 상관없는 분열된 자아는 더이상 망가질 수 없을 만치 쇠락한 스스로의 존재가치를 익숙한 링 위에서 논하고 증명한다. 그는 영화 속에서 재기를 꿈꾸는 자신을 향해 쏟아지는 온갖 종류의 비아냥에 "편견과 조롱에 신경쓰지 않고, 지금 이 순간 나 스스로 이뤄낼 수 있는 일을 하겠다"며 으르렁댄다. 거의 으름장처럼 들리는 이 말들은 스스로 진짜 해야 할 일을 하지 못했던 과거에 대한 강한 부정처럼 들린다.

〈록키 발보아〉를 통해 스탤론은 결국 그 존재가치를 증명해낸다. 하나의 연작 시리즈가 한 배우의 인생을 담고, 다시 서로 영향을 주고받는 광경은 아름답고 감동적이다.

〈록키 발보아〉의 경기 장면은 홉킨스─테일러의 시합이 끝난 직후 라스베이거스 복싱경기장에서 이벤트처럼 실시간으로 촬영됐다. 록키가 두 팔을 벌리고 경기장에 입장하자 1400명의 관중이 일제히 일어서 미친 듯이 "록키"를 외치기 시작했다.

경기가 끝난 후, 발보아는 퇴장하다 말고 잠시 관중들을 바라보다 두 팔을 번쩍 들어 그들의 엄청난 환호에 응답한다. 카메라는 관중과 록키가 나누는 무언의 대화를 길고 묵직하게 응시한다. 미리 약속되거나 조금도 의도되지 않은, 진정한 팬들의 정직한 박수 소리에서 스탤론은 과거, 〈록키〉의 영화감독조합 시사회에서 받았던 박수 소리를 떠올렸을지도 모르겠다.

〈록키〉 시리즈는 끝났고, 실베스터 스탤론은 자신의 영화경력을 새롭게 시작했다. 록키는, 결국 스탤론을 구원했다.   2007.2

〈록키 발보아〉(2006)

그는 재기를 꿈꾸는 자신을 향해 쏟아지는 온갖 종류의 비아냥에

"편견과 조롱에 신경쓰지 않고,

지금 이 순간 나 스스로 이뤄낼 수 있는 일을 하겠다"며 으르렁댄다.

〈록키 발보아〉를 통해 스탤론은 결국 그 존재가치를 증명해낸다.

록키는, 결국 스탤론을 구원했다.

지구상에서

제일 멋진 마초로

19년 동안

살아남기

•
•
•

〈다 이 하 드 4.0〉과
브 루 스 윌 리 스

　존 맥티어넌은 심기가 언짢았다. 방금 새 영화의 캐스팅 결과를 전해 들었기 때문이다. 그는 주연배우에 관한 조엘 실버의 결정을 받아들이기 힘들었다. 이제 막 아널드 슈워제네거와 외계괴물이 나오는 흥행작 한 편을 뚝딱 해먹은 존은 이번 영화가 정말 멋진 작품이 될 공산이 크다고 확신하고 있었다. 각 분야의 전문가들이 모여서 만드는 최고의 오락물이다. 모든 건 계획대로 움직여야 했다. 그가 생각하는 최적의 캐스팅이란 재고의 여

지 없이 금발의 리처드 기어였다. 그런데 조엘이 다른 카드를 내
민 거다.

신경질적으로 수화기를 내려놓은 존은 저 앞의 테이블에서
타블로이드 잡지를 들여다보고 있던 스튜어트에게 냅다 소리를
질렀다. "브루스 윌리스라니, 그게 도대체 누군데?"

몇 주 전, 빌딩에 고립돼 홀로 테러리스트에 맞서 싸우는 남
자 영웅에 관한 대본을 가져와 20세기폭스사의 간부들을 환희의
도가니로 몰아넣었던 과체중의 작가가 태연하게 비스킷을 한입
베어 먹으며 대답했다. "농담해요? 〈블루문 특급Moonlighting〉의
데이비드 에디슨을 모른단 말이에요? 왜 그전에 〈환상 특급 The
Twilight Zone〉에서 웨스 크레이븐이 연출했던 에피소드의 주인공
이기도 하잖아요. 거기서 진짜 잘하던데." 할리우드의 떠오르는
열혈die-hard 연출자 존 맥티어넌은 쌍욕이 목구멍을 거슬러올라
오는 걸 간신히 억제하며 침을 꼴깍 삼켰다.

물론 브루스 윌리스라는 배우를 몰라서 하는 이야기가 아니
었다. 그저 여자를 앞에 두고 깐죽거리며 농담이나 따먹는 뉴저
지 출신의 말더듬이에게 이 빛나는 캐릭터가 어울리지 않는다고
판단했기 때문이다. 심지어 브루스는 〈블루문 특급〉의 이번 시
즌 스케줄이 모두 끝나야 영화에 합류할 수 있었다. 기다려야 한
단 이야기다. "정말 맘에 안 드는군."

그로부터 정확히 여섯 달 후. 폭스 플라자(극중 나카토미 빌
딩) 40층에서 앨런 릭먼(극중 한스 그루버)에게 총알세례를 퍼

부은 브루스 윌리스(존 매클레인)가 총구에 입김을 불어넣으며 "좋은 시간 보내, 한스"라고 말했을 때, 존 맥티어넌은 무릎을 탁 쳤다. 지금까지 촬영한 분량 가운데 가장 만족스러운 컷이다. 이거야말로 그가 생각하던 존 매클레인의 진짜 이미지였다. 현장을 쩌렁쩌렁 울리는 특유의 목청으로 'OK'를 외친 존 맥티어넌이 주위를 둘러보다 촬영감독 얀 드봉의 얼굴을 발견하고 기분좋게 소리쳤다. "내가 뭐라고 그랬어, 브루스 윌리스는 천생 존 매클레인이라니깐!"

우린 모두 이 영화에 대해 잘 알고 있다. 때는 바야흐로 재임 마지막 해를 맞이한 로널드 레이건 대통령이 이제 이거 그만두면 뭐하고 놀아야 하나 고심하고, 동방에 위치한 아침의 나라에서 귀가 큰 '보통 사람, 믿어주세요' 대통령이 취임했던 1988년. 존 맥티어넌 연출, 브루스 윌리스 주연의 액션물 〈다이하드Die Hard〉는 개봉 즉시 이 장르에 전에 없던 규모와 맥류를 형성하며 그 자체로 하나의 신화가 됐다. 브루스 윌리스는 이후로 줄곧 존 매클레인의 이미지를 끌어안고 갔다. 존이 브루스를 정의했는지, 혹은 그 반대인지 알 수 없지만 확실한 건 그 둘을 구분짓기가 점점 힘들어졌다는 것이다.

"내가 뭐라고 그랬어,

브루스 윌리스는 천생 존 매클레인이라니깐!"

존이 브루스를 정의했는지,

혹은 그 반대인지 알 수 없지만

확실한 건

그 둘을 구분짓기가 점점 힘들어졌다는 것이다.

〈다이하드〉(1988)

브루스 윌리스와 존 매클레인

> "여보! 왜 자꾸 이런 일이 우리한테만 생기는 걸까?"
> _〈다이하드 2〉

　잭 바우어와 존 매클레인이 싸우면 누가 이길까, 라는 질문은 스티븐 시걸과 척 노리스 둘 중에 누가 더 목을 잘 꺾을까, 라는 질문과 거의 비슷하게 들린다. 우리 머릿속에 각인된 존 매클레인의 이미지는 명료하다. 그는 불가능을 가능으로 바꾸는, 깐죽대길 좋아하는 열혈마초 아저씨인 것이다. 대중에게 비치는 브루스 윌리스의 이미지도 그와 비슷하게 중첩된다. 하지만 그가 〈다이하드〉에 출연하기 전부터 그런 캐릭터를 가지고 있었던 건 아니다.

　어린 브루스는 말을 더듬는 소년이었다. 그렇다고 〈식스 센스〉의 헤일리 조엘 오스먼트를 연상하면 곤란하다. 활발하다못해 거의 쓰레기에 가깝다고 볼 수 있는 방탕한 십대 시절을 보내는 동안, 주먹다툼의 대부분은 말더듬을 놀리는 주위 불량배들 탓에 벌어졌다. 고등학교 때 우연히 연극반에 들어갔다가 놀랍게도 대사를 읽는 동안 말을 더듬지 않는다는 걸 깨달은 브루스는 배우로서의 꿈을 품는다.

　브루스는 뉴욕으로 떠나 나이트클럽 바텐더와 리바이스 광고모델, 그리고 연극배우를 겸하면서 바쁜 나날을 보내게 되고, 우연히 응시한 〈블루문 특급〉의 오디션에서 주연으로 발탁되는 행운을 누린다. 이후 이야기는 우리가 아는 바와 같다. 유사 〈007〉 시리즈라 할 만한 드라마가 공전의 히트를 기록하면서 브루스 윌리스는 할리우드의 새로운 히든카드로 부상했고, 〈다이하드〉를 통해 역사가 됐다.

우리는 매클레인과 윌리스가 둘 다 지독한 마초라는 걸 잘 알고 있다. 존 매클레인이 "얼굴이 반반하면 성질이 더럽지"라고 말하거나 게이를 보고 기겁하는 동안, 브루스 윌리스는 전화로 창녀를 주문했다가 걸려 타블로이드 신문 1면을 장식하는가 하면 후세인을 때려잡아 기쁘며, 군인들이 자랑스럽다고 말한다. 패션감각이 바닥을 기는 것도 똑같다. 양말에 샌들을 신고 다니는 브루스나 하얀 러닝이 까매질 때까지 입고 다니는 존이나 누가 더 낫다고 말하기 힘들다.

지저분한 건 또 어떻고. 파파라치가 포착한 브루스의 '이보다 더 더러울 순 없다'식 사진은 존 매클레인이 〈다이하드〉에서 아내 홀리를 만난 후 그녀의 사무실에서 세수를 하는 장면과 자연스레 겹친다. 이 장면에서 그는 (얼굴만) 물을 묻힌 후 수건으로 얼굴뿐만 아니라 양 겨드랑이를 한쪽씩 정성스레 닦는다. 그리고 컷이 바뀌지 않은 상황에서 같은 수건으로 얼굴을 한번 더 닦는다(아무도 그에게 이런 연기를 요구하지 않았다).

어느 한쪽에서 다른 쪽의 얼굴을 자꾸 발견하게 되는 건 브루스 윌리스의 배우 이력이 〈다이하드〉를 기점으로 형성됐기 때문이다. 그가 이후 연기한 캐릭터들은 〈12 몽키즈〉와 〈식스 센스〉 정도를 제외하면 대부분 유쾌한 매클레인, 침울한 매클레인, 좀

덜 침울한 매클레인, 화가 난 매클레인, 나이든 매클레인처럼 보였다. 자각하든 못하든 간에 존 매클레인은 브루스 윌리스를 규정한 캐릭터였다. 하지만 그 둘 사이의 공통점이 단순히 겉모습이나 배우 이력에서만 발견되는 건 아니다. 브루스와 존이 모두 실패한 남편, 아버지라는 점이 새삼 중요하다.

노력하는 가부장의 초상

"당신 언제부터 처녀 때 성을 쓰기 시작한 거야?"
_〈다이하드〉

"너 언제부터 엄마 성을 따르기 시작한 거야?"
_〈다이하드 4.0〉

요컨대, 〈다이하드〉 시리즈는 가정을 복구하려 전전긍긍하는 가부장 마초의 눈물겨운 분투기와 같다. 1편과 2편에서 존 매클레인은 영웅심리에서 비롯된 대의명분이 아닌, 아내를 살려야겠다는 생각에서 테러리즘과 맞섰다. 그에게 '열혈'(die-hard는 죽도록 힘들다는 의미가 아니라, 죽을 만큼 열정적이란 뜻이다)의 기운을 불어넣는 동기가 바로 거기서 나온다. 매번 마지막 순간에는 아내와 화해하거나 혹은 화해하려고 전화를 걸지만, 다음 편이 나왔을 땐 관계가 다시 어그러질 대로 어그러진 상태다.

아내를 구하려는 미션이 아닌 개인적 복수에 대항했던 3편의 경우에도 마지막엔 기어코 별거중인 아내에게 전화를 걸어 용서를 구하며 마무리됐다.

뉴욕 경찰인 그가 남편이나 남자로서의 가치를 인정받는 유일한 순간은, 고작해야 화이트칼라(그녀는 나카토미 그룹의 중역이었다) 아내가 테러리스트에게 볼모로 붙잡혀 있을 때뿐인 것이다. 오직 그때만 가부장의 단단한 육체에 당위성이 부여되고 모처럼 남편다운, 마초다운 역할을 다할 수 있는 기회가 주어진다. 존 매클레인이 남편 노릇을 하려면 크리스마스에 아내가 테러리스트에게 납치돼야 한다는 아이러니. 이건 사실 개인에게 감당하기 힘든 좌절감이기도 하다. 존 매클레인은 단 한 번도 가정문제를 봉합하고 가부장의 위치를 회복하는 데 성공한 적이 없는 것이다.

사실 〈다이하드〉의 출발도 노력하는 가부장의 문제에서 비롯된 것이었다. 〈다이하드〉의 각본을 쓰느라 여념이 없던 젭 스튜어트는 어느 날 아내와 심하게 다투고 집을 나섰다가 고속도로에서 냉장고박스를 들이받았다. 다행히 박스는 비어 있었지만 스튜어트는 순간적으로 죽음을 떠올렸다. 그리고 왜 아침에 아내에게 사과하지 않았을까 후회하기 시작했다. 여기서 〈다이하드〉의 구성이 나왔다. 이건 서른다섯 살 먹은 남자가 아내에게 잘못했다는 말을 하지 않았다가 때를 놓치고 후회하는 이야기다. 결국 최종적인 목표는 테러리스트를 타도하는 게 아니라, 아내에게 내가 정말 후회하고 있으니까 이제 다시 잘해보자고 말

〈다이하드3〉(1995)

〈다이하드〉(1988)

〈다이하드〉 시리즈는
가정을 복구하려 전전긍긍하는
가부장 마초의 눈물겨운 분투기와 같다.
이건 서른다섯 살 먹은 남자가
아내에게 잘못했다는 말을 하지 않았다가
때를 놓치고 후회하는 이야기다.

〈다이하드2〉(1990)

하는 것이었다. 노력하는 가부장이라면 누구나 수긍할 만한 이런 식의 드라마가 영화에 체온과 표정을 선사했다. 〈다이하드〉가 단순히 대형 폭발과 액션 시퀀스로만 채워진 멍청한 영화였다면 결코 지금과 같은 지위를 누릴 순 없었을 거다.

우린 브루스 윌리스 역시 존 매클레인과 유사한 부침을 겪었다는 걸 잘 알고 있다. 브루스 윌리스, 데미 무어 커플의 결혼과 이혼은 브랜젤리나(브래드 피트와 앤젤리나 졸리 커플) 이전의 브랜젤리나라 할 만큼 화제를 모았다. 당시 에밀리오 에스테베즈와 사귀면서 그가 출연한 영화 〈잠복근무〉의 시사회에 방문했던 데미 무어는 극장에서 브루스 윌리스를 만나고 첫눈에 사랑에 빠졌다. 닭 쫓던 개 꼴이 된 에밀리오를 뒤로한 채 1987년 11월 식을 올린 두 사람은 이듬해 〈다이하드〉가 전 세계적인 흥행몰이를 하면서 다시 한번 주목받았다. 하지만 분명하지 않은 이유로 결혼 13년 만인 2000년 헤어졌고, 데미 무어는 열다섯 살 연하인 애슈턴 커처와 재혼했다.

할리 베리의 가슴을 쳐다보다가 무안을 당할 정도로 여색을 밝히는 브루스는 요즘도 종종 데미 무어를 사랑한다고 밝히곤 한다. 쿨한 척하면서 데미 무어, 애슈턴 커처 커플과 자주 식사와 낚시를 즐기는 그의 속내를 정확히 알 길은 없다. 한 가지 확실한 건 그 역시 가정을 지키는 데 실패했다는 것뿐이다. 하드보디 가부장은 영화 속에서도, 현실세계에서도 그 존재가치를 인정받지 못했다.

노쇠한 마초의 귀환 〈다이하드 4.0〉

"이피카이예이 씨방새야! Yippee-ki-yay mother fucker!"
〈다이하드 1, 2, 3, 4〉

"지금은 90년대라고요.
전자레인지, 기내전화 같은 신기술이 얼마든지 널려 있는!"
"글쎄, 난 냉동피자를 해동시켜 먹는 것도 어렵더라고."
〈다이하드 2〉

아저씨의 좌절감은 시리즈가 출발한 지 19년을 지난 지금에 이르러서도 지속되고 있다. 국가전산망을 해킹한 디지털 테러리스트와 그에 맞선 존 매클레인의 고군분투를 다루는 〈다이하드 4.0〉에서 12년 만에 돌아온 영웅의 사정은 여러모로 그리 좋지 않다. 별거중이던 아내와는 이미 이혼했고 하나 있는 딸자식은 애비 보길 뭣처럼 여기며 설상가상 빚까지 산더미라 성질나 죽겠는데, 머리털마저 한 올도 남지 않아 멀리서 보면 호머 심슨과 똑같이 생겼다. 구질구질하게 망가진 최후의 가부장 마초의 초상이라지만, 이건 너무 혹독하다.

하지만 그렇다고 수단이 녹슨 건 아니다. 〈다이하드 4.0〉에서 존 매클레인이 선보이는 액션의 강도는, 우리가 이걸 '액숀'이라고 발음했던 시절의 쾌감을 기대해도 좋을 만큼 황홀경을 넘나든다.

영화를 설명하기 위해 스토리를 서술하는 건 의미가 없다. 그야말로 영화 속 대사마냥, '디지털 세상의 아날로그 형사'가 선보이는 최후의 일격이다. 첨단기술로 무장한 디지털 테러리스트 앞에 맨주먹 불끈 쥐고 단죄를 부르짖는 주인공의 무식한 심성 못지않게 영화 속 액션 장면들 역시 CG가 아닌 실제 물량공세로 채워졌다. 존 매클레인의 깐죽거리는 대사가 있어 더욱 즐거운 파괴적 액션 시퀀스들이 자동차 수십 대와 헬리콥터 한 대를 구깃구깃한 쇳조각으로 분쇄시켜가면서 촬영된 것이다. (단, 배우의 모습과 실제 폭발 장면은 따로 촬영돼 합성되는 방식을 거쳤다.)

〈식스틴 블럭〉으로 시작해서 〈24〉로 끝나는 듯한 〈다이하드 4.0〉(그래봤자 이 장르의 원류는 결국 〈다이하드〉다)은 전편들에 비해 느슨하게 직조된 갈등관계나 흐릿한 존재감의 악당 캐릭터 등 눈에 밟히는 단점들에도 불구하고 장르 본연의 목적에 충실하려는 노력을 보여준다. 여기엔 땀과 피와 전율과 그에 상응하는 쾌감이 존재한다. 〈다이하드 4.0〉은 우아하진 않지만 가장 우직하고 고루한 방법으로 우리가 액션 장르에 기대하는 거의 모든 것을 담아낸다.

〈다이하드 4.0〉은 이 시리즈가 노쇠한 마초, 존 매클레인의 영화라는 점을 다시 한번 상기시킨다. 가정은 영영 봉합될 수 없다. 딸과 화해하는 듯싶지만 그건 하루짜리 보상에 불과하다. 동시에 존 매클레인이 갖는 존재감도 여전히 각별하다. "반반한 여자는 독하기 마련"이라는 88올림픽 시절 대사나 방금 맞은 데 또

맞아가며 혹독하게 무너지는 매기 큐의 모습을 오락으로 받아들일 수 있는 건, 그게 존 매클레인이 뱉은 말과 행동이기 때문이다. 우린 그가 요즘 발에 차일 정도로 많은, 정치적으로 올바른 척 보이려고 애쓰는 기만적 인간형이 아니라 자기 가치관에 충실하려 애쓰는 정직한 마초라는 걸 잘 알고 있다. 후세인을 잡아오면 그 자리에서 100만 불을 내놓겠다고 말했다는 보도가 사실과 다르다는 설명을 하면서도, "하지만 이라크에 대량살상무기가 분명 있었을 거라고 생각해. 이제 더이상 부시를 좋아하지 않고 이 전쟁에 대해서도 생각이 달라졌지만 말이야"라고 덧붙이는 브루스 윌리스 역시 마찬가지다. 그들은 지구상에 차고 넘치는 가짜 마초들과 비교할 수 없이 특별한, 분명 가장 멋지고 진실한 보이스카우트임에 틀림없다.　　　　　　　2007. 7

〈다이하드 4.0〉(2007)

〈다이하드 4.0〉에서 존 매클레인이 선보이는 액션의 강도는,

우리가 이걸 '액숀'이라고 발음했던 시절의 쾌감을

기대해도 좋을 만큼 황홀경을 넘나든다.

지구상에 차고 넘치는 가짜 마초들과 비교할 수 없이 특별한,

분명 가장 멋지고 진실한 보이스카우트임에 틀림없다.

정의에
심취한 자들

·
·
·

· 루카스는 최근 이혼을 했다.
아들을 그리워한다. 루카스는 고등학교 교사였다. 그러나 워낙
작은 마을이라 학교가 폐쇄되면서 유치원 교사로 직업을 바꾸었
다. 외롭고 불행한 삶 같아 보이지만 루카스는 괜찮다. 그는 조
용하지만 유약하지 않은, 단단한 사람이기 때문이다. 평생을 알
아온 친구들과 어울려 즐겁게 살아간다. 그중에서도 테오는 루
카스의 가장 친한 친구다. 테오에게는 유치원에 다니는 딸 클라
라가 있다. 공상을 좋아하고 바닥에 그려진 선을 밟지 않는 엉뚱
한 여섯 살 소녀다. 루카스는 바쁜 테오 부부를 대신해 종종 클라
라를 챙겨준다. 클라라는 사려 깊은 루카스를 좋아한다.

어느 날 클라라가 루카스의 입에 키스를 한다. 주머니에 고백편지도 넣어두었다. 루카스는 클라라에게 입술 키스는 부모님께만 하는 거라고 말하고, 편지도 또래 남자아이에게 주라고 반려한다. 상처를 받은 클라라는 그날 오후, 유치원 원장에게 루카스가 밉고 꼴 보기 싫다고 말한다. 원장이 왜 그러냐고 묻자, 루카스에게 남성기가 달렸기 때문이라고 대답한다. 그리고 그것을 직접 본 것처럼 말한다.

원장은 패닉에 휩싸인다. 원장은 루카스의 말은 들어보지도 않은 채 "아이들은 절대 거짓말을 하지 않는다"며 이를 경찰과 다른 부모들에게 알린다. 이후 루카스의 삶은 망가진다. 평생을 사귀었던 친구들은 등을 돌린다. 마을의 어느 상점에서나 루카스의 출입을 금지한다. 누군가 루카스의 개를 죽인다. 집에 돌을 던진다. 루카스의 아들이 찾아와 클라라에게 "왜 거짓말을 하니"라고 물었다가 아버지의 친구들에게 구타를 당한다. 유치원의 아이들이 하나같이 루카스의 집 지하실에 끌려간 이야기를 똑같이 진술한다. 루카스의 집에는 지하실이 없다. 경찰은 루카스에게 혐의가 없다고 판단한다. 그러나 사람들은 한번 판단한 내용을 그리 쉽게 포기하지 않는 법이다.

토마스 빈터베르그 감독의 영화 〈더 헌트〉는 어린아이의 사소한 거짓말로 인해 삶이 망가져가는 남자와, 주관의 정의에 심취한 공동체의 모습을 그리고 있다. 이 영화는 감독의 전작 〈셀러브레이션〉과 거울상을 이룬다. 〈셀러브레이션〉은 〈더 헌트〉와

달리 확정적인 유죄를 다루고 있다. 그러나 공동체가 내부의 고발에 대처하는 방식에 대해 논하고 있다는 점에서 두 영화는 긴밀하게 연계되어 있다.

사람들은 이해하기 어렵거나 이해하고 싶지 않은 일을 마주했을 때, 그것을 처리하는 절차에 대해 매우 잘 알고 있다는 양 행동하면서 가능한 재빠르게 판단해 단죄하고 눈앞에서 서둘러 치워버리려는 경향이 있다. 파렴치한을 단죄하고 싶어하는 복수심은 정상적인 감정이다. 세상에선 끔찍한 일들이 벌어진다. 점점 더 빠르게, 그리고 강하게 반복된다. 교도소의 죄수들 사이에서 가장 환영받지 못하는 죄수는 가정파괴범과 아동을 대상으로 한 추행범이다. 불의를 보고 괴로워하는 정서는 누구나 가지고 있다. 그러나 그 사적인 복수심을 실행으로 옮기는 데에는 용기가 필요하다. 대부분의 경우, 그 용기는 자신의 판단이 완전한 정의이며 옳은 일이라는 결연한 확신으로부터 나온다.

문제는 실체적 진실을 규명한다는 것이 매우 어려운 일이며, 또한 똑같은 사실에도 이해당사자의 입장에 따라 다양한 면과 결이 존재한다는 점이다. 나의 정의와 너의 정의는 결코 같을 수 없다. 나의 상식과 너의 상식 또한 같을 수 없다. 사실관계를 따지기 위한 분쟁은 소모가 아닌 필연이다. 이를 통제하기 위해 인류는 법체계를 만들어 매우 오랜 세월 동안 발전시키며 사적인 차원의 복수를 금지해왔다.

하지만 그것이 단죄를 향한 사람들의 욕구를 원천적으로 막지는 못한다. 이 문제에서 한국 사회는 매우 명확한 표본이다.

세간의 소문, 혹은 기소되었다는 사실만으로도 누군가는 순식간에 악인이 된다. 우리는 공공의 적을 만들어 그것을 가능한 한 가장 폭력적인 방식으로 단죄할 때 스스로 더 나은 사람이 되었다고 착각한다. 자신은 그런 사람이 아니라는 것을 주변에 증명하기 위해 더 강하고 잔인한 방법으로 폭력을 행사한다. 더불어 공동체를 위해 마땅한 정의를 실현했다고 시끄럽게 과시한다. 그 정의 앞에 다른 모든 가치판단은 유보되거나 선행된 판단에 맞추어 재배열된다.

극중 클라라가 엄마에게 말한다. "루카스 아저씨에게는 죄가 없어. 사실 그런 일은 없었어." 그러자 엄마가 대답한다. "그날의 일이 너무 끔찍했기 때문에 너의 무의식이 사실을 지워버린 거란다."

〈더 헌트〉에서 가장 흥미로운 지점은 엔딩이다. 루카스의 명예회복은 생각보다 빨리 이루어진다. 사실관계에 따르면 루카스는 이미 사과를 받았어야 한다. 그러나 어차피 이 공동체가 루카스에게 가지고 있는 혐의는 충분히 감정적인 것이다. 그러므로 루카스는 무죄를 호소할 수 없다. 다만 "내 눈을 바라봐"식으로 무력하게 버틸 뿐이다.

영화는 이 대목에서 공동체의식이 강한 사회의 양면을 드러낸다. 즉, 공동체의식이 강한 커뮤니티일수록 주관의 정의에 사로잡혀 더 쉽게 폭력을 일삼을 수 있지만, 반면 복권과 복귀 또한

《더 헌트》(2012)

세간의 소문, 혹은 기소되었다는 사실만으로도

누군가는 순식간에 악인이 된다.

우리는 공공의 적을 만들어 그것을 가능한 한 가장 폭력적인 방식으로 단죄할 때

스스로 더 나은 사람이 되었다고 착각한다.

자신은 그런 사람이 아니라는 것을 주변에 증명하기 위해

더 강하고 잔인한 방법으로 폭력을 행사한다.

바로 그 공동체의식에 기반해 더 빠르게 이루어질 수 있다는 것이다. 그러나 모든 일이 제자리로 돌아온 것 같은 순간, 이 영화에는 아직 단 하나의 장면이 더 남아 있다. 이것은 해피엔딩일 수없다. 결말은 집단 권능의 재확인이며 개인에게는 굴욕적이다.

〈더 헌트〉는 정의에 심취한 공동체의식의 위험성에 더불어, 그러한 공동체에 속하지 않고서는 살아갈 수 없는 개인의 초라함을 입체적으로 조망해낸다. 사람들은 합리적 근거에 의해 대상의 무고함이 증명된 이후에도 편견과 의심을 쉽게 거두지 않는다. 되레 더 강하게 부정하며 일부는 음모론의 방식으로 발전하기도 한다. 우리에게 매우 익숙한 대목이 아닐 수 없다. 한번 실추된 누군가의 명예는 결코 완전하게 회복되지 않는다. 세상에서 가장 잔인한 일들은 대개, 정의의 이름으로 이루어진다.

2013. 2

〈더 헌트〉(2012)

한번 실추된 누군가의 명예는 결코 완전하게 회복되지 않는다.

세상에서 가장 잔인한 일들은 대개, 정의의 이름으로 이루어진다.

광주를

욕보이는 건

어느 쪽인가

•
•
•

• 곡절이 많은 역사고 영화다.
강풀 원작 〈26년〉의 영화화 기획은 2008년에 시작되었다. 청어
람이 판권을 사고 제작을 맡았다. 〈천하장사 마돈나〉의 이해영
감독이 합류했다. 이해영이 시나리오를 썼다. 류승범, 김아중,
변희봉, 천호진, 진구, 한상진이 캐스팅되었다. 2009년 개봉할
계획이었다. 현재 시점이라는 게 중요했기에 제목은 〈29년〉이었
다. 그러나 영화는 만들어지지 않았다. 투자 문제였다. 마침 이
명박정권이 들어선 직후였다. 외압의 성격이 강했다. 혹은 투자
자가 지레 겁을 먹은 것일 수도 있다. 어찌됐든 이런 일은 대개
명확하게 드러나지 않기 마련이다.

이 기획이 다시 물 위로 떠올랐다. 청어람의 최용배 대표는 '제작두레'라는 이름의 소셜 펀딩을 추진했다. 좋은 뜻을 가진 영화인 만큼, 만들어질 수 있도록 지원해달라는 것이다. 시민들의 참여로 7억 원이 모였다. 여기에 가수 이승환이 선뜻 10억 원을 투자했다. 7월에 첫 촬영이 시작됐다. 제작비로 46억 원이 들었다. 4개월 남짓한 짧은 시간을 통과해 영화가 공개되었다.

결과는 수준 이하다. 극적 완성도를 따지고 말고 할 상태가 아니다. 〈26년〉은 전의 컷과 다음의 컷이 일관되리만치 붙지 않는, 거의 현장 가편집본의 상태로 공개되었다. 강풀의 원작을 본 적이 없는 관객이 이 영화에서 정확한 이야기의 흐름을 파악해내는 건 불가능하다. 〈26년〉은 그 영화의 꼴이 어떻든 간에 상관없이, 대선을 목전에 두어서든 5월 광주를 다뤄서든, 어떤 의도로든 칭찬하고 언급해줄 관객이 준비된 작품이었다. 선의에 기반한 영화라면, 결과에 무관하게 상찬할 준비가 되어 있는 사람들이 "그 영화 좋다"는 거짓말을 하지 않을 수 있게 최소한의 만듦새를 갖추어야 한다. 그러나 〈26년〉은 그렇게 하지 못했다. 이런 상태의 영화 안에서 배우들이 분투하는 모습을 지켜보는 건 유쾌하지 않은 일이다.

예상된 수순이었다. 〈26년〉의 상황은 최소한의 완성도를 담보하기 위해 필요한 절대적인 시간을 확보하지 못한 데 따른 결과물이다. 그리고 우리는 이 영화가 그 '절대적인 시간'을 확보하지 못한 것인지, 혹은 안 한 것인지에 대해 생각해볼 필요가 있다. 소셜펀딩 단계에서부터 이 기획은 괴상했다. 감독도 없었다. 배우도 없었다. 원작의 명성과 2008년에 쓰인 시나리오만 있었다. 그나마 이 2008년의 시나리오라는 것도 당시 물가로 62억 예산에 맞추어 쓰인 것이었다. 우선 연출자를 정하고, 새로운 추정예산과 4년이라는 시간차를 메꿀 비전에 기반해 시나리오를 다시 썼어야 했다. 그런데 모든 게 이상하리만치 성급했다.

투자라는 건 근거가 있을 때 이루어진다. 영화의 경우 그 '근거'는 감독과 시나리오, 그리고 결정적으로 배우 캐스팅이다. 〈26년〉의 '제작두레'는 아무것도 존재하지 않는 상황에서 당위로만 추동된 기획이다. 물론 소셜펀딩과 일반투자는 다르다. 그 선의 때문에 되레 아름다워 보일 수 있다. 그러나 이 선의는 반드시 12월 대선 전에 개봉해야만 한다는 최용배 청어람 대표의 절대조건 안에서 기만당할 수밖에 없는 것이었다.

그 절대조건이 결국 문제였다. 대선에 영향을 끼치고자 하는 의도 때문인지, 영화의 성격상 그렇게 해야만 시장반응이 좋을 것이라는 판단이었는지는 알 수 없다. 몇 명의 감독이 절대적인 시간 확보의 문제와 캐스팅 문제로 거절하거나 떠난 이후, 결국 연출 경력이 없는 조근현 미술감독에 의해 영화가 만들어졌다. 누가 맡았더라도 마찬가지였을 것이다. 감독도 배우도 각본도 없이, 그저 어느 시급한 대의에 의해 시작된 영화를 그렇게 짧은 시간 안에 정상적인 상태로 만드는 건 불가능하다.

5월 광주는 고작 30여 년 전의 과거다. 피해자도 살아 있고 가해자도 살아 있다. 가해자는 사과를 하지 않았다. 관전자들은 요란스럽다. 치유되지 않았기에 더 많은 고통과 소란이 함께한다. 이런 성격의 소재를 다룬 영화라면 촉박한 시간 동안 무리하고 조악하게 만들어지더라도, 영화에 대한 평가가 역사에 대한 찬반으로 혼용되기 쉽다. 특히 지금과 같은 시기라면 말이다. 제작사가 바란 것도 같은 상황일 것이다. 영화의 함량에 관한 논쟁이 '그럼 너는 어느 편이냐'라는 공방으로 대체되어, 영화에 대한 지적을 광주에 대한 비판으로 소비해버리는 상황이 유감스럽다. 이 경우 정말 광주를 욕보이는 건 어느 쪽인가.　　2012.12

증오의

강강술래

.
.
.

● 한국 사회에는 나와 생각이 다른 타자가 정의롭지 않을 것이라 여기는 습속이 있다. 그래서 종종 법상식을 상회하는 언어폭력이나 명예훼손, 신상 공개와 같은 일들이 정의롭지 않은 자들에 대한 단죄의 방식으로 집행된다. 정의롭지 않은 자들을 대상으로 했기 때문에 이러한 폭력은 늘 떳떳하다. 가해자들은 되레 무협지에 등장하는 영웅이나 근대의 지사, 혹은 저널리즘의 보루로 스스로를 과장되게 치장한다.

이는 분단국가라는 사실관계로부터 87년 체제의 한계에 이르는 한국 사회의 특수성 안에서 만들어진 태도다. 이러한 경향은 진영을 가리지 않고 나타난다. 이 상반된 정의로움에 대해 이쪽에선 적반하장이라 생각한다. 저쪽에선 이중잣대라고 생각한다. 그들은 서로 끊임없이 상대가 악마임을 주장해야 자기 존재를 증명할 수 있다. 그림을 그려보자면 정의롭지 않은 상상의 적을 만들어내고 그것을 두들겨패는 것으로부터 진영의 존재 이유와 생명력 자체를 수혈받는 형편이다. '깨어 있는 시민'들과 '수꼴'은 그렇게 공생한다. 양쪽으로부터의 폭력을 '정의롭지 않다'는 이유로 견디며 세상에서 제일 비열한 사람이 되어야 하는 회의론자들에게 한국은 그다지 살 만한 공간이 아니다.

여기 사례를 하나 살펴보자. 오멸 감독의 영화 〈지슬〉이 최근 8만 명의 관객을 동원하는 데 성공했다. 이 영화는 개봉하기 전부터 네이버나 다음과 같은 사이트에서 평점 테러를 당했다. 영화를 보지도 않은 사람들이 몰려와 〈지슬〉에 대해 박한 평점을 쏟아부은 것이다. 영화 〈지슬〉이 제주 4·3 사건을 다뤘기 때문이었다. 제주 4·3 사건에 대한 영화니까 응당 특정 진영에 치우친 선동영화일 것이라 생각한 것이다. 평점 테러는 여전히 계속되고 있다. 한 줄씩 달아놓은 감상의 변을 보면 하나같이 영화를 보지 않았음을 알 수 있다.

사실 따지고 보면 아주 이해할 수 없는 일도 아니다. 단지 어떤 소재를 다루었다는 이유만으로 만듦새에 관한 평가는 유보되고, 관객이든 언론이든 평단이든 그 영화에 대해 발언하는 것으로 시대와 사회에 동참하고 있다 자족하는 판타지가 존재하는 것을 부정할 수 없다. 영화의 함량이 떨어짐에도 불구하고 매체가 상찬해주고 "가슴이 먹먹합니다" "잊지 맙시다" "기억합시다"와 같은 피드백이 뒤따른다.

　가까이는 영화 〈26년〉과 같은 사례가 있다. 〈26년〉은 이야기의 파쇼적인 측면은 미뤄두더라도, 대선 전에 개봉하려는 무리한 스케줄에서 기인한 제작 과정의 문제가 상식 밖의 만듦새에 그대로 반영되었음에도 불구하고 그저 관객의 '뜨거움'에만 매달린 영화였다. 〈26년〉에 대해 비판적인 논조의 글을 쓰면 "영화를 머리로만 보고 가슴으로 보지 못한다"는 말을 들었다. 이런 상황 안에서 〈지슬〉에 대한 평점 테러를 그저 병적인 것으로만 치부할 수도 없는 일이다. 그들은 스스로 옳은 일을 하고 있다 여길 것이다. 〈26년〉을 상찬했던 사람들처럼 말이다.

　이러한 증오의 경쟁 안에서 정작 사안 자체의 진실은 괴리되기 마련이다. 여기서는 영화가 그렇다. 평점 테러를 한 사람들의 짐작과는 달리, 〈지슬〉은 제주 4·3 사건의 개요와 전말을 특정하게 편향된 의도에 맞추어 뜨겁게 벼르고 호소하는 영화가 아니다. 무분별하게 편을 나누어 분노를 추동하는 영화도 아니다. 선과 악을 단순화시킴으로써 이야기의 고민을 축소시키는 영화도 아니다. 〈지슬〉은 죽일 이유가 없는 이들과 죽을 이유가 없는 이들의 초상을 흑백의 이미지 안에서 위령제의 형식을 빌려 담담하게 그려내는 영화다. 미학적인 차원의 매력이나 이야기를 구성하는 방식의 미감, 연기의 균질함을 통제하는 지도의 문제에서 도전적이고 독창적이며 완전히 제어된 작품이다.

　제주 4·3 사건을 평가하면서 남로당 제주도지부와 중앙당

사이에 협의가 있었는지, 시대배경을 감안할 때 좌익을 학살하기 위해 다수의 무고한 사람들을 희생시킨 것이 정당한 것인지 등의 문제는 진영의 입장에 따라 그 의견과 평가를 달리할 수도 있다. 그러나 거기서 사람들이 죽었다는 사실관계를 부정할 자는 아무도 없다. 토벌대에 쫓겨 산속에 숨은 제주도민들이 감자를 나누어 먹으며 버틴 며칠, 학살 속에서 괴물이 되거나 관찰자가 되어가는 군인들의 며칠이 이 영화가 그려내는 이야기의 전부다. 도민과 군인을 가리지 않고 그들이 죽어 사라지고 없는 공간을 조용히 비추며 영혼을 달래는 것이 이 영화가 수행하고자 하는 역할의 전부다.

〈지슬〉의 사례는 진영의 테두리 안에서 '정의로운 폭력'을 서로에게 행사하는 일이 결국 사안의 본질과는 아무런 관계 없이 이루어지는 증오의 강강술래 같은 것이라는 사실을 드러낸다. 〈지슬〉이 흑백영화인 것에는 미학적인 목적과는 무관하게 사유 가능한 혐의가 있다. 흑백 이미지는 컬러 이미지와는 달리 그 안에서 다루어지는 사물들을 서로 완전히 다른 개별의 무엇으로 담아내지 않는다. 흑백의 이미지 안에서 그들은 명암의 정도에 따라 조금 더 검거나 밝을 뿐, 결국 동류의 무엇이다. 〈지슬〉은 동류의 무리들이 상대를 나와는 전혀 다른 무엇으로 대상화해가며 극단적으로 갈등했던 사건을, 바로 그 흑백의 이미지 안에 담아내는 역설을 통해 오직 영화만이 도달할 수 있는 성취에 이른다. 한 편의 영화를 두고 정의로운 이유로 상찬하는 이들과 정의로

운 이유로 비토하는 이들을 흑백의 이미지 안에 담아내 그들에
게 보여주면 어떤 반응이 나올지 궁금하다. 2013. 4

〈지슬〉의 사례는

진영의 테두리 안에서

'정의로운 폭력'을 서로에게 행사하는 일이

결국 사안의 본질과는 아무런 관계 없이 이루어지는

증오의 강강술래 같은 것이라는 사실을 드러낸다.

〈지슬〉(2012)

흑백의 이미지 안에서 그들은 명암의 정도에 따라

조금 더 검거나 밝을 뿐, 결국 동류의 무엇이다.

좋은

정치영화의

조건

•
•
•

• 대선을 앞두고 두 편의 영화
가 연달아 개봉했다. 정지영 감독의 〈남영동 1985〉와 강풀 원작
의 〈26년〉이다. 이 두 편의 영화 사이에는 굴곡의 80년대가 이야
기의 주요 무대이거나 적어도 서사의 발화점이라는 것 이외에도
공통점이 있다. 정지영 감독은 일찍부터 "내 영화가 대선에 영향
을 미쳤으면 좋겠다"고 밝혔다. 〈26년〉의 조근현 감독 또한 "대
선에 좋은 영향을 끼치길 바란다"고 발언했다. 야권에 의한 정권
교체에 이 영화들이 도움이 되길 바란다는 이야기다.

나 또한 어찌됐든 정권교체가 되어야만 다음 5년의 영화들
이 '역설적으로' 지난 5년의 영화들처럼 퇴행적이지 않으리라는

믿음이 있다. 지난 5년의 영화가 일괄적으로 나빴다거나 여권 친화적이었다는 의미가 아니다. '역설적으로'라는 말이 중요하다.

　　지난 5년, 적어도 본격적인 레임덕이 시작된 지난 2년 동안의 시대정신은 '닥치고 반^反이명박'이었다. 이 시대정신은 그 기간 동안 기획되고 만들어진 대중영화의 멘탈에 근간이 되었다. 이야기들이 다루는 선과 악의 경계는 전보다 뚜렷해졌다. 절대선과 절대악이 존재하는 세상이기에 문제의식은 희미해지고 공분만 남았다(절대적인 선과 절대적인 악이 존재하는 세상에서 무엇이 옳고 그르냐를 따지는 문제의식이란 무력할뿐더러 무의미하다). 여기에는 명확한 이상향이 있는데, 그것은 선한 성품의 지도자가 다스리는 탈권위의 유토피아다. '반이명박'이라는 시대정신 안에서 그것은 자연스레 노무현정권에 관한 향수일 수밖에 없다.

　　여기에서 나는 과연 노무현정권이 유토피아였는가라는 질문을 하지 않겠다. '정치'와 '정책'의 담론이 그저 선한 '성품'의 인상에 함몰되어야 하는 상황이란 선량한 주군을 바라는 근대화 이전의 노예근성과 다를 게 없다는 항의 또한 제기하지 않겠다. 이명박정권은 정치와 정책과 인성이 고루 파국이었기에, '반이명박'이라는 시대정신 안에서 그 반작용으로서 발생할 수밖에 없는 뭉뚱그려진 분노에 지나지 않다는 걸 이해하기 때문이다.

　　문제는 그러한 자의식 안에서, 87년 체제 안에 유폐되고 사로잡힌 대중영화의 질적 퇴행이다. 〈광해〉는 증후였다. 〈남영동 1985〉와 〈26년〉은 증상이다. (영화 〈광해〉가 다루는 이상향과 2011년의 드라마 〈뿌리 깊은 나무〉, 그리고 2008년의 드라마 〈대왕 세종〉이 다루는 이상향의 폭과 깊이를 비교해보면 '닥치고 반이명박, 혹은 찬贊노무현'에 수렴하는 이 '퇴보'의 정도를 단계별로 감지할 수 있다).

〈남영동 1985〉와 〈26년〉을 같은 맥락으로 문제를 제기하는 건 사실 불공평하다. 〈남영동 1985〉는 썩 괜찮은 기술적 전략과 만듦새를 가진, 연출력이 돋보이는 영화다. 시종일관 닫힌 공간 안에서 벌어지는 반복적인 고문을 다루고 있음에도 불구하고 그 것을 선정적으로 다루지 않고 잘 조율된 속도감과 집중력을 지녔다. 그러나 동시에 〈남영동 1985〉는 서로 다른 믿음과 당위를 가지고 있는 자들 사이에서 드러날 수 있는 모든 종류의 성찰과 고민이 배제되고 가해와 피해의 갈등만이 남아 있는 영화다. 감독의 전작인 〈부러진 화살〉이 진실이란 얼마나 어렵고 복잡하며 함부로 주장될 수 없는 것인가에 대해 외면하면서 사실관계를 단순화시켜 일방적인 선과 악의 문제로 탈바꿈시켜버렸던 것처럼 말이다.

최근 흥행중인 〈26년〉은 완성도를 따졌을 때 그 어느 영화와도 비교할 수 없는 수준이다. 기본적인 수준의 기술적 완성도가 전제되었다면, 나는 최소한 〈남영동 1985〉을 비평하는 수준에서 〈26년〉이 '선과 악이 분명한 나이브한 세계관이 테러리즘으로 전염되는 매우 전형적인 파쇼 스토리'라든가, '전형의 스토

리텔링을 대체하는 강풀 특유의 스크롤텔링이 영상매체로 옮겨왔을 때 겪게 되는 서사의 파행'을 논할 수 있을 것이다.

그러나 〈26년〉은 아예 전과 후의 컷이 제대로 붙지 않는 수준 이하의 만듦새를 보여주고 있으며 특히 중반 이후에는 '일단 개봉하고 보자'는 의지밖에 읽을 수 없는 최악의 결과물을 드러낸다. 영화 외부의 성립된 조건으로부터 공분, 즉 추진력을 얻어 부족한 영화의 함량을 무마하고자 하는 것이다. 〈26년〉은 본연의 떨어지는 함량을 전두환을 향한 분노와 정권교체를 위한 대의로부터 수혈받고 있다. 이때 이 영화의 완성도를 논하는 지적은 곧바로 '그럼 너는 광주를 부정하고 전두환을 옹호하느냐' '정권교체에 반대하느냐'는 모멸에 가까운 질문과 직면할 수밖에 없다. 이 또한 '반드시 대선 전에 개봉해야 한다'는 제작사의 전략이 의도한 그대로일 것이다.

아닌 게 아니라, 〈26년〉에 관련한 가장 큰 문제는 이 수준 이하의 만듦새가 정상적인 영화를 만들기 위한 절대적인 시간을 확보하지 '않은' 데 따른 당연한 수순이라는 점에 있다. 시간을 두고 다음 5월 개봉을 겨냥해 명백한 비전을 가지고 만들어질 수 있었다. 그러나 '반드시 대선 전에 개봉해야 한다'는, 장삿속인지 지사연인지 모를 제작사 대표의 주장 아래 4년 전의 (훨씬 많은 제작비를 상정한) 각본을 졸속으로 각색해 서둘러 만들어졌다. 4개월 걸렸다. 4개월 말이다. 제대로 된 영화가 만들어지는 건 애초 불가능했다.

현실의 정치에 영향을 끼치고자 만들어진, 정치영화의 조건이란 무엇인가. 좋은 정치영화의 조건은 다름 아니라 좋은 영화의 조건과 같다. 선과 악을 단순화시킴으로써 이야기의 고민을 축소시켜선 안 된다. 현실정치에 영향을 끼치겠다는 목적의식에 좋은 영화를 만들겠다는 의지가 침해당해선 안 된다. 기본적인 만듦새를 성취해야 비평이 가능하다. 켄 로치의 좌파 영화든, 이스트우드의 우파 영화든, 리펜슈탈의 선동영화든, 나는 그저 잘 만들어진 영화를 보고 싶다. 외부의 결기가 영화의 당위나 평계가 되어선 곤란하다.   2013.1

세 가지

장면으로

보는

〈설국열차〉

．

．

．

● 여기 세 가지 장면이 있다. 〈설
국열차〉가 우리 세계에 관한 어떤 가능성, 나아가 명백한 비전을
제시하고 있다고 가정해보자. 그 비전은 이 세 가지 장면 없이 성
립되지 않는다. 〈설국열차〉가 단지 지배계층과 피지배계층 사이
의 혁명서사를 지루하고 게으르게 답습한다고 투덜대는 사람들
을 보았다. 그 말이 옳을지도 모른다. 해석은 언제나 개별의 몫
이다. 그러나 적어도 〈설국열차〉라는 본연의 이야기가 닿고자
하는 종착역은 그보다 훨씬 멀리 서 있다. 그렇다면 이 세 가지
장면을 짚어보는 작업을 통해 우리는 〈설국열차〉라는 모험이 과
연 제시될 만한 비전인지 혹은 그저 서투른 선문답에 불과한지

다시 한번 가늠해볼 수 있을지 모른다.

첫번째 장면은 예카테리나 다리 시퀀스다. 정확히는 해피 뉴 이어 대목이다. 커티스의 꼬리칸 무리와 윌포드의 복면 부대가 혈투를 벌이던 도중 열차가 예카테리나 다리에 당도한다. 열차가 예카테리나 다리에 도착했다는 선언이 들려오자 모두가 자동적으로 싸움을 멈춘다. 복면 부대는 경쾌하게 새해를 카운트한다. 꼬리칸 무리는 새해가 왔음을 실감하며 주춤거린다.

세계대전 와중에도 크리스마스나 새해만큼은 암묵적으로 휴전했던 인류의 전사를 떠오르게 만드는 유머다. 그러나 〈설국열차〉의 세계관 안에서 이 장면은 색다른 의미를 갖는다. 지구가 공전하듯 윌포드의 열차는 지구 위의 궤도를 회전한다. 지구가 태양을 두고 한 바퀴 돌 때마다 새로운 한 해를 맞이하듯 윌포드의 열차가 예카테리나 다리 위에 닿으면 새해가 선언된다.

즉, 윌포드의 열차는 '인류'인 동시에 그 자체로 '지구'이며 '시간'이고 '세계'다. 예카테리나 해피 뉴 이어 장면에서 우리는 두 집단 사이에 최소한의 규칙과 관습이 느슨하게나마 공유되고 있음을 알 수 있다. 한쪽은 지배하는 자들이다. 다른 한쪽은 지배당하는 자들이다. 한쪽은 현상을 유지하려는 자들이고, 다른 한쪽은 못살겠으니 바꿔보자는 자들이다. 그러나 이쪽이나 저쪽이나 이 세계의 질서와 체계를 존속시키는 데에는 이견의 여지가 없는 것이다. 이 대목은 꼬리칸과 머리칸이 미시적으로 대립하고 있는 것 같지만 거시적으로 어떻게 공모하고 있었는지 드러나는 후반부 서술에 관한 복선이다.

　두번째 장면은 커티스가 윌포드에게 설득당하고 있던 중 열차 바닥 밑의 좁고 작은 공간에서 어린아이를 발견하는 대목이다. 윌포드는 커티스를 설득하는 데 성공하고 있던 중이다. 커티스는 꼬리칸의 지도자였던 길리엄이 사실 밤마다 핫라인으로 윌포드와 통화하며 열차, 즉 이 '세계'를 존속시키기 위해 공모하고 있었음을 알게 된다. 더불어 윌포드로부터 자신의 뒤를 이어 열차의 엔진을 관리하는 후계자가 되어줄 것을 요청받는다. 커티스는 그의 요청에 흐느낌으로 응답한다. 그러나 요나가 뛰어들어와 바닥을 들어내고 그 안에서 티미를 발견하는 순간, 커티스는 더이상 두고 볼 것 없다는 듯 결심을 내린다.

　〈설국열차〉의 세계관이 조지 오웰의 『1984』로부터 많은 부분을 수혜받았음을 쉽게 떠올릴 수 있는 해석이다. 사실 『1984』 이후의 어느 디스토피아 텍스트가 그로부터 자유로울 수 있었겠는가.

　『1984』에서 주인공의 조국인 오세아니아는 유라시아와 전쟁을 벌이고 있는 것처럼 선전한다. 실제로 날마다 폭탄이 떨어지고 사람들이 죽어나간다. 그러나 사실 거기 진짜 전쟁은 없다. 체제 유지를 위해서는 결속이 필요하다. 결속을 위해서는 공포가 요구된다. 오세아니아는 유라시아와 공모해 실제 존재하지 않는 위기를 만들어내는 방법으로 그 자신의 세계를 존속시키고 있었던 것이다.

열차라는 세계의 존속을 위해 윌포드와 공모하고 있던 길리엄을 연기하는 배우가 존 허트라는 사실은 의미심장하다. 존 허트는 『1984』의 영화 버전에서 주인공 윈스턴 스미스를 연기한 바 있다. 그는 또한 역설적이지만 길리엄 캐릭터의 연장선상에서 당연하게도(사실 지금 〈설국열차〉를 느슨하고 나이브한 혁명 서사라고 폄훼하는 시선들이 정작 향해야 마땅한) 〈브이 포 벤데타〉에서 유사 빅브러더 캐릭터인 챈슬러 셔틀러를 연기하기도 했다. 그뿐만 아니라 길리엄이라는 이름은 『1984』를 모티브로 만들어진 영화 〈브라질〉의 감독 테리 길리엄을 즉각적으로 연상시킨다.

사실 이 공모의 혐의는 인류 역사이기도 하다. 지키려는 집단과 바꾸려는 집단. 지배계급과 피지배계급. 귀족과 부르주아. 부르주아와 프롤레타리아. 정규직과 비정규직. 인류의 역사는 끝없는 투쟁의 기록이다. 그리고 그 투쟁과 역전의 대목마다 인류의 세계는 다시 한번 존속될 수 있는 기회를 가져왔다. 커티스가 윌포드의 말에 솔깃했던 건 당연한 일이다. 그가 윌포드의 뒤를 잇는 것으로 이 혁명은 완수될 수 있다. 커티스가 운영할 미래의 열차는 지금과는 다를 것이다.

그러나 커티스는 이 세계의 주도권을 누가 손에 쥐든, 누가 나름의 정의를 주장하고 어떤 종류의 공평함이 실현되든, 실은 은밀하게도 그리고 필연적으로 누군가를 완전무결하게 착취하지 않고서는 기능하거나 존속될 수 없다는 걸 깨닫게 된다. 그게 지키려는 집단과 바꾸려는 집단.

지배계급과 피지배계급.

귀족과 부르주아.

부르주아와 프롤레타리아.

정규직과 비정규직.

〈설국열차〉(2013)

인류의 역사는 끝없는 투쟁의 기록이다.

그리고 그 투쟁과 역전의 대목마다

인류의 세계는 다시 한번 존속될 수 있는 기회를 가져왔다.

바로 이 장면이다. 커티스는 더 두고 볼 것도 없이 선택을 한다. 그는 열차를, 이 세계를 파괴하기로 결정한다. 기존 체제의 유지 혹은 역전이 아닌, 체제 자체를 포기하는 순간이란 어떻게 찾아오는가. 〈설국열차〉가 그것을 보여주고 있다.

마지막 세번째 장면은 폭발이 일어나고 열차가 탈선하는 순간, 커티스와 남궁민수가 상호 어떠한 합의도 없이 요나와 티미를 사이에 껴안아 지키는 대목이다. 우리도, 우리의 전세대도, 그 전세대의 이전 세대도 같은 것을 고민했다. 우리가 다음 세대에게 물려줄 수 있는 가장 좋은 것은 무엇인가.

우리가 다음 세대에게 물려줄 수 있는 가장 좋은 것은, 다름 아닌 가능성이다. 우리보다 아주 조금이라도 나을 수 있는 가능성이다. 커티스와 남궁민수는 지금의 체계와 규칙을 물려주고 그 안에서 아프니까 청춘이고 밝은 추우니까 열차는 달려야 한다고 말하지 않는다. 대신 가능성을 물려준다. 그것은 한 세대가 다음 세대에게 선사할 수 있는 가장 위대한 유산이다. 〈설국열차〉는 이 대목에 이르러 기존 체제를 파괴하는 쾌감에서 방점을 찍었던 영화 〈파이트 클럽〉의 이후를 모색하고 고민하게 만든다.

세계는 폭력적이지만 그 체제는 분명한 안온함을 제공한다. 그것을 벗어난 인간에게 희망이란 가능한 것일까. 요나는 '큰 물고기'라는 신의 형벌 안에서 탈출하고 생존했던 인간의 이름이다. 내 이야기는 여기까지다. 나는 〈설국열차〉가 언젠가 위대한 영화의 리스트 어느 구석에서 반드시 발견될 것이라 생각한다. 2013. 8

우리가 다음 세대에게 물려줄 수 있는 가장 좋은 것은,

다름 아닌 가능성이다.

우리보다 아주 조금이라도 나을 수 있는 가능성이다.

그것은 한 세대가 다음 세대에게 선사할 수 있는 가장 위대한 유산이다.

〈설국열차〉(2013)

세계는 폭력적이지만 그 체제는 분명한 안온함을 제공한다.

그것을 벗어난 인간에게 희망이란 가능한 것일까.

요나는 '큰 물고기'라는 신의 형벌 안에서 탈출하고 생존했던 인간의 이름이다.

가족이라는
이름의
코끼리

•
•
•

　　　• 양익준 감독이 카메라 앞에 섰
다. 그는 무척 쑥스러워했다. 동영상 카메라는 하나의 시선으로
느껴지지만 스틸 카메라는 좀체 체온이 닿지 않아 대하기 어렵
다고 말했다. 그냥 편하게 대하라고 대답했다. 아무래도 어렴풋
한 주문에 서먹서먹 우물쭈물. 그러다 그가 대뜸 욕을 하기 시작
했다. 공기가 급작스레 또렷해졌다. 야 이 씨발놈아. 야 이 개새
끼야. 카메라를 향해 개똥 새똥 욕지거리를 늘어놓으면서 양익
준 감독의 표정이 조금씩 풀리기 시작했다. 면상에 쏟아지는 욕
에도 싱글벙글 아 좋아요, 말하는 사진기자가 조금 안쓰러워졌
다. 촬영은 그렇게 무사히 끝났다. 감독은 대단히 미안해했다.

가끔 과잉된 감정의 언어를 동원하지 않고선 좀체 소통할 수 없는 사람들을 만난다. 그런 사람들은 대개 주변의 불편한 시선을 사기 마련이다. 너는 참 입에 걸레를 물었구나. 이 와중에 그런 언어 없이 대화하는 방법을 배우지 못한 사람들의 불가피한 현실은 종종 무시된다. 하지만 화자의 예의 없음과 청자의 자기 속 편하기 위한 결벽증은 상황에 따라 명확히 구분되어야 마땅하다. 그 결벽증이 땅 위의 빤한 현실을 가리고 자위하는 것이라면 더욱 그렇다.

양익준 감독이 부산에 들고 온 첫번째 장편영화 〈똥파리〉의 첫인상 또한 비슷한 생각을 환기한다. 〈똥파리〉는 소위 꽤 '센' 영화다. 주인공은 욕 없이 말을 시작하지 못하고 끝내지 못하는 건달이다. 모든 상황은 극단적으로 불우하다. 영화 속에 등장하는 가족들은 하나같이 서로를 미워한다. 오빠는 동생을 때리고 아버지는 딸을 때리고 아들은 아버지를 때린다. 폭력은 또다른 폭력으로 순환된다.

나는 〈똥파리〉의 강한 외양에 무분별한 혐오를 느껴 이 영화의 아름다운 면모를 채 알아채지 못할 사람들이 아쉽고 안타깝다. 자신이 겪어보지 못한 현실이라고 해서 그 현실을 무시할 권리 따윈 누구에게도 없는 것이다. 물론 모든 가정에서 아버지가 아들이 딸이 칼부림을 주고받는 건 아니다.

하지만 그러거나 말거나, 가정이야말로 가장 잔인한 형태의 (그것이 물리적이든 정서적이든) 폭력이 발생하는 공간이라는 근본적 문제 제기는 여전히 유효하다. 당신네 가정은 그렇지 않다고요? 그것 참 잘됐습니다. 거기 문제가 있다는 것조차 깨닫지 못하는 사람들에게 가장 먼저 보여주고 싶은 영화거든요.

〈똥파리〉는 극적 재미와 긴장을 위해 기계적인 화해를 조장하지 않는다. 피폐함을 강조하기 위한 장치로서의 가학을 나열할 생각도, 반대로 단순화시켜 판타지로 얼버무릴 생각도 없다. 현실 이상이나 이하로 파고들려 하지 않는다. 감독의 자전적인 기억들로부터 출발하는 그런 식의 솔직함이야말로 〈똥파리〉의 가장 큰 미덕 가운데 하나다.

양익준 감독이 직접 연기하는 주인공 상훈은 사채업자 친구 밑에서 수금 일을 하는 건달이다. 상훈은 대단히 폭력적인 남자다. 함께 수금하는 직원들조차 숱하게 얻어맞아 그를 싫어하고 두려워한다. 상훈의 오늘은 과거 아버지의 끔찍한 폭력으로부터 기인한 것이다. 아버지의 폭력은 여동생을, 어머니를 죽음에 이르게 했다. 상훈은 징역을 살고 나온 아버지를 종종 찾아간다. 그리고 무자비하게 구타한다. 상훈의 밤이 아버지를 향한 폭력으로 가득하다면, 나머지 반나절은 배다른 누나의 아들을 향한 남모를 애정으로 채워져 있다. 이 아이에게만큼은 잘해주고 싶다. 이 아이만은 잘 자랐으면 좋겠다. 물론 이마저도 거칠고 난폭하기 그지없어 마음이 전달될 리 없다. 그래도 끊임없이 찾아간다.

그런 상훈 앞에 거친 고등학생 연희(김꽃비)가 나타난다.

〈똥파리〉(2008)

나는 〈똥파리〉의 강한 외양에 무분별한 혐오를 느껴

이 영화의 아름다운 면모를 채 알아채지 못할 사람들이 아쉽고 안타깝다.

자신이 겪어보지 못한 현실이라고 해서

그 현실을 무시할 권리 따윈 누구에게도 없는 것이다.

당신네 가정은 그렇지 않다고요? 그것 참 잘됐습니다.

거기 문제가 있다는 것조차 깨닫지 못하는 사람들에게

가장 먼저 보여주고 싶은 영화거든요.

우연한 계기로 가까워지면서 상훈은 연희에게 조금씩 마음을 열어간다. 연희는 상훈과 상훈의 주변 사람들이 화해할 수 있도록 도와주고 싶다. 그러나 그 자신마저 상훈 못지않게 끔찍한 가정환경 안에 있다는 걸 밝히려 하지 않는다. 연희의 오빠 영재는 돈을 쉽게 벌 수 있다는 친구의 유혹에 넘어가 상훈 밑에서 일하게 된다. 물론 그는 연희와 상훈의 관계를 알지 못한다. 이후의 상황은 나쁘게도, 좋게도 나아가면서 종잡을 수 없는 기복을 탄다. 그러다 갑자기, 영화 속의 모두가 행복해질 수 있을 것 같은 순간이 찾아온다.

큰 얼개만 두고 보면 새로운 이야기라 평가하기 어렵다. 누군가의 현실이 온전히 과거의 트라우마로부터 기인한다는 설정은 이제 좀 지겹다. 주인공의 폭력을 조금은 연민하게 만든다는 점에서 불편해할 관객도 있을 것이다. 그러나 수많은 유사 가부장 히어로물과 달리, 〈똥파리〉는 주인공 상훈을 미화할 의지가 없다. 이 영화의 주된 관심사는 상훈의 현실이 아니다. 그 안에서 보여지는 우리들의 현실이다. 또한 변화의 의지다.

이런 성격은 〈똥파리〉와 관객 사이의 대단히 절묘한 거리감 덕분에 가능한 것이다. 〈똥파리〉는 스타일의 영화가 아니다. 과도한 영화적 설정이나 장치들을 통해 작품과 관객을 별개로 괴리시키지 않는다. 그러나 동시에 도무지 호응하기 어려운 폭력적 인물 상훈을 보여주면서 영화 속 상황에 필요 이상으로 동참하고 공감하는 것 또한 지속적으로 방해한다. 동의하기도 관조하기도 어려운 바로 그 위치에서, 관객들은 객관화된 자기 주변의 모습을 발견하게 된다.

이 같은 화학작용에는 "이 나라 아버지들은 아주 좆같아, 밖에선 빌빌대면서 집에만 오면 김일성처럼 굴려들어" 같은 대사들도 한몫을 한다. 어떤 면에서 최양일 감독의 〈피와 뼈〉와도 유사한데, 〈피와 뼈〉가 끝내 후회하지 않는 무쇠 가부장의 파격을 내세워 나름의 울림을 얻는 반면 〈똥파리〉는 좀더 관객의 현실과 소통하고 그것을 변화시키고 싶어한다는 점에서 구별된다.

〈똥파리〉는 '집안의 코끼리' 이야기를 연상케 한다. 집안에 작은 코끼리가 있다. 처음에는 아무도 그게 별문제라고 생각하지 못한다. 그 안에서 코끼리는 점점 더 자란다. 그리고 급기야 집에 꼭 끼일 정도로 몸집이 커져버린다. 이때가 되면 코끼리는 문제가 된다. 누구에게나 그렇다. 그러나 코끼리가 문제라는 걸 알면서도 이걸 해결하려는 사람은 아무도 없다. 집 자체를 부수어버리지 않는 이상 코끼리를 빼낼 방법이 없을 것 같잖아. 그냥 같이 사는 게 속 편해요. 못 본 척 지나간다. 모른 척 딴청을 피운다. 코끼리에 대해 말하는 건 암묵적으로 금기시된다. 어차피 다 알고 있거든? 혼자 똑똑한 척하지 마. 그렇게, 코끼리는 집의 일부가 되고야 만다.

우리는 모두 가족이라는 이름의 코끼리를 기르고 있다. 공공연한 폭력의 최전선은 전쟁터가 아니라 가정이다. 남이 하면 뭐 저런 미친놈이 다 있어, 삿대질할 것도 엄마에게 형제에게 자식에게 남김없이 쏟아낸다. 문제라고 느끼는 사람도 있고 느끼지 못하는 사람도 있다. 그나마 잠깐 후회하고 금세 망각하고 다시 되풀이된다. 나와 나의 행동을 분리시키지 못하기 때문에 가능한 저열함이다. 수십 년을 함께한 가족관계 안에서 나 자신과 부모와 형제자매를 개별적인 인격체로 객관화할 만한 능력을 가진 사람은 그리 많지 않다.

〈똥파리〉는 바로 그 코끼리를 집 밖으로 끄집어내 그간 부정해왔던 당신의 현실이라며 펼쳐놓는다. 더불어 그런 끔찍한 반복에 종지부를 찍자고 이야기한다. 어렵겠지만 일단 시도라도 해보자고 권한다. 우리 모두, 이렇게 계속 살 수는 없기 때문이다. 가족이 위대해서가 아니다. 가족이야말로 궁극적으로 지켜내야 할 유일의 가치라서가 아니다. 단어에 동반되는 끈끈함이나 따뜻함 따윈 중요치 않다. 사람이 괴물 되는 건 순식간이다. 자기 자신과 주변의 모습을 정확히 바라보지 못하고선 스스로 괴물이 되었는지조차 알지 못한다. 괴물이 되지 않기 위해, 우리는 끊임없이 노력할 수밖에 없는 것이다. 〈똥파리〉는 그런 노력을 부추긴다.   2008. 10

〈똥파리〉(2008)

우리는 모두 가족이라는 이름의 코끼리를 기르고 있다.

공공연한 폭력의 최전선은 전쟁터가 아니라 가정이다.

남이 하면 뭐 저런 미친놈이 다 있어,

삿대질할 것도 엄마에게 형제에게 자식에게 남김없이 쏟아낸다.

사람이 괴물 되는 건 순식간이다.

자기 자신과 주변의 모습을 정확히 바라보지 못하고선

스스로 괴물이 되었는지조차 알지 못한다.

괴물이 되지 않기 위해,

우리는 끊임없이 노력할 수밖에 없는 것이다.

여기

단 한 장의
투표에 관한
짧은 이야기

·
·
·

· 영화 〈스윙 보트〉의 이야기는 미국의 작은 도시 텍시코에서 시작된다. 뉴멕시코의 시골 동네다. 지도에조차 등재되어 있지 않은 곳이다. 케빈 코스트너가 연기하는 주인공 버드는 중년의 망나니다. 늘 술에 절어 있다. 잘할 수 있는 것도, 하고 싶은 것도 없다. 아는 것이 별로 없는데 그냥 막연하게 세상을 혐오한다. 그런 버드에게도 딸 몰리만큼은 소중하다. 딸만큼은 끔찍하게 사랑한다. 하지만 사랑한다고 다 이해받을 수 있는 건 아니다. 사실상의 가장은 열두 살 몰리이기 때문이다. 집안일부터 아버지 뒤치다꺼리까지 몰리가 다 한다.

미국 대선 선거일. 몰리는 버드에게 약속을 받으려 한다. 오늘 무슨 일이 있어도 꼭 투표하러 가라는 것이다. 자신이 투표장에 가서 먼저 기다리고 있을 테니, 마감 전까지만 오라고 한다. 버드는 불만이다. 그가 아는 거라고는(안다고 생각하는 거라고는) 후보가 두 명이라는 것과, 그래봤자 모두 사기꾼이라는 것뿐이다. 대충 알았다고 대답한다. 마침 그날 버드는 잦은 지각과 업무 태만 탓에 직장에서 잘린다. 그리고 술을 미친 듯이 마셔대다가 기절한다. 투표장 앞에서 버드를 기다리던 몰리는 안 되겠다 싶어 아무도 없는 틈을 타 아버지 서명으로 대신 투표를 한다. 그런데 몰리가 투표용지를 넣는 순간 전원코드가 뽑혀 전산이 마비되고 결국 오류가 발생한다. 몰리는 서둘러 자리를 뜬다.

다음날 세상이 발칵 뒤집힌다. 민주당과 공화당의 득표가 정확히 똑같이 나온 것이다. 그리고 기술적 오류에 따른 단 한 장의 무효표가 발견된다. 버드의 표다. 선거법에 따라 버드에게만 10일 안에 재투표할 수 있는 권한이 주어진다. 버드가 행사할 단 한 장의 표가, 미국의 대통령을 결정짓게 된 것이다.

이후 영화는 소동극의 면모를 보인다. 오직 버드만을 위한 선거유세가 시작된다. 민주당과 공화당의 캠프가 지도에도 없던 텍시코를 찾아 본부를 꾸린다. 전 세계 언론이 이 주정뱅이 멍청이의 일거수일투족을 감시하며 비웃기 시작한다. 후보들은 버드의 마음에 들기 위해 안간힘을 다한다. 아무 생각 없이 툭툭 던지는 버드의 한마디들이 양당의 선거운동을 바꾼다. 이를테면 민주당이 느닷없이 낙태를 강력하게 규탄하는 광고를 찍고, 공화당은 동성애와 동성결혼을 적극 지지하는 광고를 찍는 식이다.

일련의 소동이 끝나갈 무렵 공화당 후보인 현 대통령과 민주당 후보는 우리가 무엇 때문에 정치를 하고 있었는지, 우리는 단지 이기고 싶었는지 혹은 정직한 선거를 치르고 싶었는지, 우리 당과 나의 신념이 무엇이었는지에 대해 신중하게 돌아보게 된다.

이 영화를 보고 모든 진영이 "이것 봐라 당신의 단 한 표가 이렇게 중요하다, 그러니까 다른 조건과 판단을 유보하고 대의를 위해 우리에게 투표하라"고 주장할 수 있을 것이다. 그러나 영화〈스윙 보트〉는 버드가 끝내 누구에게 투표했는지 보여주지 않는다. 이 영화에서 중요한 건 버드의 단 한 표가 결국 누구를 지지했는지가 아니다. 드라마 서사로서의 절대악이나 절대선은 현실세계에 존재하지 않는다. 정치는 특히 더 그렇다. 다만 자기 입장과 계급 정체성에 맞는, 나와 내 주변의 더 나은 삶을 보장해줄 수 있는 후보를 찍으면 되는 일이다. 영화〈스윙 보트〉는 그런 면에서 정직한 영화다. 이 영화는 바로 그 '자기 입장과 정체성'을 구체화하고, 시민으로서의 의무에 대해 깨닫게 되는 한 인간의 정치적 성장기다.

버드의 대사로 글을 맺겠다. 마냥 유명세를 즐기다 몰리와 갈등을 겪고 충격을 받은 버드는 우연히 몰리의 방을 가득 채우고 있는 편지 무더기를 발견한다. 그 편지들은 미국 전역으로부터 자신에게 보내져온 것들이었다. 삶의 고됨을 호소하는 이 편지들을 뒤늦게 하나하나 읽어가며, 버드는 부자 감세, 보편적 복지 등과 같은 이슈들에 대해 공부하기 시작한다. 그리고 마침내 자신이 사회를 보는 대선후보 토론날, 고백한다.

"신문을 보니 온 세계가 저 때문에 떨고 있더군요. 미국 TV에서조차 이런 창피한 날이 올 줄 알았다고 할 정도니까요. 저를 말하는 거겠죠. 평생 그다지 대단한 인생을 살지 못했습니다. 살다 보니 언젠가부터 어긋나긴 했지만 그렇다고 처음부터 꿈이 없진 않았습니다. 저도 한때는 믿음이라든가 희망처럼 인생을 잘 살아보려는 마음이 있었습니다. 오늘밤 저는 너무나 부끄럽습니다. 저는 부끄러운 아버지이자 시민입니다. 봉사도 희생도 할 줄 몰랐고 가장 큰 의무라고 해봐야 관심 갖고 투표에 참여하라는 것뿐이었지요. 미국에 진짜 적이 있다면, 그건 바로 저일 겁니다."

2012.12

미키 루크는

어떻게 자신을

망치고

살려냈나

.

.

.

• 미 키 루 크 레 전 더 리

　숨조차 제대로 쉴 수 없었다. '아이리시' 숀 기븐은 강한 상
대다. 뭔가 어긋나 제대로 되지 않는다. 링 위에서 녀석의 모습
은 좀더 거대해 보인다. 놈의 발은 생각보다 빨랐고 주먹은 바위
처럼 묵직했다. 숀이 펀치를 뻗을 때마다 내 몸에서 가루가 떨어
져나간다. 끝내 산산조각날 것만 같다. 왼쪽 뺨을 스치는 레프트
훅을 아슬아슬하게 피했다. 운이 좋았다. 하지만 운이 계속 따라
줄 것 같지는 않다. 이건 영화가 아니다. 나는 영화배우가 아니
다. 여긴 링이고, 나는 복싱선수다. 미련하다! 바보 같다! 왜 그

렇게 살았을까. 왜 이 지경까지 왔을까. 몸과 몸이 정직하게 충돌해 허물어지는 링 위에서, 나는 죽어가고 있다.

그리고 다운.

프로 복싱선수 '엘 마리엘리토'. 본명 필립 안드레 루크 주니어. 한때 할리우드의 섹시 심벌로 일컬어졌던 사나이. 미키 루크가 방금 플로리다 경기장의 차디찬 바닥 위로 무너져내렸다. 1994년 가을의 일이다. 그는 영원히 일어서지 못할 것마냥 가쁜 숨을 몰아쉬고 있었다. 관중의 야유 소리가 들려왔다. 불규칙한 욕지거리의 음정이 체육관을 가득 메웠다. 용케 일어났지만 경기 내용은 좋지 않았다. 시합은 무승부로 끝났다. 16회의 프로경기 이후 세계타이틀 도전이라는 애초의 희망은 기억조차 바래져버렸다. 그의 짧은 프로 경력은 산산조각났다. 결국 마지막 경기가 되었다. 이듬해인 95년, 미키 루크는 링을 내려와 은퇴를 선언했다. 91년 프로 데뷔 이후 꼭 4년 만이었다.

좋은 때도 있었지만 대개 형편없었다. 할리우드에서 본격적인 경력을 시작하기 전, 1970년대의 그는 꽤 괜찮은 아마추어 복싱선수였다. 스물여섯 번 싸워 스무 번을 이겼다. 그 가운데 열일곱 번은 KO승이었다. 그러나 할리우드에서 내쳐진 이후 다시 돌아온 링은 여간 녹록지 않았다. 물론 여전히 좋은 기록이었다. 프로 데뷔 첫번째 경기에선 230달러를 받았다. 두번째 해가 지나기 전에 그의 몸값은 백만 달러에 육박하고 있었다. 하지만 모두 엉망이고 거짓말이었다. 94년 『월드 복싱 매거진』의 표지를 장식했을 무렵, 이미 그는 자신의 프로 경력이 '링 위의 할리우드 후레자식'이라는 수사 위에 쌓아올린 모래성과 같은 것임을 깨닫고 있었다. 무너지는 건 시간문제다. 유명세는 결국 그저 유명세일 뿐이었다.

숀 기븐과의 경기가 무승부로 끝난 이후, 미키 루크는 뭔가 단단히 잘못됐다는 걸 눈치챘다. 아내는 떠났다. 커리어는 엉망이 됐다. 집을 잃었다. 수중에 돈은 한푼도 없었다. 신용은 휴지조각이 되었다. 친구도 없다. 불러줄 영화제작자나 감독은 더욱더 없다. 알코올과 마약의 유혹은 여전했다. 복싱은 얼굴을 앗아갔다. 몇 번의 치명적인 난타로 일그러진 얼굴은 셀 수 없이 많았던, 그리고 앞으로도 지루하게 이어질 외과 수술로 괴물처럼 비틀리고 있었다.

미키 루크는 그렇게 은둔에 들어갔다. 하루종일 방에 틀어박혀 있다가 어둠이 깔리면 일주일에 세 번 꼴로 밖에 나섰다. 24시간 영업하는 게이바에 들어가 술을 마셨다. 길 위에서든 바 안에서든 어느 누구도 그를 알아보지 못했다. 그럴수록 더욱 슬퍼졌다. 미키 루크의 이름은 더럽혀진 채로 영영 지워진 듯 보였다. 그는 탓할 누군가를 원했다. 그러나 아무도 없었다. 그의 이름이 새겨진 이력을 미친 듯이 밟아 짓이기다 끝내 아무것도 남지 않을 때까지 저주를 퍼부은 건 미키 루크 자신이었다. 그는 어둑한 바에 앉아 누군가의 이름이 쓰여 있는 술병들을 물끄러미 응시하다 자주 중얼거리곤 했다.

"나는 영혼을 잃었어. 나는 혼자다."

"그는 인간쓰레기예요."

킴 베이신저의 입이 단호하게 열렸다 닫혔다. 에이드리언 라인의 86년작 〈나인 하프 위크〉는 미키 루크와 킴 베이신저 모두에게 기적과도 같은 영화였다. 이들 연기 경력의 정점에는 늘 〈나인 하프 위크〉가 있다. 이 작품 이후로 두 배우는 스타의 반열에 올라설 수 있었다. 그러나 킴 베이신저는 미키 루크를 지독히 싫어했다. 아니 그녀뿐만 아니라 주변의 모든 사람들이 미키 루크를 증오했다. 그는 약속을 중요시하지 않았고 현장에서 곧잘 고집을 피워 연출진이나 동료배우들을 당황케 했다. 폭력과 마약 복용 혐의로 자주 뉴스에 오르내리는 한편 언변 또한 더할 나위 없이 폭력적이었다. 어떤 여자를 좋아하느냐는 질문에 다음과 같이 말하는 식이다. "여자요? 굵은 목이나 짧은 다리를 가졌다면, 원 세상에 맙소사, 엉덩이를 걷어차야죠. 말을 고를 때랑 똑같아요. 다를 게 없죠."

참을성이나 자제력의 문제가 아니었다. 미키 루크의 진짜 문제는 그런 식의 스캔들이 배우에게 필요한 하나의 예술적 영감에 불과하다고 믿는 데 있었다. 그가 아마추어 복싱을 그만두고 선택했던 뉴욕 액터스 스쿨 시절, 엘리아 카잔 감독은 그를 두고 다음과 같이 말했다. "오디션 수업중 그가 보여준 연기는 내가 30년 동안 지켜봐온 것 가운데 단연 최고였다." 타고난 외모에 섬세한 연기력, 그에 합당한 주위의 시선과 평가를 아낌없이 받으며, 미키 루크는 필요 이상의 예술가적 자의식을 일찌감치 터득하고 말았다. 엉뚱하게도, 그는 이 자의식을 자신의 영혼을 파괴하는 데 소진하려고 마음먹은 듯 행동했다.

7년여의 짧은 전성기가 섬광처럼 지나가버렸다. 그동안 제목만 들어도 가슴이 두근거리는, 그러니까 〈이어 오브 드래곤〉이나 〈엔젤하트〉 〈죽는 자를 위한 기도〉 〈쟈니 핸섬〉 같은 수작들에 참여했다. 그러나 미키 루크는 영화 일에 진저리를 내고 있었다. 미키 루크가 나온다고 늘 흥행에 성공하는 게 아니라는 걸 알아챈 프로덕션 매니저들도 그의 신경질을 더이상 참아내려 하지 않았다. 1990년 마이클 치미노의 〈광란의 시간〉 이후 미키 루크의 울화증은 한계를 넘어섰다. 하나같이 멍청한 놈들! 저속한 놈들! 재능 없는 놈들! 그는 미련 없이 영화계를 떠나 프로 복싱에 입문한다. 이후는 우리가 아는 대로다. 4년 만에 복싱을 그만두었을 때 그의 곁에 남은 건 아무것도 없었다.

레슬러

빈털터리로 돌아온 미키 루크에게 할리우드는 변변한 기회를 주려 하지 않았다. 그는 작은 역할에 만족해야 했고 〈나인 하프 위크 2〉 같은 쓰레기 기획물에 몸을 실으면서 스스로의 평판을 깎아내렸다. 어쩔 수 없었다. 먹고살기 위해서 무엇이라도 해야 할 판이었다. 과거 그가 건방진 자세로 가운뎃손가락을 들었던 일에 응징이라도 당하듯, 니콜 키드먼을 비롯한 많은 수의 배우들이 미키 루크와 함께 출연하길 거부하고 나섰다(그는 〈48시간〉〈플래툰〉〈탑 건〉〈하이랜더〉〈언터처블〉〈레인맨〉〈펄프픽션〉 등의 캐스팅 제의에, 상대 배우나 감독이 마음에 들지 않는다는 식의 이유를 내세워 출연을 거절하곤 했다).

그래도 미키 루크는 할리우드의 처분에 대해 최대한 신중하고 겸손한 자세를 유지하려 애썼다. 세월의 상흔이 그에게 가져다준 건 오직 교훈뿐이었다. "나는 내 머릿속에 떠오르는 모든 걸 아무 거리낌 없이 그대로 말하고 행동할 수 있는 게 일종의 재능이라고 생각했습니다. 하지만 아니었죠. 내가 틀렸어요. 할리우드에서 두번째 기회를 잡을 수 있길 고대합니다."

진짜 기회는 2005년 찾아왔다. 로버트 로드리게즈는 주위의 만류에도 불구하고 〈씬 시티〉의 마브 역할로 미키 루크를 고집했다. 〈원스 어폰 어 타임 인 멕시코〉를 통한 인연이기도 했지만 사실상 그 역할을 소화해내기에 미키 루크만큼 어울리는 사람은 지구상에 존재하지 않았다. 처참하게 망가진 외모. 비대해진 몸집. 갈라져 둔탁해져버린 목소리. 별다른 분장 없이도 이미 그는 마브 그 자체였다. 〈씬 시티〉는 미키 루크의 연기 인생에 작지만 깊은 파장을 일으켰다. 주위에서 하나둘씩 미키 루크의 생존과 귀환을 인정하기 시작한 것이다. 그것만으로도 충분히 의미 있는 발자국이었다.

그리고 지금, 우리 앞에 〈더 레슬러〉가 있다. 대런 아르노프

〈씬 시티〉(2005)

"나는 내 머릿속에 떠오르는 모든 걸

아무 거리낌 없이 그대로 말하고 행동할 수 있는 게

일종의 재능이라고 생각했습니다.

하지만 아니었죠. 내가 틀렸어요."

처참하게 망가진 외모. 비대해진 몸집. 갈라져 둔탁해져버린 목소리.

별다른 분장 없이도 이미 그는 마브 그 자체였다.

〈씬 시티〉는 미키 루크의 연기 인생에 작지만 깊은 파장을 일으켰다.

스키의 〈더 레슬러〉는 실베스터 스탤론의 〈록키〉를 연상시킨다. 배우 그 자신의 인생이 담겨 필름에 기록된 것 이상의 심정적 파장을 일으키듯, 미키 루크의 과거사를 온전히 복기해내는 작품인 것이다. 과거의 명성을 뒤로하고 초라해져버린 레슬러 랜디는 별다른 고심 없이도 손쉽게 미키 루크와 겹쳐진다. 가장으로서나 일개 개인으로서, 어느 것 하나 제대로 성취해내지 못하면서 링 위에서나마 끝내 영웅처럼 우뚝 서보려 발버둥치는 주인공의 몸짓은 미키 루크의 표정 속에서 거대한 울림을 만들어낸다. 여기저기서 당연한 상찬이 뒤따랐다. 합당한 노릇이었지만 그것이 미키 루크를 향한 것이기에 새삼 놀라움을 자아냈다. 영화를 미처 보지 않은 사람들은 충격에 휩싸였다. 미키 루크가 남우주연상을? 내가 아는 그 미키 루크가?

그가 해냈다.

〈쟈니 핸섬〉과 〈씬 시티〉, 그리고 〈더 레슬러〉를 연장선에 두고 보는 일은 흥미로운 작업이다. 미키 루크의 1990년도 출연작 〈쟈니 핸섬〉은 성형수술도 불가능할 정도로 추악한 외모를 가진 쟈니의 이야기다. 영화 중 쟈니는 미남으로 탈바꿈하고 자신감을 되찾는다. 그러나 영화 밖 현실 속에서 미키 루크는 한창 망가져가고 있는 중이었다. 외모뿐만 아니라 영혼이 그랬다.

이제 와 미키 루크는 마브의 얼굴을 가진 대신 자신을 다스릴 줄 아는 영혼의 깊이와 폭을 손에 쥔 듯 보인다. 그는 비로소 한줌 농담거리로 전락했던 스스로의 존재가치를 증명해내는 데 성공했다. 우리 모두가 잘 알고 있듯, 그런 기회는 인생에 좀체 찾아오지 않는 것이다. 미키 루크는 두번째 기회를 잡았고, 이제 막 영화 경력을 새롭게 시작했다.

미키 루크가 돌아왔다.   2009. 4

〈더 레슬러〉(2008)

가장으로서나 일개 개인으로서,

어느 것 하나 제대로 성취해내지 못하면서

링 위에서나마 끝내 영웅처럼 우뚝 서보려 발버둥치는 주인공의 몸짓은

미키 루크의 표정 속에서 거대한 울림을 만들어낸다.

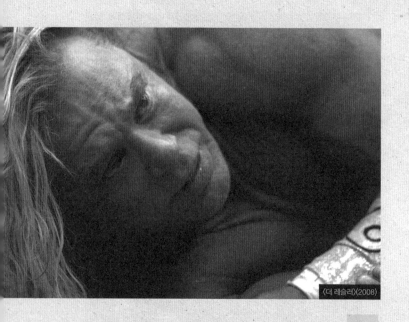
〈더 레슬러〉(2008)

그가 해냈다.

그는 비로소 한줌 농담거리로 전락했던

스스로의 존재가치를 증명해내는 데 성공했다.

우리 모두가 잘 알고 있듯,

그런 기회는 인생에 좀체 찾아오지 않는 것이다.

실패담을

경청해야 하는

이유

·

·

·

• 우리는 한 사람의 인생을 단 두

세 마디로 규정하는 태도를 경계해야 한다. 그것은 무의미한 일

이다. 삶은 크고 작은 모순들로 가득 차 있다. 성공적인 삶을 살

았다고 평가받는 사람부터, 끝내 실패한 인생으로 낙인찍힌 사

람에 이르기까지. 삶의 모순으로부터 자유로운 인간은 없다. 그

러나 사람들은 타인의 모순을 잘 참아내지 못한다. 왜 일관되지

않으냐고 타박한다. 상대의 굴곡으로부터 자신을 발견하기 때문

일 것이다. 그러므로 타인의 삶은 자연스레 단 두세 마디 인상비

평의 소재가 되기를 거듭한다. 나쁜 놈이거나, 착한 놈이거나.

누군가의 삶을 소재로 하는 영화는 그래서 일정 수준의 완

성도를 담보하기 어렵다. 필요 이상의 주관이 개입되어 실제 역사의 사실관계와는 별 관련이 없는 픽션이 되기 쉽다. 사실 어려운 일이다. 한 사람의 인생을 제대로 조명한다면 이야기는 뒤죽박죽이 되고 캐릭터는 일관되지 않으며 흐름은 혼란스러울 것이다. 다시 말하지만, 그것이 인생이다.

그러므로 한 편의 전기영화가 취할 수 있는 가장 근사한 태도란 다음의 질문에 스스로 명확한 비전을 갖추는 것일 테다. 그의 눈이 될 것인가, 아니면 그를 관찰할 것인가. 요컨대 주인공과 카메라 사이의 거리를 얼마나 가깝게, 혹은 멀리 둘 것이냐의 문제 말이다. 어느 쪽을 택하느냐에 따라 매우 다른 성격의 영화가 나올 수밖에 없다.

이런 맥락을 감안할 때 올리버 스톤의 〈닉슨〉은 보기 드물게 공정하고 사려 깊은 전기영화라 할 만하다. 올리버 스톤의 가장 근사한 영화를 꼽으라고 한다면 몇 가지가 거론될 수 있다. 그것은 〈플래툰〉일 수도 있고 〈7월 4일생〉일지도 모른다. 아마도 많은 이들이 〈JFK〉라고 대답할 테다. 그러나 내게는 〈닉슨〉이야말로 올리버 스톤의 독보적인 걸작이다.

사실 〈닉슨〉은 〈JFK〉에 비해 평가절하되기 쉬운 영화다. 〈JFK〉는 케네디라는 대중의 오래된 결핍을 보상하는 영화였다. 반면 〈닉슨〉은 리처드 닉슨 이야기다. 리처드 닉슨. 미국 역사상 가장 실패한 대통령. 부패와 거짓말의 상징. 수많은 텍스트에서 인용되는 악의 화신. 영화가 공개되었던 1995년 당시 대중은 이 작품에 그리 호의적인 시선을 보내지 않았다. 닉슨의 인간적인 면모를 부각시켜 미화하고 있다는 비판여론도 많았다.

그러나 이 영화는 인간 닉슨을 미화하지 않는다. 한 인간의 영혼이 왜, 어떻게 망가져갔는지, 그의 모순을 가능케 한 끊임없는 자기 합리화가 어떤 맥락에서 작동했던 것인지에 대해 멋대로 판단하거나 비평하지 않고 묵묵히, 끈기 있게 관찰하고 드러낼 뿐이다.

영화는 워터게이트 사건으로부터 시작된다. 민주당 전국위원회 도청 사건. 처음에는 별일이 아닌 것 같았다. 이미 닉슨의 재선은 거의 확실한 상태였다. 민주당의 맥거번 후보에 비해 무려 19퍼센트나 앞서고 있었다. 백악관의 어느 누구도 이 사건에 자신들이 연관되어 있다고 생각하지 않았다. 닉슨은 워터게이트 스캔들에도 불구하고 무난히 재선에 성공한다. 그러나 이미 모두 알고 있듯, 그것은 시작에 불과했다.

영화는 워터게이트 사건으로 완전히 무너지고 침몰해가는 닉슨의 모습을 조명한다. 동시에 그의 가난하고 불우한 유년 시절과 정치 입문, 반미활동위원회에서의 반공운동, 아이젠하워 정권에서의 부통령 시절, 1960년 대선에서 케네디에게 불과 10만~40만 표 차이로 패배한 후 62년 캘리포니아 주지사 선거에서도 케네디의 지원을 받는 민주당 후보에게 참패하면서 정계은퇴를 선언하게 되는 등의 에피소드들이 반복적으로 오고간다.

이야기가 진행될수록 고스란히 드러나는 건 리처드 닉슨이라는 인간의 불안한 영혼이다. 그는 어느 누구도 믿지 못했다.

그에게 진정한 의미의 친구는 한 사람도 존재하지 않았다. 닉슨은 하버드 입학 허가를 받아놓고도 돈이 없어 가지 못했다. 훗날 하필 케네디라는 최대의 정적을 만난다. 명문가 출신의 케네디는 성적이 좋지 않았음에도 하버드를 나왔다. 바로 그 케네디에게 간발의 차이로 졌다. TV토론 때문이었다. 케네디의 수려한 외모와 비교되는, 끊임없이 흘려대는 땀과 웅얼거리는 말투로 인해 그는 언론과 민주당으로부터 조롱과 모욕을 당한다. 이로써 그는 평생 '아이비리그 출신 부잣집 도련님들', 그리고 언론에 대한 혐오와 망상에 가까운 피해의식에 시달리게 된다. 결국 이 피해의식은 그를 말 그대로 황폐하게 망가뜨린다. 끊임없이 불안에 시달리고 정적을 감시하고 도청을 하고 거짓말을 하며 스스로를 궁지에 몰아넣는다.

이 영화의 압권은 마지막 대목이다. 한밤중이다. 닉슨은 국회의 대통령 탄핵을 목전에 두고 결국 사임을 결심한다. 그는 술에 취해 무릎 꿇고 기도하며 흐느낀다. 왜 여기까지 와버린 것인지 알 수가 없다. 돌이키고 싶지만 돌이킬 수 있는 건 아무것도 없다. 어디서부터 무엇이 잘못되었던 것인지 그 자신은 알 수 없기 때문이다. 몸을 추스른 닉슨은 백악관의 어둡고 드넓은 홀을 가로질러 천천히 걸어간다. 그리고 마침내 케네디의 초상화 앞에 당도한다. 닉슨이 나지막이 내뱉는다.

"사람들은 당신에게서 이상향을 보는데, 내게서는 그들 자신을 보는군요."

성공한 사람들의 이야기는 많다. 반면 실패했다고 일컬어지는 사람의 이야기는 보기 드물다. 타인의 불행과 실패를 그저 연민의 시선으로 바라볼 뿐, 정작 전염될까봐 사유하지 못하는 이들이 있다. 그러나 누군가의 성공담이 제공해줄 수 있는 건 잠시 동안의 쾌감과 환상뿐이다. 우리가 인생의 위기를 극복하고 혹시 모를 성장의 기회를 얻기 위해 끊임없이 경청해야 하는 것은 성공담이 아니라 굴복하고 실패한 이들의 이야기다. 　　2014.1

〈닉슨〉(1995)

닉슨이 나지막이 내뱉는다.

"사람들은 당신에게서 이상향을 보는데, 내게서는 그들 자신을 보는군요."

누군가의 성공담이 제공해줄 수 있는 건

잠시 동안의 쾌감과 환상뿐이다.

우리가 인생의 위기를 극복하고 혹시 모를 성장의 기회를 얻기 위해

끊임없이 경청해야 하는 것은 성공담이 아니라 굴복하고 실패한 이들의 이야기다.

주성치와

함께라면

●
●
●

● 내게도 비디오대여점의 긴 머
리 아르바이트 직원에 관한 낭만적인 추억이 있다. 나는 직원에
게 떡볶이를 사다주었고 직원은 내 연체료를 탕감해주었다. 아
쉬운 건 그가 긴 머리의 아저씨였다는 사실이다. 형님이 검사라
는 사실을 늘 강조했던 그가 대여점에서 아르바이트를 하는 사
연이 궁금했지만 굳이 묻지 않았다.

아저씨는 늘 주성치 영화를 틀어두었다. 한번은 "사장이 행
사 들어온 〈쥬라기 공원3〉 돌리라고 했는데 내가 마음대로 〈홍
콩 레옹〉 틀었다"며 자랑까지 했다. 그게 그러니까 벌써 9년 전
의 일이다. 아저씨는 요즘 뭘 하는지, 대여점은 그 고시원 건물 1

층에 여전한지, 나는 잘 모르겠다. 그래도 주성치 영화를 볼 때면 빼놓지 않고 그 아저씨 생각이 난다.

주성치의 〈서유쌍기: 월광보합, 선리기연〉이 15년 만에 극장을 다시 찾았다. 주성치 영화를 좋아하는 사람들의 베스트는 대개 서로 다르다. 그러나 〈월광보합〉과 〈선리기연〉을 빼놓고 주성치 영화를 논하는 사람은 거의 본 적이 없다. 개인적으로 〈희극지왕〉의 산만하고 애틋한 이야기를 가장 좋아하지만 최고의 장면을 꼽으라면 역시 〈월광보합〉과 〈선리기연〉을 자연스레 떠올리게 된다. 〈월광보합〉의 주성치 성기에 불붙는 장면을 보다가 혀를 깨물어 피를 흘리는 사람을 정말 본 적이 있다. 〈선리기연〉의 마지막 이십 분은 어떤가. 내장의 위치를 뒤흔들어 바꾸어 놓을 만큼 강력하다.

새삼스럽게도, 주성치 영화는 대단히 작위적이다. 허무맹랑한 몸짓과 소모적인 말장난으로 가득하다. 서사의 허술함으로 따지자면 주성치 영화보다 헐거운 이야기는 주성치 영화밖에 없다. 대부분이 저예산의 삼류 패러디영화였고 그나마 참신한 설정은 찾아보기 어려웠다. 그럼에도 주성치가 출연한 작품은 그가 무슨 캐릭터를 연기했든 간에 관계없이 '주성치 영화'라는 이름으로 사랑받는다.

사실 주성치 영화를 보는 사람들은 거기서 드라마의 무결성이나 짜임새를 추적하는 데 별 관심이 없다. 중요한 건 수십 편에 이르는 주성치 영화가 일관되게 고수해온 정서 그 자체다. 우리는 주성치 영화에서 가난하고 초라한 사람들, 단 한 번도 주목받지 못한 사람들, 진가를 인정받지 못하고 오해받는 사람들을 만나게 된다. 주성치는 영화 속에서 이들을 대변한다. 이 몹쓸 고된 순간들을 이겨낼 방법은 결국 웃음밖에 없다며 과장된 몸짓으로 즐겁게 '살아나간다'. 그렇게 우리는 주성치 영화로부터 마술과도 같은 위로와 낙관의 순간들을 마주하게 되는 것이다.

성룡과 달리 주성치는 버스터 키튼에 대해 언급한 적이 없다. 그러나 슬픔을 웃음으로 껴안고 아무렇지 않은 척 가냘픈 위악을 떠는 모습을 보면 키튼의 진정한 적자는 주성치가 아닐까 싶다. 〈서유쌍기〉의 재개봉을 경축하는 이 글의 마지막에는 달빛요정역전만루홈런의 노래 〈주성치와 함께라면〉이 필요하겠다. 괜찮아, 모든 건 다 좋아질 거야. 주성치와 함께라면. 뽀로뽀로미 뽀로뽀로미, 내 사랑의 유통기한은 만년! 2010.6

우리는 주성치 영화에서 가난하고 초라한 사람들,

단 한 번도 주목받지 못한 사람들,

진가를 인정받지 못하고 오해받는 사람들을 만나게 된다.

주성치는 영화 속에서 이들을 대변한다.

이 몹쓸 고된 순간들을 이겨낼 방법은 결국 웃음밖에 없다며

과장된 몸짓으로 즐겁게 '살아나간다'.

〈선리기연〉(1994)

그렇게 우리는 주성치 영화로부터

마술과도 같은 위로와 낙관의 순간들을

마주하게 되는 것이다.

〈도가니〉가

세상을

바꾼다는 말

•
•
•

• 〈도가니〉라는 텍스트는 선동
이나 분노가 아닌 공감의 방식으로 소비되는 것이 바람직하다 한
바 있다. 분노는 눈에 보이는 것을 당장 단죄할 수 있다. 그러나
이런 감정은 사실 '불편하다는 이유로 눈앞에서 치워버리려는'
시도와 크게 다르지 않다.

영화가 공개된 이후 세상의 반응은 꽤 소란스러웠다. 개봉 2
주 만에 300만 명의 관객이 영화를 관람했다. 이명박 대통령도
극장을 찾아 한마디를 보탰다. 이번에는 "내가 해봐서 아는데"
라는 말은 하지 않았다. 소위 '사회현상'이 되면서 영화의 실제

소재가 된 6년 전의 사건을 재조명하려는 움직임이 잦아졌다. 당시 사건에 관련된 판사와 검사, 변호사, 경찰관의 목소리가 인터뷰나 SNS를 통해 전파되었다. 경찰은 전면 재수사를 실시하기로 했다. 광주시와 시교육청은 인화학교 법인허가 취소와 폐교를 추진하고 있다. 각 정당들은 미성년자를 대상으로 한 성범죄 공소시효 폐지와 복지재단 규제 등의 내용을 담은 법을 만들겠다고 서둘러 발표했다. 가장 먼저 한나라당이 사회복지재단 운영의 투명성을 높이는 사회복지사업법 개정안을 국회에 제출했다. 한나라당은 이를 '도가니 방지법'이라 부르고 있다.

아이러니한 일이다. 지난 2007년 지금과 거의 같은 내용의 사회복지사업법 개정안에 적극적으로 반대했던 것은 한나라당이었다. 당시 한나라당은 한국기독교총연합회, 한국사회복지법인대표이사협의회와 함께 공세를 펼쳐 결국 법 개정을 무산시켰다. '빨갱이법'이라는 이유에서였다. '도가니 방지법'이 아니라 '사상 전향법'이라 불러야 할 것 같은데 자유주의 수호전사가 영화 한 편으로 복지 좌빨이 되는 마법의 속내야 그러거나 말거나, 이 소란 속에서 한줌의 진심을 찾을 수 있는 사람이 있다면 정말 놀라운 일이다.

향후 억울한 일이 생기면 법원을 찾을 게 아니라 영화를 만들어야 하는 건가. 영화의 충격효과로 당장 바뀔 수 있는 나라의 법체계란 얼마나 보잘것없고 애초 부패한 것인가. 이전까지 바로 그 부패한 체계의 일부로 기능하고 있었음에도 불구하고, 이제 와서 영화 한 편으로 세상이 바뀌고 있다는 의도된 말을 끊임없이 생산해가며 선동의 스펙터클 안에 몸을 숨기고 좀더 요란한 제스처로 분노하는 정치인과 보도매체들의 모습을 지켜보며, 나는 바로 여기가 무진이라는 실감을 다시 한번 하게 된다.

　영화가 세상을 바꿀 수 있다는 믿음은 근사한 것이다. 아주 가끔이지만 정말 그런 일이 벌어지기도 한다. 그러나 그것은 특정 영화로부터 분노를 얻은 사람들이 눈에 보이는 어떤 것의 규탄을 요구하고, 영화의 제목을 가져온 이름의 법을 만드는 식으로 이루어지지 않는다. 물론 법 개정은 다행스러운 일이다. 그러나 사회복지사업법이 개정되고 문제가 된 사학법인의 인가가 취소된다고 해서 〈도가니〉라는 영화가 묘사하는 부조리의 근본이 사라지는 건 아니다.

　지금의 분위기는 분노와 연민의 유행에 가깝다. 동등한 입장에서의 공감이 아닌 연민으로서의 유행은 향후 더 강력한 피해자를 예고할 뿐이다. 당장 우리는 장애인과, 약자와 어울려 살 준비가 되어 있는가. 아니면 더 나은 환경에 격리해야 한다고 생각하는 것인가.　　　　　　　　　　　　　　　2011. 10

〈레 미제라블〉은

힐링

영화인가

.

.

.

• 단도직입적인 질문. 영화 〈레
미제라블〉은 힐링 텍스트인가. 이 질문은 일단 캐머런 매킨토시
의 뮤지컬—영화 버전에 국한한 것이다(빅토르 위고의 원작과 뮤
지컬—영화 버전은 매우 듬성듬성한 차원에서의 이야기 얼개를
제외하고는 같은 텍스트로 엮기 곤란하다).

확실히 〈레 미제라블〉에는 관객의 마음을 고양시킬 수 있는
드라마가 있다. 원전의 내용을 확대, 축소하거나 아예 바꾸고 생
략해버린 뮤지컬의 각색 방향은 애초 그런 감정의 폭발을 의도
한 것이었다. 그러나 야권 지지층이 〈레 미제라블〉에서 대선 패
배의 후유증을 치유받고 있다고 하면 이건 좀 엉뚱한 문제가 된

다. 패배 원인을 상대 진영의 거짓과 기만, 혹은 특정 세대의 안일함으로 돌리고 개표부정 같은 음모론으로 '힐링'하면서 〈레 미제라블〉을 인용한다는 건 좀체 앞뒤가 맞지 않는 일이다.

〈레 미제라블〉의 주요 이야기는 1830년의 7월혁명 전후에 걸쳐 있다. 이미 프랑스는 1789년의 대혁명과 공화정 수립 이후 제1제국, 그리고 왕정복고라는 황당한 과정을 고스란히 겪은 상황이다. 7월혁명은 왕정복고로 인한 반동의 역사를 되돌리고자 하는 노력이었다. 수많은 공화주의자들의 피가 뿌려졌고, 결국 샤를 10세를 끌어내리는 데 성공했다. 그러나 급진주의를 두려워했던 온건자유주의자들은 정작 피를 뿌린 공화파의 주검 위에 올라서서 새로운 왕, 루이 필리프를 옹립했다.

그에 대한 공화파의 불만과 경제 악화, 콜레라와 같은 악재가 겹쳐 발발한 것이 1832년의 파리 봉기, 즉 〈레 미제라블〉의 후반 무대인 6월봉기다. 영화에서 볼 수 있듯 말 그대로 처참하게 실패한 항쟁이었다. 민중은 극심한 피로감을 느끼고 있었다. 혁명씩이나 해놓고 고작 왕을 다른 왕으로 바꾸었을 뿐인데다 (항쟁씩이나 해놓고 고작 전두환이 노태우로 교체된 데 따른 결과적 피로감을 떠올려보시라) 생활은 전보다 훨씬 형편없어졌다. 극중 앙졸라는 민중이 당연히 나서 도와주리라 생각했다. 그러나 이들은 민중의 피로를 상쇄할 어떠한 대안도 비전도 제시하지 못했고 그저 당위에만 골몰해 있을 뿐이었다.

만약 〈레 미제라블〉로부터 대선 패배를 설명하는 유의미한 해석을 끄집어낼 수 있다면, 그것은 상대를 절대악으로 규정하고 수사적인 품성론에 집중한 전략이 중간층의 피로를 야기했다는 점일 것이다. 극단적인 진영논리로 가능한 최대치를 동원했다. 75.8퍼센트 투표율에 과반 지지로 졌다. 그렇다면 이와 같은 전략은 폐기처분해야 마땅하다. 그럼에도 여전히 바리케이드 뒤의 공화파에 감정을 이입하면서 좌절된 혁명과 대선 패배를 같은 층위에 두고 "민중의 노랫소리가 들리는가"를 음미하며 낭만으로부터 보상을 찾는다면 이 판에는 영영 답이 없다.

〈레 미제라블〉이 제시하는 이슈는 정의의 궁극적 승리 따위가 아니다. 장발장과 자베르가 벌이는 신념의 대결, 장발장과 코제트-마리우스의 마지막 해후는 무엇을 의미하나. 혁명이라는 거대서사의 소용돌이 안에서조차, 서로 다른 가치관과 계급과 세대에 속한 이들을 공히 구원할 수 있는 것은 오직 개인의 평생에 걸친 자기비판과 성찰, 그리고 그로부터 얻어지는 박애뿐이라는 사실이다.

고작 상대 진영과 특정 세대에 책임을 돌리는 증오의 해법으로 이미 일어난 일을 설명하려는 사람들은, 적어도 이 텍스트에서만큼은 힐링을 누릴 자격이 없다. 우리는 이 숭고한 이야기에 눈물을 흘리기 이전에 앙졸라가 아닌 장발장의 염려를 껴안아야만 한다. 장발장이 숲속에서 코제트를 만난 이후 최후의 순간까지 골몰했던 바로 그것. 우리가 다음 세대에게 물려줄 수 있는 가장 좋은 것은 무엇인가.   2013.1

〈레 미제라블〉(2012)

〈레 미제라블〉이 제시하는 이슈는

정의의 궁극적 승리 따위가 아니다.

혁명이라는 거대서사의 소용돌이 안에서조차,

서로 다른 가치관과 계급과 세대에 속한 이들을

공허 구원할 수 있는 것은

오직 개인의 평생에 걸친 자기비판과 성찰,

그리고 그로부터 얻어지는 박애뿐이라는 사실이다.

이제 막

연애를

끝낸

모든 이들에게

•

•

•

• 연애가 끝나면 세상이 허물어
진다. 그 혹은 그녀라는 이름의 세계가 파괴된다. 그래서 곧잘
어리석은 선택을 하기도 한다. 물론 이런 충격은 그것이 과거가
되고 기억이 되며 마침내 소회가 되는 순간이 오면 한때의 방황
정도로 전락하기 마련이다. 연애가 이제 막 끝났을 때의 심정을
담은 글이 지금보다 더 많다면, 우리는 연애의 끝에 겪게 될 감정
의 홀로코스트에 대해 조금 더 정직하게 알 수 있을 것이다. 그러
나 우리는 알 수가 없다. 대개의 경우, 연애가 끝난 직후의 글은
음주 상태에서 쓰이고, 또한 대개의 경우 그 다음날 이른 아침 작
성자에 의해 삭제되기 때문이다.

연애가 끝났을 때 가장 먼저 하는 일은 책임 소재를 가르는 일이다. 이러한 과정은 어느 한쪽이 더이상 만나기를 거부하는 상태에서 이루어지기 때문에 대부분 일방적으로 진행된다. 그 과정에서 우리는 과도한 피해망상에 빠지기도 하고, 그에 비견될 만큼 과도한 미안함에 사로잡히기도 한다. 그리고 결국 내 인생에 이처럼 대단하게 명치끝을 후려쳐 너덜거리게 만들 관계는 다시없을 거라는 비관에 빠진다.

이건 사실 〈500일의 썸머〉라는 영화에 관한 글이다. 내가 연애의 끝에서 어렵게 살아남아 몸속의 사리를 헤아리고 있을 때 이 영화를 먼저 볼 수 있었다면 얼마나 좋았을까 생각해보았다. 〈500일의 썸머〉는, 흡사 감기가 걸렸을 때 감기약을 먹어야 하는 것처럼, 이제 막 연애를 끝낸 모든 이들이 봐야 하는 영화다.

영화는 썸머라는 이름의 여자와 사랑에 빠졌던 주인공의 500일을 다루고 있다. 초입부터 감독은 "이 영화는 연애 이야기가 아니다"라고 선언한 이후 뻔뻔스럽게도 줄곧 연애의 풍경을 보여준다. 그러나 마지막 장면에 다다르고 나면 알 수 있다. 이 영화는 정말 연애에 관한 이야기가 아니다. 관계를 받아들이는 방식에 관한 이야기다.

새로 입사한 썸머를 본 주인공은 그녀에게 완벽히 사로잡힌다. 그리고 어찌하다 결국 사랑을 시작한다. 둘은 행복했다. 그

〈500일의 썸머〉(2009)

내가 연애의 끝에서 어렵게 살아남아 몸속의 사리를 헤아리고 있을 때

이 영화를 먼저 볼 수 있었다면 얼마나 좋았을까 생각해보았다.

〈500일의 썸머〉는,

흡사 감기가 걸렸을 때 감기약을 먹어야 하는 것처럼,

이제 막 연애를 끝낸 모든 이들이 봐야 하는 영화다.

러나 이 관계의 무게감에 대해 그들은 입장이 달랐다. 주인공에게 이 사랑은 운명이다. 썸머에게 이 사랑은 필요다. 일상의 즐거움은 조금씩 사라져간다. 관계가 삐걱거리기 시작한다. 그렇게 이별이 찾아온다.

그 모든 풍경이 시간대별로 나열되지 않고 먼저 일어난 일과 마지막에 일어난 일들이 종횡무진 뒤섞여 아이러니하게 편집돼 있다. 장편 극영화 데뷔를 한 감독의 솜씨라고는 믿어지지 않을 만큼 매끈하고 재기발랄하다(영화를 연출한 마크 웹은 얼마 전 샘 레이미를 대신할 〈스파이더맨〉 시리즈의 감독으로 결정되었다).

운명을 믿고 이별 이후의 두통과 미련에 시달렸던 모든 이들에게 차가운 말을 쏟아내는 이 냉소적인 영화는, 그러나 놀랍게도 비슷한 경험을 한 관객들에게 말로 다 할 수 없을 만큼 풍성한 생각을 남긴다. 얕고 달콤한 위로보다 훨씬 더 쓸모 있는 경험치를 선사한다.

당신이 남자든 여자든, 우리는 모두 썸머를 만나본 적이 있다. 그저 운명일 것이라, 사랑이라면 이렇게 저렇게 해야 하는 것이라 생각하고 피상적으로 행동했던 우리들은 모두 이 영화의 주인공이다. 스스로 감정에 충실했다 여길 수 있다. 그러나 그것은 감정에 충실했던 것이 아니라 소위 연애관계라고 불리는 갑과 을의 역할에 충실했던 것뿐이다. 우리는 곧잘 그렇게 어리석은 연애를 한다.

세상에 운명 따윈 없다. 약속된 땅도 계획도 다음 생 같은 것
도 기대하지 마라. 덜 낭만적으로 들리겠지만 정신 차리고 제대
로 살기 위해, 결코 도래하지 않을 행복을 빌미로 오늘을 희생하
지 않기 위해, 우리는 우리가 맺고 있는 관계들의 정체를 규명해
야만 한다. 그것이 연애든, 고용이든, 혈연이든 마찬가지다. 너
와 나의 관계가 주는 만족감의 뿌리가 정말 이 관계로부터 오고
있는 것일까. 혹은 단지 세상으로부터 정의 내려진 역할에 충실
하고 있었던 것뿐일까. 역할에 휘둘릴 것인가, 아니면 정말 관계
를 할 것인가. 그 쉽지 않은 답을 찾는 것으로 우리는 정말 나아
질 수 있다. 끝이 어떠하든, 후회하지 않을 수 있다.　　2010.1

세상에 운명 따윈 없다.

약속된 땅도 계획도 다음 생 같은 것도 기대하지 마라.

〈500일의 썸머〉(2009)

덜 낭만적으로 들리겠지만 정신 차리고 제대로 살기 위해,

결코 도래하지 않을 행복을 빌미로 오늘을 희생하지 않기 위해,

우리는 우리가 맺고 있는 관계들의 정체를 규명해야만 한다.

역할에 휘둘릴 것인가, 아니면 정말 관계를 할 것인가.

그 쉽지 않은 답을 찾는 것으로 우리는 정말 나아질 수 있다.

끝이 어떠하든, 후회하지 않을 수 있다.

〈데미지〉,

망가진

사람들

•
•
•

• 1993년 8월 23일. 루이 말 감
독이 한국을 찾았다. 그의 영화 〈데미지〉가 "한국의 사회규범상
받아들일 수 없다"는 이유로 92년, 그리고 93년에 걸쳐 수입금
지 조치를 당했기 때문이었다. 그는 기자회견장에서 "관객의 지
적 판단을 존중해달라"며 당시 공연윤리위원회에 호소했다. 〈데
미지〉는 그로부터 일 년 후에야 편집 버전으로 한국의 극장에서
상영될 수 있었다. 루이 말 감독은 이듬해 사망했다. 그리고 지난
11월 2일, 〈데미지〉가 온전한 형태의 HD 리마스터링 버전으로
국내 재개봉됐다.

　〈데미지〉는 사랑이라 일컬어지는 관계의 통상적인 지리멸

렬함과, 그럼에도 불구하고 늘 제기되는 특수성의 신화에 관해 근본적인 사유를 시도하는 영화다. 다시 말해, 순간적인 쾌락과 자기애를 충족하기 위한 사랑을 하는 사람과, 평생 단 한 번의 절박한 사랑을 만나버린 사람 사이의 권력관계를 통해 삶을 종종 파탄으로 이끌 만큼 파괴적인 위력을 과시하는 바로 그 감정의 정체에 대해 고심하는 텍스트라는 것이다.

이 영화를 그저 시아버지와 예비며느리의 불같은 애정행각, 정도로 흐릿하게 기억하고 있는 관객이라면 지금 시점에서 반드시 극장을 찾아 다시 봐야 한다. 루이 말의 이력을 통틀어 금기시되는 소재들이 자주 등장하였고, 그의 필모그래피에 〈굿바이 칠드런〉을 비롯한 빛나는 작품들이 숱하게 존재함에도 불구하고, 나는 〈데미지〉야말로 루이 말의 가장 빼어난 걸작이라고 생각한다.

제러미 아이언스가 연기하는 스티븐은 완벽해 보이는 남자다. 그는 영국 정계에서 승승장구하고 있는 의원이고 가정에선 존경받는 아버지다. 어느 날 아들에게 새 여자친구가 생겼다는 소식을 듣는다. 쥘리에트 비노슈가 연기하는 안나를 만난 스티븐은 순간 얼어붙어버린다. 밀고 당기는 과정 없이 두 사람은 사랑에 빠진다. 아들이 안나를 결혼상대로 생각하고 있다는 걸 알고 스티븐은 고민에 빠진다. 결국 이혼하겠다고 안나에게 말한다. 그러나 안나는 이를 거부한다. 안나는 실제 두 남자를 모두 사랑하고 있었다. 그리고 "당신과 계속 만나기 위해"(그의 아들인) 남자친구의 청혼을 받아들인다. 결국 이야기는 끔찍한 파국으로 끝을 맺는다. 모든 것을 잃고 세상을 떠돌며 백발이 된 스티븐의 독백을 마지막으로 영화는 끝난다.

〈데미지〉에서 가장 중요한 대화는 중반에 등장하는 안나의 말이다. 유년시절 오빠의 죽음으로 깊은 상처를 갖게 된 자신의 경험을 소개하면서 그녀는 말한다. "상처받은 사람들을 조심하세요. 그들은 살아남는 방법을 알고 있으니까요." 이건 명백한 경고였다. 그러나 스티븐은 이를 간과했다. 스티븐은(또한 아이러니하게도 그의 아들 역시) 상처받은 자, 안나가 가지고 있는 특별하고 몽환적인 공기에 매료됐었다. 그녀의 채워지지 않는 결핍을, 그(들)는 사랑했다. 그러므로 결국 파국의 순간, 생존을 위해 익숙한 탈출구—죽은 오빠를 대체한 오래전 첫사랑—로 멀어져가는 그녀를 바라보며 파탄을 감당해야만 한다.

전말이 드러난 이후 아내가 스티븐에게 던지는 비난은 관객의 심장을 파고든다. "모두에게 일생 단 한 번의 소중한 사람이 있죠. 그게 나에겐 아들이었고 당신에겐 안나였어요. 그런데 과연 안나에게는 그게 누구였을까요?" 스티븐에게 안나는 평생의 바로 그 단 한 사람이었다. 그러나 안나에게 스티븐은 그런 존재가 아니었다. 그들의 파국은 자초되고 계획되었으며 예상된 것이었다.

자신이 망가져 있었다는 이유로 상대를 망가뜨리는 데 아무런 죄책감을 느끼지 못한 채 자신은 언제나 준비되어 있던 탈출구로 유유히 떠나는 사람들이 있다. 스티븐도 알고 있었다. 그래서 괴로웠을 것이다. 그러나 다른 선택지란 존재하지 않았고, 그는 몸을 내던질 수밖에 없었다.

생전의 루이 말은 이렇게 말했다. "감독들은 미래를 위해 남겨질 영화를 만들지 않는다. 우리들은 곧 사라질 것이 분명한 필름과 화학물질로 영화를 만들었다. 영화는 곧 사라질 것이다. 200년이 지나면 우리의 작품들은 먼지가 될 뿐 아무것도 남지 않을 것이다." 직접 찾아와 검열에 대한 억울함을 호소해야 했던 한국에서 지금 〈데미지〉가 디지털 리마스터링되어 상영되고 있다는 사실을 알게 되면 그가 어떤 표정을 지을까. 그가 틀렸다. 루이 말의 영화는 영원히 잊히지 않을 것이다.   2012.11

"상처받은 사람들을 조심하세요.

그들은 살아남는 방법을 알고 있으니까요."

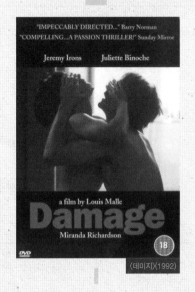

〈데미지〉(1992)

스티븐에게 안나는 평생의 바로 그 단 한 사람이었다.

그러나 안나에게 스티븐은 그런 존재가 아니었다.

그들의 파국은 자초되고 계획되었으며 예상된 것이었다.

버티는

삶에

관하여

•
•
•

• 소위 20대 문제라는 화두가 대
충 '아프니까 청춘이다'라는 말로 귀결되며 흐릿해지는 양상인
데, 이 문제에 대해 떠올릴 때마다 답답해진다. 세대 담론이 애
초 당연히 이행되어야 마땅했을 계급적인 문제의식으로 발전하
기는커녕, 기성세대들에 의해 '청춘'을 둘러싼 감상적 소회로 귀
결되고 그 안에 갇혀버렸기 때문이다. '아프니까 청춘이다'라는
애틋하고 축축한 말은 '외부환경에 의해 강요된 아픈 시기를 어
떻게 견뎌내야 할 것인가'라는 본질적이고 딱딱한 질문을 입 밖
으로 꺼낼 수 없이 겸연쩍게 만들어버린다.

자. 여기 이제 막 20대의 어두운 터널을 지나 여전히 그 관성 위에서 절룩거리고 있는 한 남자를 보자. 그의 이름은 록키 발보아다. 통장에 잔고라고는 고작 106달러뿐이었던 30세의 가난한 배우 실베스터 스탤론이 3일 만에 써내려간 〈록키〉의 주인공. 스탤론 자신과 똑같은 나이와 상황에 처한 남자다. 〈록키〉가 실베스터 스탤론의 자전적인 영화라는 건 더 말하고 말 게 없는 사실이다. 스탤론이 록키 발보아고 록키 발보아가 스탤론이었다.

스탤론은 억울했다. 천덕꾸러기로 손가락질당하며 서른 살이 되도록 뚜렷한 직업도 없이 바닥에 웅크려 있었지만, 스스로는 그보다 나은 사람이라는 걸 믿고 있었다. 당신들의 생각만큼 쓰레기가 아니라고 말하고 싶었다. 그래서 증명하려 했다. 그래서 〈록키〉의 시나리오를 썼다.

배우 오디션에 찾아갔다가 여지없이 탈락하고 힘없이 발길을 돌리던 찰나, 스탤론은 희대의 제작자 어윈 윙클러와 로버트 차도프를 발견하고 용기를 내 말을 걸었다. "저, 제가 시나리오를 좀 쓰는데 요즘 복싱선수에 대한 이야기를 하나 써둔 게 있거든요. 한번 봐주시겠어요?" 그리고 스탤론의 인생은 영영 바뀌었다.

이 영화 속 두 개의 장면에 대해 이야기하려 한다. 평소 록키를 '건달'이라며 거들떠보지도 않았던 체육관장 미키가, 챔피언 아폴로와의 결전을 앞둔 록키에게 매니저가 되어주겠다며 찾아온다. 그러면서 자신이 젊었을 때 얼마나 고생했는지, 그러나 그

〈록키〉(1976)

스탤론은 억울했다.

천덕꾸러기로 손가락질당하며

서른 살이 되도록 뚜렷한 직업도 없이 바닥에 웅크려 있었지만,

스스로는 그보다 나은 사람이라는 걸 믿고 있었다.

당신들의 생각만큼 쓰레기가 아니라고 말하고 싶었다.

그래서 증명하려 했다.

것을 이겨내고 얼마나 훌륭한 복서가 되었는지 주구장창 늘어놓는다. 록키는 폭발한다.

"엄청 오래 걸렸군요. 내 집까지 오는 데 무려 10년이나 걸렸어요. 10년. 왜요, 내 집이 싫어서요? 좁아서요? 냄새가 나요? 그렇죠, 냄새가 나죠! 당신은 전성기를 얘기하는데, 그럼 내 전성기는 어디 있어요? 당신은 그거라도 있지, 난 아무것도 없어! 난 벌써 서른 살이야! 경기를 해봤자 엄청나게 얻어맞겠지, 다리도 팔도 이젠 전처럼 말을 안 들어! 이제 와서 날 도와주겠다고? 여기 들어오고 싶어요? 그럼 들어와요! 냄새가 지독해! 젠장 온 집안이 냄새투성이야! 날 도와줘보라고요!"

그 좁고 더러운 방은 스탤론이 시나리오를 썼던, 실제 자기 단칸방이었다(제작비가 모자랐다. 영화 내내 록키가 입고 다니는 옷이나 모자도 스탤론이 평소 쓰던 것들이다). 그는 20대 내내 단 한 번도 찾아와주지 않았던 그 '기회'라는 것에 대해, 록키의 입을 빌려 분노하고 있다.

다음 장면. 챔피언 아폴로와의 시합 전날 밤이다. 록키는 벌벌 떨면서 잠을 이루지 못한다. 보다 못한 그의 연인 에이드리언이 시합을 만류하기에 이른다. 그러자 록키가 말한다.

"시합에서 져도, 머리가 터져버려도 상관없어. 15회까지 버티기만 하면 돼. 아무도 거기까지 가본 적이 없거든. 종소리가 울릴 때까지 두 발로 서 있으면, 그건 내 인생에서 처음으로 뭔가를 이뤄낸 순간이 될 거야."

다음날. 15라운드 마지막 종이 울렸을 때 록키 발보아는 두 발로 서 있었다. 시합 결과는 그의 판정패였다. 그러나 상관없었다. 록키는 끝없이 흐느꼈고, 관중은 승자가 아닌 패자에게 박수와 환호를 보내고 있었다. 그리고 록키의 마지막 대사가 흘러나온다.

"에이드리언, 내가 해냈어."

〈록키〉는 지난 세월을 꼰대들과 불화하며 답답하게 보낸 서른 살의 한 남자가 세상의 방식이 아닌 자신만의 방식으로 스스로의 존재가치를 온전하게 증명해내는 이야기다. 그의 해답은 이기든 지든 끝까지 자기 힘으로 버티어내는 데 있었다.

인생의 좌표라는, 그 단어부터 너무나 거대해 도무지 가늠이 되지 않는 세상의 말에 더이상 무심할 수 없는 나이에 닿아가면서, 결국 버티어내는 것만이 유일하게 선택 가능하되 가장 어려운 길이라는 생각을 하게 된다. 이기는 것도, 좀더 많이 거머쥐는 것도 아닌 세상사에 맞서 자신을 지키고 버티어내는 것. 록키 발보아가 그랬듯이 말이다. 언제나 록키 발보아 이야기로 끝을 맺고 싶었다. 마지막이다. 모두들, 부디 끝까지 버티어내시길.

2011.11

〈록키〉는 지난 세월을 꼰대들과 불화하며

답답하게 보낸 서른 살의 한 남자가

세상의 방식이 아닌 자신만의 방식으로

스스로의 존재가치를 온전하게 증명해내는 이야기다.

그의 해답은 이기든 지든 끝까지 자기 힘으로 버티어내는 데 있었다.

〈록키〉(1976)

〈록키〉(1976)

인생의 좌표라는, 그 단어부터 너무나 거대해

도무지 가늠이 되지 않는 세상의 말에

더이상 무심할 수 없는 나이에 닿아가면서,

결국 버티어내는 것만이 유일하게 선택 가능하되

가장 어려운 길이라는 생각을 하게 된다.

이기는 것도, 좀더 많이 거머쥐는 것도 아닌

세상사에 맞서 자신을 지키고 버티어내는 것.

마음속에 오래도록 지키고 싶은 문장을
한 가지씩 준비해놓고 끝까지 버팁시다.
넌덜머리가 나고 억울해서
다 집어치우고 싶을 때마다
그 문장을 소리내어 입 밖으로 발음해보며
끝까지 버팁시다.
저는 끝까지 버티며
계속해서 지겹도록 쓰겠습니다.
여러분의 화두는 무엇입니까.

모두들, 부디 끝까지 버티어내시길.

버티는 삶에 관하여
ⓒ 허지웅 2014

1판 1쇄 2014년 9월 26일
1판 32쇄 2023년 3월 22일

지은이 허지웅

기획·책임편집 이연실 | 독자모니터 전혜진
디자인 이효진 | 저작권 박지영 형소진 이영은 오서영
마케팅 정민호 이숙재 김도윤 한민아 이민경 안남영 김수현 왕지경 황승현 김혜원
브랜딩 함유지 함근아 박민재 김희숙 고보미 정승민
제작 강신은 김동욱 임현식 | 제작처 한영문화사

펴낸곳 (주)문학동네 | 펴낸이 김소영
출판등록 1993년 10월 22일 제2003-000045호
주소 10881 경기도 파주시 회동길 210
전자우편 editor@munhak.com | 대표전화 031)955-8888 | 팩스 031)955-8855
문의전화 031)955-3579(마케팅) 031)955-3571(편집)
문학동네카페 http://cafe.naver.com/mhdn
인스타그램 @munhakdongne | 트위터 @munhakdongne
북클럽문학동네 http://bookclubmunhak.com

ISBN 978-89-546-2588-3 03810

www.munhak.com